温如集

马连良师友记

马龙 著

北京出版集团
北京出版社

图书在版编目（CIP）数据

温如集：马连良师友记 / 马龙著. — 北京：北京出版社，2023.10

ISBN 978-7-200-17877-7

Ⅰ.①温… Ⅱ.①马… Ⅲ.①回忆录—中国—当代 Ⅳ.①I251

中国国家版本馆CIP数据核字（2023）第070270号

总 策 划	高立志	责任编辑	乔天一	秦　裕
责任印制	陈冬梅	装帧设计	吉　辰	
责任营销	猫　娘	封面题字	张大千	

温如集
马连良师友记
WENRU JI

马龙　著

出　　版	北京出版集团
	北京出版社
地　　址	北京北三环中路6号
邮　　编	100120
网　　址	www.bph.com.cn
总 发 行	北京出版集团
印　　刷	北京华联印刷有限公司
经　　销	新华书店
开　　本	880毫米×1230毫米　1/32
印　　张	12.125
字　　数	191千字
版　　次	2023年10月第1版
印　　次	2023年10月第1次印刷
书　　号	ISBN 978-7-200-17877-7
定　　价	68.00元

如有印装质量问题，由本社负责调换
质量监督电话　010-58572393

马连良(一九〇一年二月二十八日——一九六六年十二月十六日),字温如,号古历轩主、遗风馆主,北京人,京剧马派艺术创始人。

序言

马龙所著的《温如集——马连良师友记》即将由北京出版社出版了,盛情邀请我为此书作序。马龙是温如先生的文孙,虽然在他两岁时马先生就去世了,但所知和资料当比我更多,这里不过是就他这本书,从自己的经历和角度谈一点感想罢了。

首先,想谈谈我对马连良先生本人与其艺术成就的认知。

我从五岁时就随两位祖母到戏园子看戏，迄今大概有七十年的历史。尤其是我的老祖母，彼时张口就是陈德霖、王瑶卿、路三宝，赶上的名家数不胜数。两位祖母与梅兰芳是同辈人，赵家与梅兰芳又有着很密切的联系。至今，在梅兰芳纪念馆里都藏有我的伯曾祖赵尔巽和七祖父赵世基许多赠送梅兰芳的墨迹。尤其是七祖父，与梅先生更是交谊深厚，早年梅先生身边的"冯六赵七"之谓，指的就是冯耿光（幼伟）和我的七祖父赵世基。一九一九年梅兰芳第一次出访日本，七祖父也是以顾问名义一同前往的。可惜他英年早逝，一九二七年就离世了。

至于张君秋，是我祖父叔彦公（世泽）的义子，有段时间经常住在我家东总布胡同的"幻园"，祖父也为他写过几出由传奇改编成皮黄的新戏。至于坤旦华慧麟、雪艳琴（黄咏霓）等也与祖母们有交往。因此，五六岁时去剧场看戏都是随着两位祖母，看的也大多是旦行戏，对于小孩子来说，兴趣不大。大约是在六岁时，才第一次看马连良先生的戏，至于看的是哪出，已经没有印象了。

我从小喜欢历史，而马先生演出的剧目大多与历史故事有关，可以说涵盖了从春秋战国直到明代的历史跨度。自从看了马先生的戏，就对马派戏情有独钟了。开始还是跟着家里长辈去,大概从八九岁开始,我就自己买票去看马先生的戏了。

那时,我就读的小学校和家距离金鱼胡同东安市场北门的吉祥戏院都不远,因此经常去那里看悬挂在市场北门外东西两块朱漆白字的水牌子。一块是当晚的演出剧目,一块是次日演出的预告。彼时大概是一九五六年或一九五七年,北京京剧团已经组建,马谭张裘四大头牌的阵容也已经形成,而在四大头牌中,又以马先生上演的剧目最多。其次是虎坊桥北京市工人俱乐部等剧场,也去过不少次,但彼时年龄小,能去前门外的几个剧场就相对较少了。

我曾做过一个粗略统计,从五十年代中期到一九六四年近十年的时间中,我看过的马先生代表作大约有三十个剧目,这还不包括他与梅先生和君秋的对儿戏与大合作戏。至于场次,那就不好统计了,例如像《十老安刘》《胭脂宝褶》《四进士》等,起码都看过二次。马先生的舞台形象,让我从书本上看到的历史人物顿时鲜活起来而更加形象化,大概这就是我看马先生戏的最初印象。

后来,戏看得多了,也渐渐有了些戏曲知识,就对马派的唱腔、念白、做派有了些粗浅的了解。深深感到马连良的戏,除了唱腔如行云流水,做派也是那样的潇洒自如,念白自然流畅，已经从程式化中脱颖而出。马先生的每出戏都塑造了完全不同的人物身份，无论是高居庙堂的帝王将相，还是身居闾巷的市井平民，无不恰如其分，毫无造作之感。马先生晚年很少有开打的剧目，余生也晚，没有赶上，但是马先生早年坐科，开蒙即是武生戏，乃至出科后的中青年时期，那些武老生也都唱过。

五六十年代的马连良是我心中的偶像，除了台上，生活私底也能时常见到。那时除了前门外的剧场，内城的吉祥戏院和中山公园音乐堂也时有演出。马先生在内城演出前，总会很早到城里，或在八面槽的清华园洗澡修脚，或在东安市场内转转。因此，但凡是在东安市场附近见到马先生，那就多半是他晚上在"吉祥"有演出。记得那时，凡是春秋季，马先生总是很潇洒的西服上衣或是浅色中山装，干净整洁，和气文雅，颇有书卷气。那年代没有追星之说，但是认识马先生的人很多，无论是清华园柜上和跑堂的，还是东来顺门前切肉的伙计，再或是北门把门儿的豫康东烟店母子，都会和马先生打招呼问声好，马先生也会频频点头致意，最后从"吉祥"后台走进剧场扮戏。那时没见有人要与他合影签名之类，但这些场景至今还记忆犹新。

那时家里存有很多老唱片，仅马连良灌的唱片就有几十张,都是三十年代到四十年代高亭、百代、蓓开和物克多的出品。不但有唱段,也有单单是白口的片子。例如《清官册》《审头刺汤》等。那段《审头刺汤》中陆炳在大堂申斥汤勤的大段念白,不但反复听,甚至能学,六十多年过去,至今还能一字不落地背诵,可见我那时对马先生念白的痴迷。

马先生塑造的舞台形象可以说是绝无雷同,千人千面。无论是饰演田单、程婴、蒯彻、张苍、苏武、王莽、孔明、乔玄、李渊、薛仁贵、寇准、徐达、朱棣、海瑞、邹应龙、莫怀古等帝王将相,还是张恩、马义、薛保、白槐、莫成、宋士杰、张元秀等小人物,无不惟妙惟肖,真情流露于自然之中。可以说,马先生把戏剧的很多元素都融入了京剧戏曲艺术中,使相对程式化的皮黄戏曲更加丰满,剧中的人物形象各异。

应该说,马连良先生在近代中国戏曲史上是一位里程碑式的、继往开来的生行表演艺术家。

再谈谈马龙这本《温如集——马连良师友记》。

除了从幼年对马连良艺术的崇拜,个人大概也是看过马连良演出而如今尚健的、为数不多的人之一。另外也与马龙大伯马崇仁、其父崇恩(乳名小弟)和小姑马小曼有过数面之缘，又与马派弟子传人张学津从幼年相识。我想，这也是马龙邀我为本书作序的原因吧。

马龙写过几本关于马连良艺术经历的著作，对马连良和马派艺术多有阐述，都很翔实生动。但是这本"师友记"则是从另一角度写马连良从艺坐科到交友往还、课徒授业的内容，一年多以前，马龙就将这部书稿拿来让我看。读后，觉得这正是从另一个角度了解和认识马连良先生的作品，因此推荐给了北京出版社。

所谓"师友"，这里既有马连良先生从坐科学艺以来的业师和同门，有对他在艺术道路上提携与指导的文化人，也有总角之交的朋友；既有合作多年的舞台伙伴，也有他的传人与弟子，其中有些人我也十分熟悉。

书中有些篇目虽然仅标明写某一人，而实际谈到的却是几位师长和友人，如在谈邵飘萍的篇目中也谈到徐凌霄。因此仅从目录上还不能窥其全部内容，只有卒读之后，才能了解这本书资料之丰富。

开宗明义，第一篇"第一伟大科班的师友——富连成人"，是对马连良在富社八年坐科和三年"带艺入科"的阐述。马连良坐科富连成八年，后出科演出一段时间，又主动请求"带艺入科"，深造三年，前后在富社学艺十一年时间。

这是个什么概念？就当时而言，也应该等同于在协和医学院本科毕业而又读博三年。以今天的理念而言，是相当于中国戏曲学院的研究生班毕业。而其坐科的八年又远远超过了今天本科学习的时间。这也是马连良之所以功底扎实，能够在唱念做打各方面打下坚实基础的原因。富社创办人叶春善和总教习萧长华、业师蔡荣贵都是马连良的恩师，因此，在这一篇中所述马先生成名之后不忘富社十一年的教诲，对叶先生、萧老、蔡荣贵老师执弟子礼甚恭，对同门学长、学弟尊敬、友善与提携的事迹，也足可见马先生的尊师重教、友爱同门的为人之道。

马先生早年曾受业于老谭派须生贾洪林，贾在做工和念白方面对青少年时的马连良有着重要的影响，这也是马连良在坐科时能博采众长的体现。

梅马两家可谓是通家之好，因此马龙用"肝胆相照"来形容两家的关系。梅兰芳与马连良不但在艺术上有多年的合作，在那些极端困苦的特殊时期里，还能够互相关照，共度时艰，也是为人钦敬和称道的。君秋在马先生面前，当是晚辈，他们几度合作都非常成功而默契。君秋无论是在人前人后，对马先生都是十分尊重的，他在我家就多次说到马先生对他的提携照应。

《重情重义的朱海北》一文，谈到马连良与朱海北的交谊。恰好我家与朱家也是四代世交。朱桂老启钤先生在先曾伯祖次珊公面前称晚辈，因此朱海北虽仅比我的祖母小三四岁，也只能是晚辈了。五六十年代他们时常在一起，我也与他常见面，他与张学铭郎舅两人还带着我去逛隆福寺，至今记忆犹新。朱海北在我家不被冠以"朱二爷"尊称，而被呼以乳名"老铁"。五十多岁的人，穿着淡粉红色的衬衫，皮肤白皙，头发永远梳理得油光水滑。他虽一辈子是个"玩家"，但是为人毫无心机，只有真正了解他的人，才知道他为人厚道，重情重义。我与其子文相和他的一班朋友如刘宗汉、高尚贤等也十分熟稔，可惜文相早逝，他的两本遗著也是后来在燕山社出版的。

　　吴晓铃先生是戏曲研究家，中国社科院文学所的研究员，他不但精通梵文，同时也是戏曲古籍收藏家。八十年代中期，我在负责《燕都》杂志时，常去宣武门外校场口向他约稿和请教。彼时正值改革开放，劫后余生，吴先生与许多梨园界的老朋友，如梅家、荀家和马家等又恢复了往来。每次去拜访吴先生，也经常谈到许多梨园旧事。马龙文中谈到吴先生对马连良夫妇的情谊，据我了解，吴先生对许多梨园前辈都有着这样的感情，而梨园界对吴先生也是格外尊崇。

关于沈苇窗，虽未有谋面之缘，却有不少书信往还。他是浙江桐乡乌镇人，也是昆曲大家徐凌云的外甥，既是报人，也是后来香港的闻人。一九六三年，北京京剧团赴港演出，效果轰动，而沈苇窗先生也是积极参与者之一。

一九八五年《燕都》创刊，恰好沈先生也继《大人》之后再度创办《大成》杂志。当时《燕都》的另一位负责人海波先生联络各方面作者的能力远比我强，是他最先与沈先生联系上的。后来《大成》与《燕都》每期互赠，所以在沈先生去世和《大成》停刊之前，每期的《大成》都能看到。《大成》与《燕都》的性质相似，都是以谈旧人旧事、掌故琐记、文坛过往、梨园故事为篇题，以亲历、亲见、亲闻为主旨，力求言之有物。《大成》当年也是因为沈先生在港、台、大陆的人脉，才能有那么丰富的内容。《大成》初创，封面多由张大千先生免费供稿。不久前，黄永玉公子黑蛮来访，他久居香港，和这位"沈伯伯"很熟，也曾为《大成》画过封面，于是谈起沈苇窗先生往事。一九九五年沈先生去世，《大成》也随之终结，真可谓是人亡刊亡，令人兴叹。不久，《燕都》也因经费问题停刊。作为《广陵散》一般的旧闻期刊，恐怕如今能识者亦无几人了。

《温如集——马连良师友记》的最后一部分是谈马派艺术的传人和弟子。

在早期弟子中,我与王金璐和李墨璎伉俪最熟,多是由于朱家溍先生和吴小如先生的关系。那时他们夫妇常去《燕都》编辑部小坐,也来过我家。王先生在双榆树的寓所我也去过。最后一次见到王金璐先生是在正乙祠纪念朱家溍先生忌辰的会上,彼时李墨璎先生甫去世,而我尚不知,问到李先生时,王先生握着我的手,连声道"没啦,没啦",老泪纵横。他们夫妇一世感情笃厚,足可见矣。据马龙的回忆,马先生晚年的许多资料整理都有他们夫妇的心血。

至于我和学津的关系就不消说了。去年,在纪念张学津八十诞辰的纪念会上我已经都阐述过。这里唯一想说的是,君秋让学津学习马派,而马先生收学津为徒都是极其正确的选择。今天,许多京剧爱好者对马派的观摩,几乎都是从学津为马先生的"音配像"中获得。没有看到过马先生舞台演出的观众,也都是以学津的舞台形象为范本的。

五十年代到六十年代初,与马先生合作过的青年旦角先后以罗蕙兰、李世济、李毓芳为主,当然也不仅是这三位。除罗蕙兰较早(后来是赵丽秋),我没有赶上,但是后几位我都看过,作为二牌旦角和晚辈,她们都能很好地掌握分寸,起到烘托和恰如其分的襄助作用，也是马先生晚年艺术成就的帮衬者。

本文的最末，则也有几句因这本《师友记》感召而生发的感慨和总结，或者也可以看作是对今天年轻一代京剧演员的一点希望和寄语。

京剧自诞生以来近二百年的时间，其一代一代的传承，是能够使之延续和发展的唯一途径。没有传承，就没有京剧的生存。而在旧时代，学习皮黄艺术的基本途径是坐科，也是延续这门艺术的主要途径。在旧时代，学戏坐科的孩子大多数是贫苦出身，或是出身梨园世家，因而缺乏学习文化的机会。

演员与艺术家的区别在哪里？我想大抵有三个方面：

一是有真正刻苦学习专业的经历，"梅花香自苦寒来"，绝非虚妄之词，没有坚实的功底和基础，博采众长的艺术追求和悟性是不行的。

二是有文化的追求。任何一门艺术都不是孤立的，触类旁通，需要多方面的濡养。因此，作为一个演员需要不断地加强自身的文化积累，腹有诗书气自华。马连良先生在其艺术道路上就是不断读书学习，汲取各方面的知识丰富自己，因此无论是在台上还是私底下的生活中，都有一种难得的书卷气。

三是有一个文化环境和社会交往的氛围，有文化界各方面的朋友。梅兰芳先生如是，程砚秋先生如是，余叔岩、马连良先生亦如是。而这本《温如集——马连良师友记》虽非系统论述马连良生平和艺术的专著，但正是从马连良社会交往的角度审视他的日常生活与文化追求。因此这本记录马连良与师友交往的书，虽然可能还有许多人和事没有收录其中，但是已经能让我们更全面地了解马连良。

时代在发展，社会在变迁，但老一辈艺术家的文化修养与追求仍然是值得今天青年戏曲演员学习与思考的。

赵珩　癸卯长夏于彀外书屋

目 录

序言   1

学而时习篇   1

第一伟大科班的师友
——"富连成"人   3

良师益友篇   39

精神不死的邵飘萍   41
"御用"编剧吴幻荪   58
深明大义的张君秋   74
重情重义的朱海北   92
手持通票的黄澍霖   113
肝胆相照的梅兰芳   126
亦师亦友的吴晓铃   151
总角之交冯季远   171
因戏结缘的老舍   185
信义为上的沈苇窗   198
体贴入微的周恩来   229

传道受业篇 *245*

    追随毕生的王和霖、王金璐 *247*

    精心辅佐的李慕良、马盛龙 *264*

    触类旁通的迟金声 *282*

    因材施教的童祥苓 *310*

    青年旦角：

        罗蕙兰、李世济、李毓芳 *321*

    最后梯队：

        冯志孝、朱秉谦、张学津、

        张克让 *337*

后记 *362*

学而时习篇

第一伟大科班的师友
——『富连成』人

富连成科班，简称富社，成立于一九〇四年，终结于一九四八年，办班历史长达四十四年，为我国的京剧事业培养了近八百名艺术人才。在中国的京剧教育史上，它是办班时间最长、规模最大、培养人才最多、影响力最大的京剧科班，曾有"中国第一伟大科班"之称。

一个著名科班的光辉历史，无疑是一部群星璀璨的艺术家画卷，也是一部"角儿"的历史。富连成培养出了众多的艺术家，马连良先生就是其中的一员。首先，他是由富连成科班亲自"开蒙"培养出来的学生，不是"带艺入科"的学员；其次，他在富连成的学艺时间最长，曾经两次在富社学习并深造，学艺时间共计十一年有余；再次，他在毕业后所取得的艺术成就最大，成功创立京剧马派艺术体系；最后，他的知名度最高，位居京剧"后四大须生"之首。他之所以成为一代艺术大师，必然与他自身后天的努力有着息息相关的联系，而富连成科班对他前期的培养，也是马先生成功的必由之路。所以说，马连良绝对是富连成科班最具代表性的人物。他的成功，与富连成人对他的培养和帮助息息相关。

丰富的艺术积淀

一九〇九年正月十五日，马连良步入了著名的京剧科班喜连成（富连成前身），排"连"字辈。萧长华先生为其起名连良，字温如。先习武小生，后改习老生，从配角、二路老生学起，唱工戏、做工戏均有涉猎。一九一五年科班重排重头连台本戏《三国志》，安排马连良饰演诸葛亮，并为其增益编排了"祭风坛"一折,《借东风》从此唱响,成为马连良一生中的首本代表作。

马连良于一九一七年出科,帘外(京城以外)巡演一年多。一九一八年中秋前回到北京,并向叶春善先生提出再次回富连成深造的要求。此后,他一边在富连成学习演出,一边观摩京剧名家,博采众长汲取养分。又用三年的时间,为日后形成马派艺术,打下了深厚的基础。一九二一年底他再度出科,此后,在宗谭(鑫培)学贾(洪林)博采众长的基础上,力求将唱、念、做、打等艺术手段融为一体,力图在表演中做到全面展示上述手段,探索一条适合自己发展的道路,其后逐渐形成自己的艺术风格。

经过近二十年的努力,到了二十世纪四十年代,马连良已位居京剧"后四大须生"之首。可以说,马连良的艺术历程如同半部京剧发展史,活生生地展现在人们的面前。马连良被称为一名非常全面的老生艺术家,著名京剧编剧家翁偶虹先生赞誉他"面面俱到"。他之所以能够取得如此之高的艺术成就,与富连成科班为他打下丰厚而全面的艺术基础密不可分。

一九〇九年,自马连良入科的第一天早上练功开始,富连成社中的规矩就是文吊嗓子武练功,毯子功不分文武都要练。压腿、踢腿、拿顶、下腰、翻跟头,循环往复,百炼成

青年时期的马连良

钢。他先学武小生,由茹莱卿先生开蒙,学习《石秀探庄》《蜈蚣岭》等剧目,打下了坚实的武功基础。

作为一名老生演员,马连良在他的演艺生涯中,经常演出文武并重的剧目,如《广泰庄》《定军山》《战樊城》《战宛城》《临潼山》等,四十几岁时还坚持演出《阳平关》,六十岁时还想与谭富英先生合演《战长沙》。特别是他早年有一出常演的靠把老生剧目《磐河战》,他在剧中饰演公孙瓒,除了唱、念、做的表演以外,还有繁难的武打。他的弟子王金璐曾发表《马派艺术的"打"》一文,其中对《磐河战》具体描述如下:

> 马先生扮演的公孙瓒,除去唱、做、念以外,要先和袁绍开打,继而还要和颜良、文丑开打,最后战败落马。其中有一段开打是颜良用大刀把儿迎面扎过,公孙瓒急忙躲闪,只有一丝之差没有被扎伤面部,刀把儿擦着上额头皮,一下把头盔挑掉。这紧张情景,舞台上表演只是一刹那间。只有演过这个戏的演员才能体会到这一动作的艰难。他在演这一段时,事先在后台把头盔的绳子放松,当开打接近到挑盔时,他与饰颜良的演员都准确而又迅速地站好相互的位置。颜良的刀把儿向上一扎,刚到

而未到头部的一刹那时,马先生弯腰,然后脖梗子用力往上一挺,硬把一顶沉重的头盔甩得离开头部,从四根靠旗的上端扔到后面去。

这个动作层次不多,可技巧不好练,躲慢了要出事故,躲早了不真实,腰弯大了,不美观,腰弯得太小,只凭脖梗子甩,力气不足,恐怕头盔不能扔过靠旗子去。有的演员由于武功基础差,没有把握,又为了保证安全,到了这时只有站远距离,放慢了速度,这样肯定不能把"挑盔"的惊险情节真实而又精彩地表现出来。而马先生演公孙瓒时,"挑盔"的武打动作惊险漂亮、真实利落。每演至此,台下必然彩声四起。由此可见他武功基础是多么深厚,这与他在富连成学习时期练就的扎实功底息息相关。

马派艺术的特点之一就是有扎实的武功,业内许多老生演员只重唱腔演绎,而不能扮演扎靠有武功的人物,被业内戏称为"义和团老生——刀枪不入"。马先生晚年时曾经表示,恐怕只有科班出身的专业人士,才能全面地继承他的艺术。因为许多票友出身的演员,没有武功基础,不仅武打难以施展,而且上下身不合,致使在身段表演上捉襟见肘,马

《广泰庄》马连良饰徐达

派重要的做工表演也就力所不逮，不能完美呈现，流派特色上就有所缺失。可见他对武功基础的重视程度。

　　了解马派艺术的人都知道，马连良先生自幼就不是一个先天条件特别突出的孩子。他嗓音条件一般，又没有深厚的梨园行家庭背景，起初并不是科班重点培养的对象。他之所以能够在众多的师兄弟中脱颖而出，全凭他自己对京剧艺术执着的热爱和老师对他的精心栽培。

近年来，在上海发现了一批以马连良演出剧目为主的富连成老戏单。这些戏单涵盖时间跨度长、记载剧目多、反映史实准，时间从一九一四年到一九一七年，正好是马连良先生从龙套到老生配演，再过渡到老生主演的时期。特别是马连良在一九一四年的几张戏单很有意思，其中三月十五日，参演全武行的《兴隆会》《百凉楼》，"上榜"学

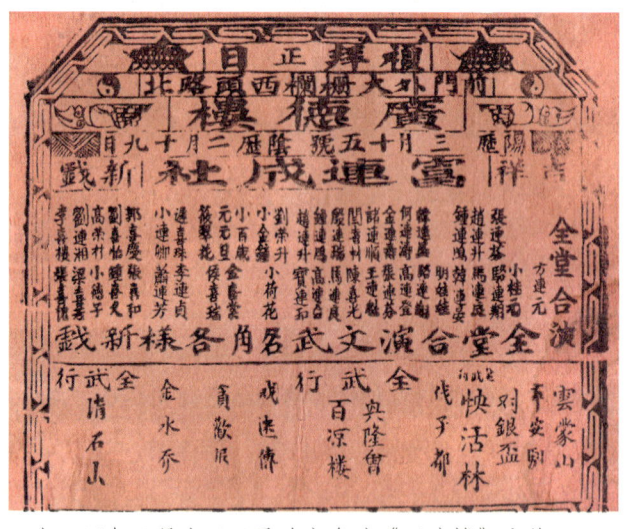

一九一四年三月十五日马连良参演《百凉楼》戏单

生共十六人,他排在倒数第三位;七月二十六日,参演三四本《三侠五义》,"上榜"学生共十二人,他排在倒数第五位;这两个位置是典型的龙套"活儿"。这些资料足以证明,马连良绝非从小就是"角儿"的坯子,也不是具有极高天赋条件的学生,更不是科班的主力培养对象。通过这些文物的翔实的记载,说明他的成功是靠一步一个脚印地从龙套、配演逐渐走到舞台中间来的。

他从跑龙套开始,一步一个脚印地潜心学艺。不但没有抱怨老师不给他安排重要角色,而且从此自强不息,更加专注用心,从跑龙套中悟出了真经,打下了广泛的表演基础。他在北京戏校担任校长期间,给学生们上的第一堂大课就是"跑龙套"。他说:"台上是最近距离学戏的大好机会,是花多少钱买票都买不到的位置。即便老师不让我演主角,我也学会了。"

在跑龙套的同时,他还扮演过不同行当的若干次要角色,如《取洛阳》中的小生、《金水桥》中的老旦、《五人义》中的小花脸等,演来皆能惟妙惟肖。总之,但凡台上角色少一个人,老师就让马连良顶上。正如他自己所言:"科班的好处是,一出戏,比如《捉放曹》吧,我学陈宫,除去学陈宫的词、身上以外,其他曹操、吕伯奢,以至'迎接家爷'的那个童儿的一切,我全得学。表面一个人学一个角,实际不止于此。"由于他涉猎广泛，体会全面，才能有助于他在表演上的成功。老师见他学习有心，逐渐安排他担当扫边老生、二路老生，都是扮演一些配角人物，十五岁前后才逐渐过渡到饰演正工老生。"不积跬步，无以至千里"，正是富连成科班这种循序渐进的训练方法，使马连良先生的表演艺术能够脚踏实地地不断成长。

唱正戏后，为了加强对马连良的培养，富连成的老师们在他身上的确下了心血，不放过任何让他磨炼的机会。在一九一六年天津李宅的一次堂会中，马连良一天之内连演五出重头剧目，其中包括与程连喜合演的《群英会》《三江口》，与侯喜瑞合演的《雍凉关》，与李连贞合演的《武家坡》，最后还要上演他的拿手好戏《盗宗卷》。马连良自己在演出的过程中也是任劳任怨不遗余力，他经常在一天辛劳的演出结束后，人已经累得只能瘫坐在马车上，一边啃着一个凉烧饼，一边游荡在半梦半醒之间。他对"北戏"的学生们讲话时最后强调地说："我是怎么成为的马连良，你们自己去悟。"

众所周知，马派艺术的特点是唱、念、做三者并重。马先生之所以追求这种表演模式，与他在富连成时期的学艺经历有关。有学者曾认为，马先生是在十七岁"倒仓"之后，嗓音不能引吭高歌，故而转向做工老生、武老生方面发展，以念、做、打的表演手段弥补唱之不足，实不尽然。马连良自幼资质普通，十四岁之前皆演配角。后因出演《金雁桥》中的配角孔明表现优异，为小翠花（于连泉）、程连喜配演《贩马记》之李奇，表现得"老气横秋，堪称良佐"，引起社长叶春善、总教习萧长华的重视，发现马是个做工老生的苗子，便开始有系统地按照这个方向培养马连良。加之马本人对贾洪林先生的表演艺术有所偏爱，在科班中以模仿贾洪林著称，因此学习做工戏就更加有兴趣，进步速度也快于常人。

在他出科之前，《顺天时报》对他的做工戏就有"先见之明"式的评论，在《马连良之〈滚钉板〉》一文中这样写道："做工老生迩年以来，日见缺乏，贾洪林外，无甚杰出者，有之，当以富连成社马连良为继起人物……身体之灵便，神情之出色，均不在洪林下，此子将来做工老生中当坐第一把交椅矣。"

社长叶春善先生与总教习萧长华先生以及蔡荣贵先生主要负责教授马连良。据现存富连成演出记录统计，马连良在坐科八年和深造三年期间主演的剧目（非学习剧目）约有五十余出，其中上演次数最多的剧目依次为《清官册》《八大锤》《审头刺汤》《天雷报》《南天门》《十道本》等，这些都是传统的老生做工戏，他在富社期间，每一出都至少上演超过五十次。

一九一八年，马连良自福建回京之后，要求二次深造，又在富连成学习了三年。在此期间所学并上演的主要剧目包括《失印救火》《宝莲灯》《汾河湾》《节义廉明》《骂王朗》《三字经》等做工戏。综上所述可以看出，叶春善先生对马连良无疑是向着做工老生的方向培养，由于叶本人就是做工老生出身，他对弟子马连良的重点打造，为其日后开创一代新的艺术流派奠定了坚实的基础。

马连良在坐科期间，京剧的末行已经和生行相融合，所以富连成在教学的过程中，生行的学生学习的剧目唱工戏和做工戏兼而有之。他在重点学习做工戏的同时，也兼学了大量的唱工戏，奠定了扎实的老生艺术基础。比如以唱工见长的《失空斩》《李陵碑》《连营寨》《珠帘寨》《四郎探母》等剧目，虽然这些剧目在富连成坐科期间演出不多，但是他一九一七年在福建的一年左右的演出期间多次尝试，历练了自己的艺术才能，丰富了自己的演出剧目。虽然嗓子"倒仓"之后只能唱"趴字调"，但是他没有就此放弃唱工剧目的表演，这是他在民国十八年（一九二九年）嗓音大好后能够自如地上演各种老生戏的根基。

《审头刺汤》马连良饰陆炳

开明的教学模式

马连良在富连成学习期间，对总教习萧长华先生极为崇敬。他曾经夯着胆子问萧先生："您怎么什么戏都会呀？"萧老语重心长地对他说："我学戏有个秘诀，就是所有的戏都会背总讲。不但要会自己的戏，还要会别人的戏。这样学戏能够融会贯通，对台上有极大的帮助。不但演戏方便，教戏也方便。"总讲除了包括剧本的全部内容外，还注明了与表演有关的提示、锣经等，是戏班用于排演剧目的依据。马连良对萧先生的教诲铭记心头，从此乐此不疲地按照这一方法学习，日后还将这一学习方法传承给了自己的弟子。萧先生见此子敏而好学，遂对马连良另眼相看。

当时科班为了营业演出的需要，在自身没有合适主演的时候，经常外聘"带艺入科"的学生主演剧目。富连成在老生行中，曾外聘周信芳、贯大元、林树森、高百岁等。一九一五年萧长华先生为复排连台本戏《三国志》，决定起用科班自己培养的学生马连良。为了加强诸葛亮的戏份，并根据剧情的需要，萧长华先生决定把过场戏"祭风坛"加以丰富。由于马连良曾将《雍凉关》一剧的二黄唱腔演绎得比较完美，于是根据这一唱腔重新填词，创作了"先天数玄妙法犹如反掌"一段新腔。由于萧老的创作得当以及马连良的表演传神,这段《借东风》唱腔从此一炮而红,传唱至今,将剧名和人名画上了等号,提到《借东风》,就想起了马连良,马连良也因此成了"科里红"。根据现有演出记录记载,在马连良坐科期间,《借东风》上演了四十余次,成了他的首本名作。《借东风》成就了"科里红",马连良从此成为富连成重点打造的艺术新星。

一九一七年二月,马连良满科毕业,后赴福建实践演出近一年。在演出期间,他的嗓子开始变声,许多剧目难以为继,于一九一八年夏不得不返回北京。为了进一步深造,他对师父叶春善表示,希望再一次回富社学习。除了要会"站当间儿的",还要会"站两边儿的"。叶社长明白马连良的心胸,知道他这是一年来见识和历练的结果,希望将来能够自己排练新戏。叶春善先生一口答应,说道:"我一定成全你!苦练三年,走遍天下。"

从此,马连良成了富连成科班历史上唯一一名两次在科班学习的学生。叶春善先生为他量身定制了一套教学方案。首先,加强宣传力度,在马连良二次回科的首演之前,在广告上以"特约福建新回超等名角马连良"为招徕,戏码位列压轴,力捧弟子。其次,让马连良每天白天在广和楼演出所

《借东风》马连良饰诸葛亮

学剧目,晚上去各大戏院观摩名家演出,博采众长,为我所用。这时,伶界大王谭鑫培已经去世,叶社长为了将马连良打造成一颗继谭鑫培之后的新星,不惜重金聘请谭鑫培的琴师徐兰沅、鼓师刘长顺为爱徒伴奏。观众见到徐、刘二人如同见到谭老一般,对主角马连良也就多了一份无形的亲近感,支持力度可想而知。

富连成科班虽然成立于晚清时代,其教学模式不乏"念、背、打"等传统套路,但也有许多开明之处,对培养学生大有裨益,马连良在这方面受益匪浅。在他十岁的时候,谭鑫培、贾洪林等名家演出《朱砂痣》,需要一个娃娃生,科班就推荐他前去。艺术大师的表演对幼小的马连良无疑起到了"震撼"的作用,与他出科后走上了"宗谭学贾"的艺术道路不无关系。

科班排演《斩黄袍》,给马连良派了一个由末行饰演的配角苗顺。苗顺在被罢黜后原本唱四句【摇板】:"龙书案下三叩首,好似鳌鱼脱钓钩,官诰压在龙书案,这是我为官下场头。"马连良觉得这样唱着不过瘾,就把第一句"龙书案下三叩首"改唱【散板】,其余的改唱【流水】,并自作主张修改了唱词:"好似鳌鱼脱钓钩,罢罢罢,休休休,得自由来且自由,早知为官不长久,且去深山把道修。"在"且去深山"

后加入拂袖、抖髯口等做工表演，于"把道修"的拖腔中翻水袖下场。观众顿觉好听、新颖，彩声不断。马连良的这一"造魔"行动不仅没有受到先生们的指责，而且萧长华、蔡荣贵等老师从此对马连良另眼相看，认为他有创作能力，就让他以后这么演下去，这在当时的科班教学中是非常难得的。

马连良在福建演出期间，从南方演出的《打严嵩》版本中发现有一段"忽听得万岁宣一声"的流水板唱腔非常好听，以前在北京的舞台上从未听过，于是在富社演出期间就用上了。当时业内京朝派与海派泾渭分明，相轻已久。但富社的老师们却非常开明，且能够兼收并蓄，没有任何人说，这不是咱们京朝派的东西，咱不能使。这种鼓励学生积极创作的教学方法，反而成就了年轻的马连良，这段唱腔日后也成为他的代表作之一。可以说，富连成的开明教学模式助推了马连良的进一步成功。

在马连良二次深造时期，社会上已经有不少有识之士关注马连良，并针对以马连良的艺术条件应该演出何种对工的剧目这一问题，在报章上发表文章给予建议。如著名剧评家汪侠公建议，马连良宜学《失印救火》《焚绵山》等做工剧目。富连成的叶春善、萧长华等先生认为有理，于是从善如流。一个半月后，马连良立马上演《失印救火》。该剧当时已几近失传,老谭先生曾在此前十五六年前演过,其后已无人继演。马连良此举,对自身的剧目建设和京剧的传承都至关重要。而知识分子的有关建议被认可,无疑是富连成开放型办学的典型举措,对马连良的进一步深造起到了良性循环的作用。

特别是在深造期间,富连成对马连良所传授的剧目,没有一味地追求"正宗谭派"的戏路,而是根据马连良个人的嗓音条件,教授适合他的剧目。比如,《珠帘寨》《失印救火》是恢复谭鑫培老先生的戏路;《宝莲灯》是取法贾洪林先生的戏路;《四进士》是继承孙菊仙的戏路,兼有贾洪林风格;《焚绵山》《骂王朗》是追摹张胜奎的戏路;《一捧雪》是主学贾洪林、兼学刘景然的戏路;等等。马连良在这种教学环境下,兼收并蓄博采众长,融会贯通拿来我用。只要是适合自己的,就是最好的。因此,在他头脑中才有了异于常人的"无所谓派"的概念。

自一九一八年夏至一九二一年冬,马连良在富连成科班继续深造了三年多,叶春善先生觉得时机已经成熟,于是对马连良说:"你可以再次出科了,再待下去就耽误你的前程了。"不久,上海亦舞台方面进京约角儿,机会给了马连良这个有准备的人。他以"我无所谓派"的自信、"初次新到真正独出心裁唱做须生"的头衔、富连成历练十一年的精湛技艺,

《珠帘寨》马连良饰李克用

挺进这个志在必得的京剧重镇。由富连成科班叶春善、萧长华、蔡荣贵等老师悉心打造的这颗艺术新星，一九二二年在上海滩一炮而红，从此走上光明的坦途。

深厚的师生情义

马连良的成功，离不开富连成科班对他的培养。他毕生都十分感恩师父叶春善和老师萧长华，与叶、萧两家一直保持着非常亲密的关系，不知道的外人以为马家与这两家是亲戚关系。

在民国十八年（一九二九年）前后，马连良已经是京城独立挑班大红大紫的"马老板"了，特别是到了演出场所等地，总是前呼后拥地围绕着许多人。一天，北京有一大户人家举办堂会，主人和朋友等见他的到来非常兴奋，于是一大群人簇拥着他从大门前往客厅。这家的堂会也请了富连成科班，叶春善师父与一群小字辈的师兄弟正在一边候场，相比之下，多少受到了些冷落。当马连良突然看见师父的时候，立即分开众人，抢步来到叶春善面前，恭恭敬敬地给师父行了大礼，问安之后笔管条直地在师父身边垂手侍立，这家主人和周围的人都看懵了。有不认识叶春善的还心中纳闷儿，心想：这位老先生是谁呀，马老板对他这么敬重？叶师父看见这么多人围着，才说了一句："我这儿没什么事，忙你的去吧。"事后有人对他说，今儿您可给你们先生挣足了面子哦。马连良郑重其事地对他说："您想错了，我多咱见到您都这样，我一见到您打心里就发憷。"他每次乘自己的私家汽车去看望师父，都是嘱咐司机不准把车停在师父家门口，而且特别强调，不许按喇叭催人，要考虑师父的感受和情绪。

到了一九三三年前后，为了操持富连成，叶先生身体就有些每况愈下了。马连良为了让师父开心，在叶生日那天，特地打造了一块匾额，上书"菊国宏教"四个大字，献给栽培自己的师父。在叶春善病重的时候，扶风社正在外地演出。为了给师父祈福，特意请人雕刻了一枝"百寿图"的手杖。不料没有多久，叶先生就去世了，他只得在回京之后，毕恭毕敬地将手杖奉于师父的灵前。

萧长华先生是马连良的老恩师，让他一炮而红的《借东风》就是出于萧先生的手笔。虽然马连良早已出科多年，成绩斐然，但萧先生一直如同在科班一样，关注这个得意门生在艺术上的一举一动。一天，萧先生收听收音机中转播马连良的全部《借东风》，当他听到马连良饰演的鲁肃对周瑜念道：

"那孔明借箭，莫非有逃走之意吗？"萧长华不免心中暗自焦虑，他马上找到马连良，爷儿俩一起分析台词。这时的鲁肃不但不知道孔明将要趁大雾去曹营借箭，就是在登上草船时，他也不知道，否则鲁肃怎么会唱"鲁子敬在舟中浑身战抖"呢？因此，这个"借"字必须改为"造"字。马连良连连称赞老师的真知灼见，虽然这么多年来自己一直这么念，观众也没提出异议，但是考虑到戏情戏理，必须按照萧先生的建议立即修改。

他们爷儿俩有时在舞台上合作，所以日常见面的机会比较多。和见到叶师父一样，马连良对萧老永远是恭恭敬敬嘘寒问暖。一天散戏后下起了小雨，他见萧先生一个人冒雨步行回家，心中不忍，就让司机把车停下，请先生上车。萧老坚辞不就，他说："我习惯走着，这样我舒服。"于是马连良当即下车，跟萧先生说："那好，我陪着您。"爷儿俩顶着小雨边走边聊，直到把先生送回家。

时间到了二十世纪六十年代，一天雪艳琴先生举行收徒仪式，请萧、马等京剧名家前来出席。等到要拍大合影的时候，名家大腕都就座于第一排，其余人都在后排站立，这是梨园界不成文的惯例。萧先生让马连良坐他旁边，马连良坚持要站着。这事可让主人雪艳琴为难了，她也不敢坐了。最后还是萧先生说了话:"连良,你要站着,那别人怎么办?我让你坐的,就坐我身边。"马连良只好遵命,但是斜着身侧坐。后来有人问他原委,他说:"我不敢和我们先生平起平坐。"

郭春山先生是著名的丑角演员,与萧长华、慈瑞泉并称丑角"三大士"。在马连良刚刚进入喜连成科班的时候,郭先生在那里兼任教师。当时喜连成有位先生认为马连良没有唱戏的潜质,属于"祖师爷不赏饭"的材料,直接就把他轰回家了。正当马连良拿着自己的小包袱一步三回头依依不舍地离开科班时,遇到前来上课的郭春山先生。他一见马连良哭得泪人一般,于是动了恻隐之心,坚持要把马连良留下来,郭先生说:"这孩子多仁义呀,别让他走啊。"于是,马连良才得以在喜连成继续他的京剧艺术生涯。

到了二十世纪三四十年代,郭先生年事已高,不能经常登台演出,生活渐入窘境。马连良为了报答老师当年对自己的恩情,让郭先生的儿子郭元汾搭入扶风社,担任铜锤花脸,还安排他在自己前面唱一出正戏,并特聘郭春山为扶风社戏剧顾问,无须登台,仍有固定戏份收入,基本解决了郭老的生活问题。一九四〇年,马连良的扶风社赴上海演出,携郭春山父子同来,郭老被沪上媒体称为"名贵的老古董",十分关注。于是,马连良与上海京剧界的孙兰亭、刘斌昆等人一

马连良与老师萧长华

起集思广益，策划了一场丑角大会，即一晚上演出中的每一出都是丑角戏，让郭老在演出中露演一下，因为这种演出形式在上海比较少见，定会有相当轰动的演出效果和极大的票房收入。马连良等还决定，将这场演出定会卖出的"大价钱"收入，全部奉献给郭春山先生。

在富连成期间，主教马连良老生的是蔡荣贵先生。在二十世纪三四十年代，蔡先生被中华戏校、荣春社科班聘用，除了教授一般的老生课程外，也传授给学生们一些马派剧目。虽然他们两人不在一起，但师生关系依然十分密切。他曾对马连良说："我老了，你有空过来给孩子们指点指点。"马连良谨遵师命，在他不忙的时候就去荣春社后台，看了学生们的戏之后，主动给他们指导。

一天，蔡先生正在家中给李甫春等学生说戏，马连良前来探望。见到老师之后，马连良立即右腿跪地给蔡先生请安。见到老师正在教课，不便过多打扰，于是马连良对蔡荣贵说："离开您多日，什么也没给您买，这个小包留下给您买点东西吧，我回去了。"蔡先生让李甫春打开小包看看是什么东西，原来是五根金条。李甫春问："马伯伯给您这么多钱啊？"蔡先生平静地说："我给他的比这个多，连良是个有良心的人！"

一九四四年夏天，蔡荣贵先生去世。马连良接到通知后心情十分沉重,连忙赶到蔡家,进门后就赶紧换上孝袍,和李甫春等蔡先生的徒孙们一起给蔡先生跪灵。蔡家人连忙劝阻,不让马连良行此重礼,马连良泪流满面地说:"让我再送先生一程吧!"一直跪到很晚很晚。

马连良除了敬畏老师,对他的师兄弟们也非常尊重,特别是对教过他的师哥雷喜福等。为了培养长子马崇仁学老生,他决定请雷喜福给他开蒙,可马崇仁不愿意,主要有两点原因。

其一,父亲马连良当时已经是红遍大江南北的老生头把交椅了,受到观众的热烈追捧,但雷先生等个别业内人士对此总是不服,常说当年在科班时自己是大师哥,如何指导马连良,甚至说"我当年还打过他一个大嘴巴"等,以及现在马连良的表演太另类,与他教的不一样,他很不满意云云。总之对马派独树一帜的艺术不够理解,爱说风凉话。这也许是艺术观点不同,加上爱"拍老腔"所致。当时马崇仁年轻,不愿意听雷先生说对自己父亲不利的言语。

其二,雷先生当时主要靠教戏维持生活,请他上台的人不多。马崇仁看过他台上的表演,和业内许多人上一样,认为比较夸张过火。另外他的发音有点怪,不太容易被普遍接受。特别是像《审头刺汤》《天雷报》这样的做工戏,雷与马的戏路大相径庭。马崇仁认为父亲的这些戏比较干净,有艺术美感，对传统剧目有所发展，富于时代气息，而雷先生有些地方的表演比生活中还夸张，不易为观众所接受。哪有儿子不学老子而学外人的道理？因此，他就更不理解父亲为什么让他跟雷先生学戏了。

马崇仁不想跟雷先生学戏，又怕父亲生气，一直犹豫不决，也不敢问。终于有一天实在绷不住了，直言不讳地把他的想法说了出来，想让父亲给他换个老师。马连良没生气，语重心长地对儿子说："雷先生是我的师哥，我在科班时就跟他学过，他的玩意儿我比你清楚。你是我儿子，你的接受程度到哪里，你学戏能掌握多少尺寸，我也最清楚。你别看他过火，可你却学不到他的那个份儿上，这对你来说就正合适了。你以前没正经地唱过老生，请雷先生给你打基础错不了。"

坚强的师友后盾

自一九二二年二次出科后，马连良正式开启了他的"后富连成"时代。马连良经过与荀慧生、尚小云、朱琴心等名家的合作，技艺不断成熟提高。自一九二七年始，相继挑班春福社、扶春社、扶荣社、双永社，至一九三〇年九月自组扶风社。在此期间，一个以唱、念、做艺术手段相结合的老生新流派——马派——逐渐形成并确立。

马派艺术的代表作品不断涌现，自二十世纪二十年代至六十年代从未间断。在这些马派名剧中，有许多作品都是马先生根据自己的富连成科班期间已经唱红了的骨子老戏改编而成的整出"本戏"。可以说，没有富连成的根基，这些名剧难以立足。譬如：

马派名剧	富社所学剧目	改编过程
《清风亭》	《天雷报》	增益"产子、弃子、拣子、打子、赶子"等
《胭脂宝褶》	《失印救火》	增益"遇龙酒馆"
《范仲禹》	《问樵闹府》《打棍出箱》	增益连缀"行路失散、问樵闹府、打棍出箱、阴差阳错、黑驴告状"
《十老安刘》	《盗宗卷》	连缀"监酒令"，增益"封十王""淮河营""楚汉官"
《四进士》	《节义廉明》	连台本戏，删繁减冗
《大红袍》	《五彩舆》	连台本戏，删繁减冗

马派艺术形成于二十世纪二十年代末，除了马连良个人的努力之外，这个新流派一直得到富连成人的共同扶持、帮助与推动。一九二八年，在他独挑大梁、有了戏班的话语权后，便以每月三百大洋的酬劳，聘请自己当年富连成的老师

蔡荣贵为戏班总顾问，负责指导马连良编排新剧目。蔡先生是马连良离开富连成后，继续按照富连成打造的艺术风格走下去的掌舵人，使马连良步入了他的"后富连成"时代。

在蔡荣贵先生的帮助下，马连良开始挖掘复排失传老戏，如《安居平五路》《要离刺庆忌》等。与此同时，他开始注重追求马派名剧的社会效益，为传统艺术赋予时代意义，以实现他"戏剧要复古，含义要取新"的艺术思想。

剧评家何卓然非常理解马连良的良苦用心，他这样写道："唯独我看马连良，在他艺术以外，定有远大的思想，隐喻着一种讽世励俗的意义。《四进士》打倒贪官，提掖民权。《白蟒台》军阀末路，难逃法网。《要离刺庆忌》哀壮动人，鼓舞志士。其高尚之点，何止具艺术上之价值。"

特别是在抗战期间，马先生在观摩山西梆子《春秋笔》后大为感动，想到自己当年在富连成科班"剽学"的《龙灯赚》里的"杀驿"一折，于是再次激起了他的创作热情，决定排演京剧《春秋笔》。一九三八年，该剧在上海首次公演，由马连良饰张恩及后部王彦丞，富连成的师兄弟叶盛兰饰程义、马富禄饰驿卒、刘连荣饰檀道济、曹连孝饰前部王彦丞，在黄金大戏院上演了这出舍生取义、共御外侮的抗战名剧。在马连良的极力推广和广大观众的热切支持下，《春秋笔》唱响日伪统治的沦陷区。仅在上海的四十天演出中,在观众的强烈要求下,《春秋笔》上演了四场,《春秋笔》特刊印制了一万份,如同宣传抗战的传单一样,瞬间被一抢而空。

当时著名剧评家梅花馆主深深地被这出戏感染,在一九三八年出版的《春秋笔》特刊中,他满怀爱国激情地写道:"《春秋笔》在中国历史上更具有很大的意义,檀王之能以唱筹量沙得胜回朝,当时在我南人是无上的光荣,而北夷不敢南侵者多年。际此国家饱受侵袭的时候,我们观此,自然期望国人效法檀王的离乡别妻,为国家效力,俾保全当年檀王征伐的功劳。同时对于一般徐羡之、傅亮辈,以历史上的事实和榜样,燃犀照耀。那么连良曩演此剧,不是更有深刻的意义吗?"

继上演《春秋笔》之后的一九四〇年,马连良又一次用他的戏剧做武器,整理改编了十二本连台本戏《后部大红袍》。他一向演出该剧的前半部,是歌颂清官海瑞的故事。这次他特地延请富连成的老恩师郭春山先生出山,帮助恢复执排该剧的后半部,即戚继光的故事。戏剧内容再也不用闪转腾挪、借古喻今,直接讴歌明代抗倭英雄戚继光。马连良还为这个新的造型拍了剧照,把自己设计的那身有名的龙虎靠特意穿在戚继光身上,腰横宝剑,怀抱令旗,一派抗倭大英

《后部大红袍》马连良饰戚继光

雄本色，他还将剧照分赠亲朋好友，出版演出特刊。

说到马派，观众自然而然地联想到马连良所创作的上述本戏，这些本戏声名大噪以后，他所擅长上演的传统剧目反而令今人知之甚少。他在富连成时期所学的传统经典，许多剧目可以说跟了他一辈子。最典型的剧目就是他和小翠花（于连泉）合演的《游龙戏凤》和《乌龙院》，可称马、于二人毕生的杰作。在一九一七年他出科之前，他和小翠花最受欢迎的三出戏就是《九更天》《游龙戏凤》《乌龙院》。

他们二人合作的《游龙戏凤》，当时的媒体评价极高，署名退庵的《戏场闲评》一文曾这样写道："《戏凤》一戏，除秦腔外，自光绪初元至今四十五年，能演此剧不过十人：张胜奎、李砚侬、谭鑫培、余紫云、吴连奎、吴燕芳、贾洪林、路三宝、马连良、小翠花，余无人能演。因此出生行占行，念做唱，并非花旦，实系花衫角色也。"

一九一八年夏，马连良从福建回京之后，观众都热切期望看到他们二人再次合作此二佳剧，于是在八月三十一日，马连良二次入科后的首演剧目就是《乌龙院》。这一天，广和楼包厢全满，客座拥挤，上座一千余人，争睹"福建新回超等名角马连良"的风貌。有剧评称："（《乌龙院》）在倒第二登台，（马连良）台步做派较出京时从容自然，道白极似洪林……谓之洪林第二,连良当之,洵无愧色。"

此后,这出《乌龙院》成了马连良和小翠花长期合作的经典剧目,一九三六年在上海新光大戏院的二十天合作演出中,《乌龙院》竟上演了四次之多,可见观众对他们二人合演该剧的欢迎程度。特别是在一些义务戏的场合中,他们的这出《乌龙院》,也是主办方竭力邀请的剧目。

《乌龙院》马连良饰宋江,小翠花饰阎惜娇,马富禄饰张文远

一九四七年九月,《北戴河》杂志刊登剧评《马连良与小翠花》,对他们的演技描写得十分到位:"马连良与小翠花合演《乌龙院》,此剧本是普通俗戏,而在马剧里面也是俗戏,但

是马连良每次演出这出戏，必是满堂，十分的叫座。这出戏在唱工上，并不十分的多，做工太多了，而且生角和旦角是一样的累，越到后面越累。但是马连良和小翠花每次演出此剧，都是严丝合缝，毫不松懈，称得起搭配整齐，所以才有这样的成绩……这样作风，绝非普通伶人所能琢磨得到，神色逼真，是可以说已经琢磨透了。所以小翠花非与马连良相配，不能发挥尽善，也非（得）马连良才敢用小翠花，马连良的潇洒作风，配以小翠花的泼辣风味，这才充分表现出《乌龙院》的剧情来。"

所以说，无论是新编的马派本戏，还是富连成所学的传统戏，马派艺术能够取得上述的成绩，不仅仅是马连良一个人的成就，富连成的老师和师兄弟们亦是居功至伟，全靠他们一路为马连良保驾护航。在马连良的演艺生涯中，他的合作者中包括侯喜瑞（花脸）、于连泉（花旦）、李连贞（青衣）、王连浦（花脸）、马连昆（花脸）、刘连荣（花脸）、曹连孝（老生）、高连峰（丑）、马富禄（丑）、谭富英（老生）、裘盛戎（花脸）、叶盛兰（小生）、袁世海（花脸）等，由于这些师兄弟拥有各自的精湛的表演技艺，以及他们之间的默契合作，才能使马派名剧上演一出、立住一出、留下一出；才能使马连良的艺术指导思想得以完美体现；才能使马派艺术获得经济效益和社会效益的双丰收；才能使马派艺术传承至今历久弥新。

良师益友篇

精神不死的邵飘萍

自二十世纪二三十年代至六十年代，马派艺术一直受到文化界、知识界人士的推崇。说起马派艺术，就不能不想起那些支持马派艺术的著名文人。马连良一生当中结交过不少文人朋友，如邵飘萍、徐凌霄、王剑锋、何卓然、汪侠公、关仲莹、清逸居士、李亦青、吴幻荪、翁偶虹、郑子褒、丁悚、沈睦公、步林屋、余遥坤、陈蝶衣、吴玉如、沈苇窗、吴祖光、老舍、许姬传、吴晓铃、朱家溍等。他们多数集中在北京和上海两地，涵盖了戏剧研究家、戏评家、剧作家、报人和学者，其中有许多人对马派艺术有着深刻的研究和理解。

在马连良二十岁左右的年龄段，他最早结识的文人朋友是我国的报业先驱、著名的《京报》创办人、主编邵飘萍先生。邵先生于一九一八年在北京创办《京报》，他主张"新闻救国"，提倡媒体要"说人话，不说鬼话；讲真话，不讲假话"。不管在任何条件下，都应该保持媒体的客观性、独立性和公正性。

这时的马连良正在探索一条适合自己个人发展的艺术道路，大胆尝试着走一条将京剧生行与末行表演艺术手段相结合的戏路。在时代潮流及海派京剧影响下，在人物扮相、服饰、造型以及戏剧的形式与结构等方面开始进行探索。而他的这种努力，并不被当时业内厚古薄今的保守势力看好，但却得到了邵飘萍、徐凌霄等文化名人的大力支持与帮助。

二十世纪二十年代，我国的知识界、文化界对旧剧（京剧）大致有三种态度：一种是全面否定；一种是推崇备至；邵飘萍和他的挚友徐凌霄等文化名人则对旧剧持一种中间立场。他们认为，对戏剧的评论不应停留在谈腔论调，或者报道艺人的花边新闻方面。有识之士应该对旧剧进行"科学整理"和"系统研究"，使之能够达到"立足于潮流"的目的。

希望通过将京朝派（艺）、海派（戏）以及欧美派（理）相互结合，对旧剧进行改革，"期得精美之艺术，以表演适合现代之需要之戏剧"。邵飘萍请徐凌霄在《京报》中开辟《戏剧周刊》以及副刊《小京报》，宣传他们的主张。如今看来，他们的论调是多么的具有积极性和前瞻性。

邵先生本人十分喜爱马连良的戏剧艺术，并在报上撰文，竭尽鼓励之能事。为了赞美他的艺术，邵飘萍手书对联相赠马连良："妙机其微自有真宰，雅兴所至忽逢幽人。"邵先生在艺术上的特别见解，对马连良无疑有很大的启发。他认为，

邵飘萍

其一，艺术要有个性，走自己本身条件与艺术相互匹配的路，不怕所谓"正统"势力的批评与指责；其二，伶人演戏不只是为了穿衣吃饭娱乐大众，更兼有高台教化之责任，让普罗大众懂得"抑恶扬善"的道理，演戏是最简单直接的传播手段；其三，伶人不是矮人一等的贱民，是应受人尊敬的艺术家。中国的伶人若要不被别人看不起，首先要自尊自强，用艺术和德行征服旧势力。时值民国初期，民主思想渐起，文人士大夫走下"神坛"，与伶人交友，对伶人境界与品位的提高起了极大的作用。

马连良能够和邵飘萍、徐凌霄等文人成为良师益友，皆因他的艺术探索与文人的主张相契合，某种程度上说，邵、徐等人的理念对马连良起到了认同和引领的作用。当有人对他的艺术探索横加指责时，邵飘萍则目光独到慧眼识才，为年仅二十四岁的青年艺术家马连良题写了"须生泰斗，独树一帜"八个大字，并在报刊上撰文，支持马连良。

除了在艺术思想方面的启迪引导，邵飘萍的思想也直接影响了马连良的为人处世之道以及他的社会责任感。一九二五年，"五卅运动"爆发。马连良了解事件的真相以后十分气愤，为了表示对上海罢工工人的支持，响应"五卅运动"，他于是联合了自己所在的戏班和胜社及剧场华乐园举行邵飘萍赠马连良对联手迹：

妙机其微自有真宰

雅兴所至忽逢幽人

义演,将演出《盗宗卷》《四进士》等剧目的全部收入汇交上海总会。

除了演出义务戏之外,马连良在邵飘萍的鼓励下,还积极发表署名文章声援上海罢工工人,并于一九二五年六月十五日在邵飘萍主办的《京报》上刊登启事:

> 沪案发生,举国发指,同仇敌忾,一致奋兴,我沪上同胞以力争国权之故,罢市罢工,用为声援,第恐生计所关,中懈堪虞,自应急募巨款,汇资救助,在人悲愤填胸,责无旁贷,自知绵薄微弱,尚有一艺自鸣,爰于六月十五日(星期一)演夜戏一夜,将所有票价,悉数拨汇援助沪上罢工罢业同胞,各界士媛,爱国心同,耿耿热诚,不甘人后,尚希惠然肯来,共襄盛举,愿竭声技,特表欢迎,此启。

马连良能够从一名普通的旧剧伶人逐渐成为具有社会责任感的青年艺术家,邵飘萍居功至伟。为了表达对邵先生的感激之情,在一九二五年十月下旬,马连良谢绝了上海共舞台方面的重金挽留,从速赶回北京,为的是在十月底给邵飘萍先生演出一场堂会。这场堂会非同凡响,既是为邵先生庆贺四十大寿,又是庆贺《京报》报馆正式迁入位于宣武门外骡马市大街魏染胡同的新馆舍的第一天,可谓"双喜临门"。邵飘萍这一天特别高兴,他的众多亲朋好友和同乡同事前来报馆祝贺,他在梨园界的友人马连良、朱琴心、韩世昌等也早早来到报馆,为这天的堂会演出做准备。

这天的戏码十分硬整,有富连成科班演出的《南北斗》《定军山》《蟠桃会》《五湖船》,小生名家金仲仁主演的《雅观楼》,昆曲名家韩世昌、朱小义主演的《芭蕉扇》等。鉴于马连良与邵飘萍的深厚友谊,安排他演唱双出剧目,马连良也是当仁不让,决定前面演出《清官册》,饰寇准;最后大轴与朱琴心合演《御碑亭》,饰王有道,两出都是他的拿手好戏。

在演出之前,邵飘萍十分兴奋,与友人们一起高谈阔论。有人指出,报界称赞邵先生是"铁肩担道义,辣手著文章",反映了邵飘萍敢于蔑视强权的大无畏精神和为国为民仗义执言的一身正气,再贴切不过了。因为这句话出自明嘉靖年间大忠臣杨继盛的手笔,是他赴死之前的最后绝笔。杨继盛曾出任南京兵部员外郎,笃实刚正,不畏权奸,敢于弹劾只手遮天的大奸臣严嵩,不料弹劾未果,反被严嵩构陷,惨死刀下。邵飘萍不畏暴政,敢于对抗当世军阀的行事作风,与大明的杨继盛如出一辙。

听到上述议论之后，马连良认为这个形容再贴切不过了，当即决定调整演出剧目，将原定的《清官册》改为《打严嵩》。他之所以选择这出戏可谓用心良苦，这出戏内容讲的是明嘉靖年间，奸臣严嵩父子当道，专权纳贿，残害忠良。自陷杀杨继盛等人后，朝士侧目，无一人敢言者。忠臣御史邹应龙心怀对奸臣的痛恨，乘机设计挫辱严嵩，且打且骂，淋漓尽致，一舒胸中愤恨。

马连良的此番用意，邵飘萍和他的朋友们自然是心领神会，而且十分赞成。于是，由马连良饰邹应龙，马连昆饰严嵩，茹富蕙饰严侠，三人在舞台上配合默契珠联璧合，加之该剧独特的喜剧效果，使邵先生和朋友们畅快淋漓地开怀大笑。看到邵飘萍高兴的样子，能为自己的良师益友尽一份心，马连良的心情十分欣慰。

大家对马连良在剧中演唱的"忽听得万岁宣一声"这段流水板唱腔非常欣赏，因为当时在京城剧坛中只有马连良演唱此段，某些老生大家对此十分不屑，认为"此小调也，去之大方"。邵飘萍、徐凌霄却对马连良十分支持，不久在他们主持的《戏剧周刊》为此事还特别记述并评论："不知小调与否，视演唱者之唱法如何耳。谭鑫培之歌，小调甚多，若一一去之，不几因噎废食乎？"对马连良的鼓励与支持溢于

《打严嵩》马连良饰邹应龙,马连昆饰严嵩(右)

言表。

　　谁也不曾想到，这次的祝寿堂会，竟然是邵飘萍生命中最后的一次，这也令马连良始料不及。以"铁肩辣手"著称的邵飘萍先生，曾在《京报》创刊词中写道："必使政府听命于正当民意。"他说："这些军阀，设计害民，捣乱世界，我偏要撕破他们的画皮。"这也成了《京报》贯彻始终的特色和主旨。由于他一针见血地不断揭露反动军阀的黑暗统治，特别是他对冯玉祥一向长期的支持，以及对奉系军阀不遗余力的反对，让张作霖对其恨之入骨。在一九二六年四月奉军进京后，将其秘密逮捕并欲加害。

　　马连良得知这一消息后，为了营救邵先生，黉夜前往奉军司令部拜会"少帅"张学良。在改革开放后，内地组织京剧艺术团赴台演出时，马连良长子马崇仁在台北见到张学良将军，还曾谈及此事。张将军认为马连良对朋友忠肝义胆，尽心尽责。他也不同意杀害邵飘萍，刚刚进京就诛杀文人，对奉军名誉及形象有极大的负面作用，但是他当时也束手无策。因为这是"老帅"（张作霖）在未出关前就制定的既定方案，万难更改，谁也拦不住，可见军阀对邵飘萍的仇视程度。四月二十六日凌晨，当局以"勾结赤俄，宣传赤化"等罪名秘密判处邵先生死刑，邵飘萍高喊："诸位免送！"仰天大笑，从容赴死，献出了他年仅四十岁的生命。

由于反动军阀的迫害，邵夫人汤修慧带着子女也被迫隐居躲灾避祸。一代报业巨子，尸骸弃于荒郊之外乱葬坟岗。为了让邵先生早日入土为安，马连良冒着极大的风险，亲自为他的这位良师益友收殓尸骸，并和昆曲名家韩世昌等友人一起出资为邵飘萍先生料理后事，搭棚开吊，送邵先生最后一程。在秘密寻访到邵先生孩子下落后，马连良亲自探望邵家的两位公子，并鼓励他们努力学习，为邵先生争气。

北伐胜利之后，奉系败北，《京报》在魏染胡同原址复刊。邵夫人汤修慧回京主政报社后，为了表达对马连良当年的感激之情，大力宣传马派艺术，特别开辟"每日一马"专栏，重点介绍马连良和他的艺术动向，《京报》成了宣传马派艺术的主要阵地。

只要马连良在京，《京报》每日戏剧版右下角最好的第一个广告位，一定是留给扶风社使用的，而且雷打不动。马连良一般每周在京只演两场，这个广告位除了演出预告以外，其他时间段也不给别的班社使用。在马连良没有演出时，这个广告位上总是固定书写几个大字："马连良，扶风社，不日上演，拿手好戏。"

《京报》经常连篇累牍地撰写文章为马连良做宣传，图

位于魏染胡同的京报馆

文并茂、雅俗共赏地介绍马派艺术并给予高度评价。如一九三二年十一月十三日刊文赞曰:"马艺员的老戏,不是局部的表演,是整个的原原本本地贡献给人们欣赏,况且他的戏剧大部分与社会环境有密切关系,所以他在戏剧界的成功,与社会上的声望,都是到了登峰造极的境界,这的确是他艺术的优越与超绝,所以才获得年来大众的普遍的钦慕,真不是偶然侥幸的呀。"

邵飘萍好友徐凌霄一如既往地支持马连良，他说："做老板的要晓得什么叫老板，若是唱的好打的好做的好，那只能算是好脚，不能算老板。老板的能耐要多，肚子要宽，要有罗致人才的能力，要有维持班规顾全大局的德行……现在，可以称老板的，生角里是马连良，他真下力气排戏，老少新旧的角色都能罗致齐全，用当其才，各如其意。"他还在《京报》发表名为《三贤》的文章，首次提出须生"三大贤"之说，马连良位列其中，文章如下：

《沙陀国》李克用唱的"昔日有个三大贤"，自从谭派《珠帘寨》盛行，半生半净的新腔已家弦户诵矣。大贤既有三而又曰"个"者，此"三大贤"乃 Collective 之名词也。

戏界的"三大贤"甚多，老阁今按其类而为之分其"个"焉。若论气之大，运会之久，程长庚之后，即数谭鑫培，谭之后即不能不数梅兰芳。谭之同辈虽有汪、孙，然二十年前，无论伶界票界，听的看的，口里总挂着小叫天儿，至近二十年，则无论各方各界，多数是"要没有看过梅兰芳，就像一个一大缺憾"，如同当年看戏而不见谭，即中心歉然有所不足也。

　　老阁酌量情势,定为时代的三大贤如左。

　　竖的三大贤:

　　咸同至光绪初之三十年程长庚

　　光绪中至民国初之三十年谭鑫培

　　民国初年至现在二十年梅兰芳

　　横的三大贤:

　　梅兰芳、杨小楼、余叔岩。

　　横的三大贤之系以伶艺之缓势、戏份之大小为准。例如演义务戏或堂会戏,大概以杨、梅、余为三要紧,戏码前后亦以此三贤为最费调停也。

　　若以脚色之行类分,则胡子(须生)里头,有马、高、余三大贤(余叔岩以伶艺之唱做念打论,可居第一,但以演戏能力论,则为第三)。旦角里有梅、荀、程三大贤(王琴侬、韩世昌不常演,故不列也)。

　　马连良从二十几岁开始就特别注意剧团的宣传工作,不断出版《温如集》《马连良专集》《扶风社剧刊》《马连良剧团特刊》等图文并茂的宣传手册,这些都是受邵飘萍、徐凌霄等报业文人朋友的启发和影响。一九三六年,马连良撰写《演剧近感》一文,文章不仅阐述了他的艺术思想,而且特别指出了徐凌霄先生对京剧事业的批评,以及他读徐文后的感想:

> 我现在自忖天赋和工力,去古甚远。所以我抱定了主意,是戏剧要复古。因为古人研究的奥妙,我们还没有完全领会和表现。反过来,戏曲含义要取新,不要让他失去戏曲的原义,能辅社教,使他有存在的价值。
>
> 我近来偶阅《实报》,见凌霄老先生随笔。他说戏剧大班已走向畸形化,只在主角一人有发展。这个病态,很妨碍戏剧的演进。所以要戏剧的进步,第一要从科班入手,要使他均等化等语。
>
> 我看了此文,我深深憬悟过去也有思想不到的失误。固然戏班近来畸形发展,原因因为复杂。然而要矫正这失点,也非不可能之事。同时,我阅此凌老之文,也深自惭愧。为什么大班不易改革,要从科班入手纠正呢?大班实在病已深沉,不易医治了吗?我羞耻这层,我首先响应了徐先生。同时,我还呼吁着所有同人,体会这层,而加改善。因为

《群英会》马连良饰诸葛亮,徐凌霄饰鲁肃(左)

你们生命线前途，有因此斩断之虞啊！

马连良从徐文中"深深憬悟"，自觉地剔除大班社畸形发展的弊病，率先反对班社老板一枝独秀，对配角底包散漫、敷衍塞责的顽疾一律摒除。其后"扶风五虎"的出现，率先在自己的班社中形成了主角强强联合、配演与众不同、龙套精神百倍的"正气之风"，这也成为了马连良扶风社的风格特色。而他提出"戏剧要复古，含义要取新"的艺术理念，正是邵飘萍、徐凌霄有关艺术主张的延续，与之若合符契，可见他们对马连良艺术观念走向的重要影响，以至于这一理念逐渐成为马连良毕生的艺术指导思想。而邵飘萍波澜壮阔的四十年历程，一直激励着马连良的人生之路。正如邵夫人汤修慧所言："盖公以旷代之才，抱始终贯彻革命之素志，百折不挠，以至厄于暴力，公虽死而精神不死。"

"御用"编剧吴幻荪

吴幻荪,号茱荑,别号吟碧馆主。他出身书香门第,擅水墨丹青,认为中国画过于写意,主张画风复古,提倡写实画法,潜心研究北宗山水;其书法运笔流畅,挥洒自如,别具一格。许多人知道他的名字,都因为他是书画名家,而对于他的编剧成就,却知之不多。

他对皮黄、昆曲均有研究,在编剧方面,主张在以历史事实为本源的基础上进而发挥，不做荒谬俚俗之谈，力求达到雅俗共赏的戏剧效果，始终追求改革旧剧思想的理想目标。他曾经为杨小楼先生编写名剧《野猪林》，为尚小云先生编写名剧《花蕊夫人》，其知名度与同时代的著名编剧家翁偶虹先生、清逸居士等不相伯仲。在二十世纪三四十年代，他是与马连良往来最密切的文人朋友，后被称为马连良的"御用"编剧。

吴幻荪

他们相识于一九二七年马连良挑班春福社时期,该社中的花脸主演是净角大家郝寿臣先生。这时的吴幻荪正为郝寿臣编写一部以花脸担当主角的大戏《楚汉争·鸿门宴》,该剧为郝寿臣量身打造了霸王项羽的经典形象。马连良为其配演范增,唱做精彩,并创作了一段脍炙人口的马派流水板唱腔"虚飘飘旌旗五色晃",传唱至今。剧中吴先生为霸王写的一段唱词特别优美,文学性极强,又气魄恢弘,还朗朗上口,把气吞山河、不可一世的项羽形象描绘得淋漓尽致:

【西皮导板】
勒玉骢马嘶风古戍崤函,
【原板】
树旌旗翻云影气动青天。
斩殷通战章邯势崩雷电,
破赵城坑秦卒山川震眩。
力拔西山盖世罕,
勇伏乌骓千里还。
任凭他杀气冲
【快板】
三千丈远,

大峥嵘威风荡万里长天。

谅刘邦也不过虫蚁之胆，

【散板】

管教他如朝菌死在眼前。

郝寿臣先生视该剧如拱璧，绝不轻易示人。观众想看这出太难了，因此都爱听郝先生该剧的唱片。

吴幻荪认为，戏剧不应被视为小道，应该对国家、社会以及人民起到重要的启迪作用。但是他的思想与追求，在戏剧文坛中鲜有共鸣，也不被当时菊坛大多数人所理解。戏班中甚至很多人认为只有玩意儿（指个人的表演技能）好才是硬道理，至于剧本文学性及其含义与作用并不重要，故能与他有共同语言的人不多。加之吴先生本人性情比较耿介，自比"五柳先生"陶渊明，洁身自好，绝不同流合污，更不愿在人情世故方面做无谓的交际，所以他认为自己既怀才不遇，在业内又难觅理解他的合作者。后来与马连良合作之后，他曾在他的作品中自我解嘲。比如，在他为马连良编写的名剧《春秋笔》中，他设计了一个清高孤傲的人物陶二潜，即陶渊明第二。陶与他的命运相似，于是自比剧中人陶二潜，借陶的台词，抒发自己胸中块垒，还给陶的出场写了个【西江月】

的定场诗，聊以自况：

> 一肚子不合时宜，
> 满腹尽是牢骚。
> 说甚文章道德好，
> 件件都是白饶。

马连良早就看出了他的胸藏锦绣和凌云壮志，是少数能与吴幻荪相谈甚欢的内行之一。他俩之所以能够一见如故，惺惺相惜，并且能够长期合作，主要是因为他们二人有共同的艺术理念和追求。马连良一九三一年曾在接受《全民报》记者铁珊访问时谈到他对"本戏"的观点，他这样谈道：

> 余以为戏剧，固为美的技术之一，然关于社会教育，颇具感化之能，对于世道人心，亦有所左右，往往一剧演来，居然能移情动意，感而落泪者有之，闻而兴起者有之。惟园中所演段戏，或存头无尾，或有果无因，如演《坐楼》不带"杀惜"，未免蹈诲淫弊；演《黄金台》止于"盘关"，不带"复齐""破燕"，似乎炫耀奸权得意；演《三上轿》至

《假金牌》，只到孙伯阳回衙止，至于如何处置张炳仁，李通夫妻被害昭雪与否，全然不晓，观剧者能无遗憾？《一捧雪》不带"刺汤"，人心为之不快。此等段戏，不演全本，于戏旨上，既属不合，于艺术上，亦嫌缺略。故余主张编演本戏，是为社会人心的关系，并可请观众对于剧事剧情，了如指掌。在艺术上，也可尽致极研，判微中毂。最近将出演之《假金牌》，最后添有"金殿辩奸"一幕，所为一泄以前所演《三上轿》《假金牌》之忿，使观者大快人心，虽于历史不无出入，于奖善惩恶，良具苦心。

吴幻荪观后大为赞同，从此与马连良成为无话不谈的莫逆之交，彼此引为知己。马连良曾在《演剧近感》一文中谈到他与吴先生在艺术观点上的高度契合："我听吴幻荪君说，戏剧艺术的表演，是重在个性的，我国古谓之性灵。不独戏剧是这样，绘画作诗都是这样。我颇引为同情。所以渐渐在个性见地上用功夫，不敢像人家墨守成规。"

"七七事变"之前的一九三六年，日本侵华野心昭然若揭，中国局势危如累卵，而有人却浑然不知，有人仍醉生梦死。吴幻荪对社会现象极具敏锐的洞察力，为家国命运殚精竭虑，他以一个知识分子高度的责任感振臂疾呼，希望达到唤起民众觉醒的目的，他在《戏剧旬刊》上撰文呐喊，分析时局，痛批麻木不仁者："东亚风云，波澜百翻，祸患之来，不知何时，尤以幽燕之地，如处荆棘，居临此邦人士，宜如何怵目惊心，凛此浩劫之在头上，理虽如此，事有未然，而此古城管弦，依然纷沓，其歌颂升平之态，不减当年繁华，岂人人'商女不知亡国恨，隔溪犹唱后庭花'，皆醉生梦死之徒欤……"

抗战爆发以后，排一出针对时事，借题发挥，具有深刻含义及社会影响力的剧目，是马、吴二人相识十年之后的共识。于是，他们撞出了合作的火花，在观摩、研究山西梆子《五红图》的基础上，一出移植改编、加工升华的京剧《串龙珠》应运而生了。

该剧通过描写元末民众反抗异族压迫，推翻侵略者残暴统治，反映了爱国人士的共同心声。正如吴幻荪希望的那样，实现了戏剧新的含义——"于主义的宣扬，教导民众，辅助社会教育，均可收极大的效力。"他虽为一介文弱书生，此刻却表现出了过人的胆识和气节。在剧中，为了唤起民族意识，鼓舞人民斗志，吴先生慷慨陈词，借古喻今，痛快淋漓地为马连良谱写了剧中极具抗战意味的经典名段：

《串龙珠》马连良饰徐达

叹英雄枉挂那三尺利剑，

怎能够灭胡儿扫荡狼烟！

为五斗折腰在徐州为宦，

为亲老与家贫无奈为官。

甘受那胡儿加白眼，

忍见百姓遭凌残！

悯而受死苦无厌，

生不逢辰谁可怜。

陈胜吴广今不见，

世无英雄揭义竿。

苍天未遂男儿愿，

要凭只手挽狂澜！

　　一九三八年四月二十三日，马派抗战名剧《串龙珠》在北京新新大戏院首演。正如《民声报》所述："此剧为抓住现代社会、戟刺时事、趋重含义、特写之作，为马谈改革戏曲之第一声。"这出号召人民反抗外来异族压迫的好戏，受到广大观众的热烈欢迎，取得了社会效益和经济效益双丰收。本想连演两日，但第二天一早，马连良就收到了日伪当局对《串龙珠》的禁演令，编剧吴幻荪也被抓进了宪兵队，严刑拷问。多亏马连良营救及时，否则吴先生的结果不堪设想。但是马、吴二人并未因此而心生怯懦，意志消沉，而是再接再厉地创作了京剧《春秋笔》——一出具有舍生取义、共御外侮含义的抗战名剧，在马连良、吴幻荪、李亦青、翁偶虹等人的通力合作之下横空出世。

吴幻荪之所以能够连续不断地推出爱国剧目，和他另一个特殊身份不无关系。他是英千里、沈兼士等文化名人发起的秘密团体"华北文化教育协会"成员，这个组织所从事的地下工作就是宣传抗日救国和向大后方输送沦陷区的学子。但在抗战胜利之后，吴先生却绝口不提他的这段为人称道的爱国经历，表现出了他高尚的情操与修养。

为了避免再次遭到日伪当局的干扰和破坏，同年九、十月间，他们把《串龙珠》《春秋笔》这两出爱国剧目搬上了上海租界内的黄金大戏院的舞台，顿时受到了沪上观众的一致好评，正可谓"国家不幸诗家幸，赋到沧桑句便工"。上海剧评家陈禅翁在《评〈春秋笔〉剧本》一文中，剖析了马连良和吴幻荪编演此剧的真实用意·"《春秋笔》是南北朝史实，其表演名将主战、贪佞主和，可代今日国难之南针。其表演困战绝域、粮尽援绝，可作今日苦战之借镜。其表演暨沙唱筹，可知将士同忾之攻无不克。其表演劝民献粮，可知军民一心之事必有济。"在日伪的高压统治下，马连良和吴幻荪通过他们创作的戏剧表达了自己的信念，鼓舞了人民的斗志，诠释了艺术家不泯的良知。马连良称吴幻荪编写的剧本是"君子之剧"。

到了一九四二年，诞生了马派艺术的一座高峰，那就是由吴幻荪执笔的马派名剧《十老安刘》。马连良年轻时就觉得

一九三八年《春秋笔》演出特刊

《盗宗卷》非常有意思，可该剧无头无尾，让许多不了解汉代历史的观众不明就里，因此他一直有将该剧整理改编为一出反映当时历史全貌大戏的愿望。

在翁偶虹、吴幻荪的帮助下，马连良通过借鉴川剧《封十王》、汉剧《淮河营》、徽调《焚汉宫》的剧本，再参考《汉书》的历史内容，连缀京剧传统戏《监酒令》和《盗宗卷》，编就马派名剧《十老安刘》。该剧以举重若轻的喜剧形式，用四两拨千斤的艺术手段，描述了以"诛吕扶汉"为主题的汉初宫廷政变，被誉为"莎士比亚式的宫闱大戏"。该剧同时也极具时代特色，主张"团结一切可以团结的对象，一致对外"，著名戏曲编剧家马铁汉先生称该剧在当时具有极强的"统战意义"。时至今日，"此时间不可闹笑话"被誉为"世界名曲"，依然不断传唱。

如果按照京剧的传统套路，一出老生为主的剧目，必须有成套的大段唱腔，或者加入繁难的开打。行内挑班老生讲究"文能动《四郎探母》，武能来《定军山·阳平关》"，认为只有这样的戏才能考验一个老生名角儿的真功夫。而《串龙珠》只有一段"三眼"、一段"碰板"，而且也不具备大段的唱腔，其他又都是小段的"散板"；《春秋笔》中，唱工只占两成，做工却占八成；如果说《十老安刘》有核心唱段，也就是两段"流水"。这三出马派名剧的产生，无一不是"反潮流"之作。准确地说，马、吴合作的这三出剧目，是"因人设戏"的典范之作，表演上生末两行浑然结合，妙趣天成，戏剧效果紧扣时代，既是马派艺术中期的高峰之作，又开辟并引领了京剧的一个时代新潮流。

吴幻荪与马连良的合作剧目，之所以能够编写一出、排演一出、成功一出，首先是因为他们二人有共同的艺术理念和追求——"戏剧要复古，含义要取新"。同时也因为相互之间特别了解，彼此知道对方的能力所在，并且知道如何才能把这些能力发挥得淋漓尽致。吴幻荪对马派艺术了如指掌，知道马的表演在什么地方能出彩，他自然就下笔如有神助；马连良了解吴的创作功力，让他尽情地表达时代的声音。他们的合作成功，树立了编剧为艺术家量身定制剧本的典范。复古的技艺，由马连良的高超表演来体现；取新的含义，由吴幻荪精彩的剧本来完成。各具特色，相得益彰。这二者浑然一体的结合，正是一出紧扣时代脉搏的成功剧目之关键所在。

吴幻荪是马连良不可稍离的左膀右臂，为马派艺术做了大量的工作，他同时也为马兼任了不少文秘的工作。当时许多戏迷索要马连良手迹以为纪念，有时马连良工作太忙，难于应酬，必须请吴先生为他代笔。马连良在香港时期，吴幻

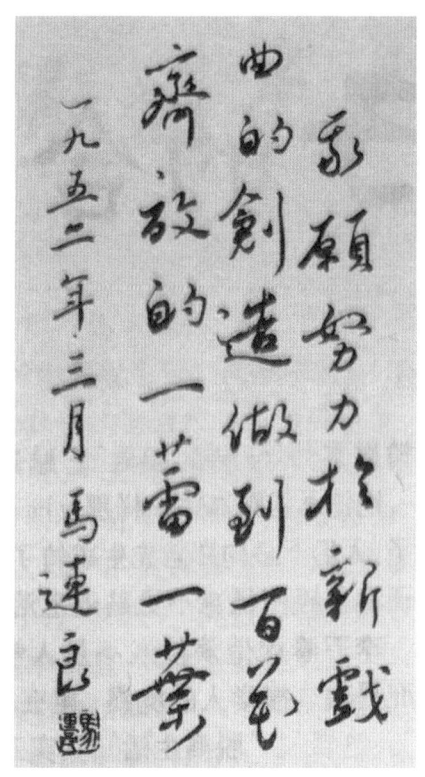

马连良赠友人条幅，吴幻荪代笔

荪与他同甘共苦，为马先生分析时局并负责与内地的文字联系工作，说明了马先生对他的信任程度。一九五二年成立马连良剧团，吴先生加入并担任马剧团编剧。一九五五年，吴幻荪随着马连良一起加入了北京京剧团，后来由他执笔改编了马连良早期的《夜打登州》等剧目。

到了即将开启现代戏的时期，吴先生仿佛他在《春秋笔》中聊以自况的陶二潜一样，潇洒地悄然离开了京剧界，继续寄情于他的北宗山水，回归到他"不知有汉，无论魏晋"的"桃花源"中去了。当时在京剧界基本上没人留意到吴先生的去留，多年以后回首往事，不得不令人佩服他的远见卓识，业内皆称之为"高人"。吴幻荪作为一个功成名就的编剧家，虽然在传统戏领域游刃有余，但对新编现代戏却望而却步，自有其高瞻远瞩的主见和想法。虽然那时尚未有人提出"是否参加现代戏，是一个是否革命问题"，但以他那敏锐的洞察力，已经察觉了当时文艺的大趋势。他能够在样板戏出台之前全身而退，真可谓"世事洞察皆学问，人情练达即文章"。

在他离开京剧界不久的二十世纪六十年代中期，有关部门暗地里搞了一本名为《马连良演出剧目初探》的资料汇总，同时还有"四大名旦"的"演出剧目初探"，均被列入"内部资料"，其批判性的文字口吻与"文革"时期的大字报语调如出一辙。这些册子用极左、僵化的历史虚无主义观念对传统文化进行全面否定，对马连良等京剧大师的演出剧目偏执地坚持着尖锐的批判态度。《初探》认为，《春秋笔》"内容宣扬报恩观点和奴才道德，演出有害"；《胭脂宝褶》"一切归于皇上圣明，宣扬封建，内容有害"；《十老安刘》"宣扬了维护封建正统的主题思想"；《苏武牧羊》"（苏武）人物愚忠思想十分浓厚，与胡女成婚十分庸俗……如按原本演出，有消极作用"；等等。这些马派名剧的整理改编大多出于吴幻荪之手，是他几十年来呕心沥血的艺术结晶。如果不是他及早地退出京剧界，这些沉重的"帽子"也必将扣在他的头上。到那时，在劫难逃的他将如何面对？他将情何以堪？

直到改革开放之后，人们才知道吴幻荪先生这位"高人"在"文革"当中做了一件惊天动地、义薄云天的大事情。当他得知老舍先生投了太平湖后，心中愤愤不平，觉得不能让这么一位伟大的作家就这样无声无息地白白走了。在那风雨如晦、波谲云诡的动荡时代里，他毅然决然地为老舍镌刻了一块石碑，光明磊落、无所畏惧地将石碑安放在了太平湖边一处显眼的位置。每每想起此事，即刻令人对吴幻荪这位正人君子肃然起敬。

深明大义的张君秋

马连良和张君秋相识于一九三六年,当时张君秋刚刚学成,恰逢初出茅庐之时。马连良的扶风社这时正需要引进一名优秀的青衣演员,为其配戏。张君秋本身条件优秀,马连良对他也是十分喜爱。此时扶风社为马连良配戏的二牌旦角是林秋雯,尚在合约期内。马连良虽有邀请张君秋之意,但双方均考虑到林秋雯的位置和感受,暂时作罢,但却自此开始了他们两人为期三十年的友谊。

在这三十年间，他们在扶风社时期合作五年；在二十世纪四十年代末到五十年代初，在上海、香港及自港返京期间，合作三年多；从一九五七年到一九六六年，在北京京剧团时期，合作了十年；前后相加近二十年。马、张两人是相互合作时间最长的生旦艺术伙伴。

一九三七年四月，上海黄金大戏院金廷荪老板进京邀请马连良赴沪演出，于是马连良介绍张君秋给"黄金"方面，表示将携带他一起参加此次上海演出，并要求剧场方面同意，马、张二人并挂头牌。"黄金"方面虽然对张君秋不太了解，但是考虑到马先生的大力推荐，预料张将会是京剧界的一颗新星，于是以两千四百元的包银签约张君秋。

来到上海之后，张君秋果然不负众望，在头一天的打炮戏《龙凤呈祥》中，以他生动的表演和优美的歌喉声震沪上，深得上海观众的喜爱，从此也开始了他与马连良长达五年的合作演出。

张君秋先生在扶风社期间，他的主要演出剧目大致分为三大类：一、马、张合演的生旦"对儿戏"，即《打渔杀家》《游龙戏凤》《汾河湾》《桑园会》《南天门》《三娘教子》等。二、张君秋做主要演员之一的马派名剧，如《四进士》《清风亭》《法门寺》《苏武牧羊》《龙凤呈祥》等。三、张君秋独立主演的剧目，有《宇宙锋》《玉堂春》《祭塔》《金锁记》《春秋配》《六月雪》等。从这些剧目中可以看出，张先生在其所学的传统剧目演出上实践了自我，其中许多剧目后来都成了张先生个人和马、张二人共同的保留剧目，这里不必赘言。

与此同时，张君秋还参加了一些马连良创编的新剧目的演出活动，并且在这些新剧目的演出中，他担任的都是配演的角色，如《串龙珠》中的剜眼妇、《春秋笔》中的王夫人及《临潼山》中的窦太真等。他在新编戏中努力创作，并不因角色小而草率，而是尽职尽责，让每一个角色发挥出应有的光彩，为他日后的艺术创作夯实了丰厚的根底。

在当年马连良新戏《临潼山》中，张君秋饰演配角窦太真，戏份不是很重，《十日戏剧》杂志对他的表演赞誉有加，**曾这样评论：**"五场窦太真（张君秋）歌西皮慢板上，头戴改良过桥，两旁各有并排粉红绒球两个，身穿红官衣，扮相台风均佳。四句慢板，新腔叠出，博得满堂彩……十三场，杨广（刘连荣）在临潼山截杀，李母、李子皆逃过，窦太真被认出，坚拉不放。太真力争，李渊（马连良）急赶上，刀斩断窦袖，乃得脱。此时君秋摔一屁股坐子，连良持刀亮相，连荣口打'哇呀'，三人同时，紧凑好看。"

《临潼山》马连良饰李渊,张君秋饰窦太真(左)

马连良对于他看重的年轻演员一向是关心备至、寄予厚望，不愿意看到他们在艺术以外的地方荒废时间。他曾经多次用自己的亲身经历语重心长地告诫扶风社的张君秋、叶盛兰、袁世海、李慕良、马盛龙等青年人，希望他们从中有所感悟。这几位日后成名的艺术大家，以及马先生的许多弟子门人，对他当年言简意赅、不厌其烦的谆谆告白，都能够默记于心，即"盖二十岁之青年，血气心志未定，最容易受外界之诱惑，自己并无能力抵抗，稍不留心，竟堕入无底深坑，卒至身败名裂，无可自拔……"

马连良这段关于"二十岁"的讲话，后来发表在报纸之上。从张君秋在这一时期的突出进步可以看出，他没有辜负前辈艺术家的指引，以自己骄人的艺术成绩，得到了马连良对他的认可和欣赏。在张君秋十九岁的时候，他已经与马连良、叶盛兰、袁世海、马富禄被观众称赞为"扶风五虎"，从此也奠定了他和马连良长期合作的基础，二人成了艺术上和谐且默契的黄金搭档。

在二十世纪三十年代末期，日寇入侵，北平沦陷，京剧界的境况也日渐凋敝，当时正逢富连成科班和中华戏校一批比较优秀的学生毕业，但是业界有"搭班如投胎"之说，年轻艺人想要搭入京城梨园大班势比登天还难。与此同时，社会上有一种非常不良的风气在业界蔓延,有些青年艺人在"捧角家"和"捧角嫁"的煽动下,依仗背后有人吹捧支持,强调自行挑班挂头牌。虽然出头露面,名噪一时,但毕竟自身功力有限,多数挑班者只能是昙花一现,草草收场。

张君秋在这一时期也受到不少拥趸的鼓励,但他却表现出异于常人的冷静,虽然他才二十岁左右,却反映了他超人的定力和对自己、对前途、对环境清醒的认知。他当时在杂志上发表了一篇署名文章《二牌的享受——精神与物质两方面》,节选一段,可以管中窥豹,足见他此时思想脉络之一斑,他这样写道:"说真格的,像我这样挂二牌,不能不算是幸运,尤其是与马连良老板在一起,论物质与精神两方面,全都十分满意。与其挑个班儿,而为应付戏完了开份儿着急,实在不如在这儿享受美满、环境优越的二牌地位上舒服。同时还有一件我认为最满意的,就是我在这二牌的地位,能够有充裕的时间让我来学戏、用功。这种类似做买卖增加本钱的收获,当然又比目下精神与物质方面享受的价值,强得多了。说到我将来的态度,我真没有那么大勇气,脱口就说出了。不过俗话说得好:'人往高处走,水往低处流',人人都不能没有向上的希望,所以我现在只有预备能耐,如果能耐学得可以凑合着应付头牌的时候,说不定也许试验一下,不过现在还没有一点挑班的把握。"

时间到了一九四二年，马连良本身已经人到中年，他的马派艺术代表作中，做工老生剧目占大多数；张君秋是以铁嗓钢喉著称的青衣，唱工戏是他的主打。一些张擅长的唱工生旦合作剧目，马基本不动，使张的艺术不能得到全面的发挥。比如，《红鬃烈马》这出戏，马、张合作唱过，但次数不多；《四郎探母》，马连良在三十岁之后基本都是在义务戏中才偶然扮演杨延辉，而且是由几个演员分饰杨延辉，不是一人到底的唱法，马、张合作这出戏的机会相对很少；像《大保国·探皇陵·二进宫》这种令人大过戏瘾的唱工戏，马连良根本不动。因此，为了自身艺术的进一步发展，张君秋离开了马连良的扶风社，自组谦和社，结束了他与马连良长达五年的合作。这对黄金搭档在艺术上的合作暂告一段落，虽然这是一件令人遗憾的事情，但是马、张双方均抱着一种互相理解的态度，来面对这一艺术规律发展的必然结果。

北平沦陷时期，日伪当局的统治日益残酷，艺人的生活也时常受到汉奸的欺压，借机敲诈勒索的事件司空见惯。一天，张君秋正在一个朋友家做客，正赶上日伪当局搜查秘密电台。这个朋友家有一部联系生意的商用电台，于是所有在场人士一律被押往宪兵队，准备进行严酷的审问。这天正好

《摘缨会》马连良饰楚庄王,张君秋饰许姬(左)

赶上张君秋、谭富英、金少山三位铁嗓钢喉主演《二进宫》，这出大合作戏可谓万众期待，戏票早早地就被一抢而光。因为张君秋的被捕之事，必然要临时回戏，剧场方面非出大乱子不可。为了营救张君秋，他的母亲请马连良出面帮忙，请求金璧辉为"逮捕"之事说项。

金此时就是个过气的前清贵族，手中已无权无钱。但她知道艺人都没有靠山，手中又有些血汗钱，于是依仗着日本人的势力在艺人当中作威作福，时常变换花样对他们进行强取豪夺，以吸食艺人的血汗为乐。马连良最不愿意与金打交道，但是为了营救张君秋必须走一趟。夫人陈慧琏知道丈夫的心思，但是担心他不了解金的手段，弄不好再把自己搭进去。她想起金曾经对自己的钻戒流露过贪婪的目光，于是把钻戒包好之后，陪同夫君一起去找金璧辉。

当金得知张君秋主演的《二进宫》开演在即时，顿起敲诈之心。她对马连良说："张君秋可以先放出来唱今儿的戏，唱完了再回来接着审。"马连良心想：宪兵队这地方一分钟也不能待，过堂一次君秋就得散架，岂能再审。他明知这是金的圈套，也只能就范，只好再次请求金代为斡旋。金于是说道："你这马褂的团花料子不错，哪儿买的？"马只好对金说："我家里正好还存着一匹，一会儿让人送过来。"一场莫名其妙的"逮捕"案件宣告结束，张君秋终于逃出生天。

因一九四二年率团赴东北演出之事，在一九四六年马连良被国民党当局以"汉奸"罪名诬陷，打了近一年的官司，终于澄清了事实，洗脱了污名，马家也家产耗尽，负债累累。为了弥补亏空，一九四七年十一月，在结束上海"杜寿"演出之后，马连良决定在上海中国大戏院长期驻场演出一个时期。他希望能够再现"扶风五虎"时代的坚强阵容，重新组建扶风社。

这时候重组扶风社可谓困难重重，因为张君秋早已有了自己的班社即谦和社，叶盛兰也成立了他的育化社，他们各自都要维持着一班人马。如果他们加入了扶风社，他们各自班社的成员就可能另谋出路，散班的可能性非常大，同时张先生和叶先生还要在经济上承受一定的损失。另外，这几位当年扶风社的"四梁四柱"，现在已经成了京剧界的"一线明星"，艺术上均有了各自的发展。在演出方面是否能够继续当年的合作形式，也是有一定的难度的。

在多方协调之下，以马连良、张君秋、叶盛兰三大头牌为招徕，重组的扶风社于一九四七年十二月五日在上海中国大戏院打炮，开始了这次在中国京剧历史上少有的超长演出，直到一九四八年四月中旬停止，连续演出时间超过四个月。经常是同一剧目连续演出二到三场，尚且不能满足观众的需要，票房成绩斐然，对马连良起到了极大的帮助作用。如果不是最后马连良体力不支，这次扶风社的演出不知要在何时才能打住。

　　能够实现这样的骄人业绩，离不开天时、地利、人和等

马连良与张君秋

多方面的相互配合。首先要感谢上海观众对扶风社的热爱和对马连良近况的理解与支持，在他们每一张戏票的背后，都体现了他们对马连良极大的声援。中国大戏院是马连良上海的根据地，为了让马先生尽快补上亏空，剧场方面打破了一个剧社最多"一转"四十天的常规，将剧场完全留给了扶风社，没有安排任何后续的演出和接续的班社。最重要的是多亏了张君秋、叶盛兰、马富禄、袁世海等剧界同人的仗义援手，他们深明大义屈己让人，在自己蒙受经济损失的前提下，为了帮助马连良，尽了他们最大的心。谁说伶人无义？

当然，艺术家都是思维方式比较感性的人物，在这样超长的演出安排之中，进展不可能一帆风顺。出于对包银、牌位、戏码的不同看法，主演与剧社之间不免出现了不少矛盾。以前出现这种情况，都是作为社长的马连良出面协调。但是这次不同了，因为毕竟这次是大家在帮马连良的忙，让马的位置比较尴尬。如果处理不好大角儿之间的关系，就会导致演出不能顺利完成，这种事情让马连良十分头疼。不得不从北京特别约请华乐剧场经理万子和赴沪，协调演出事宜。

这时候，张君秋先生的表现令人刮目相看，他在这次演出的安排方面一切服从大局，不提任何无关的要求。参加演出就是为了帮助马连良纾解困难，不做不利于这个大前提的事情。他的所作所为，对这艘在风雨中飘摇航行的扶风社"大船"来说，起到了压舱石的稳定作用，才使演出能够得以顺利进行，而其他人的小打小闹也就无关紧要了。马连良对张君秋此时的举动，一直心存感念。

一九四八年底，马连良、张君秋、俞振飞合组剧团，在香港举行演出活动，在三个剧场演出二十场左右。由于演出市场不好，友人提出参加电影拍摄，用以弥补大家的损失。于是马、张在香港拍摄了彩色舞台艺术片《借东风》《玉堂春》《梅龙镇》《渔夫恨》，留下了他们两人的宝贵艺术资料。

这时内地战争频仍，马、张决定在香港逗留一个时期，等时局相对太平之后再行回京。在香港期间，他们依然坚持演出，让京剧的火种在这个尚未发达的南国小镇不断播撒。虽然当地京剧演员较少，马、张二人面对挑战迎难而上，大胆地尝试了许多新的演法。如在《汉阳院》《长坂坡》《汉津口》中，马连良饰演前部的刘备，后部的关羽；像《全部一捧雪》这样的大戏，马连良以"一赶三"的形式演出，即前莫成、中陆炳、后莫怀古；张君秋则在前部演出青衣本工的雪艳，后部反串小生莫昊。这样的演法在内地时从未有过。由于在香港的演出场次少、收入低，他们都只好靠朋友的借贷来维持生活。

《群英会》张君秋反串周瑜

中南局方面为了让马连良早日回归内地,派老干部胡兴寿秘密赴港与马连良接洽。由于当时台湾方面在香港的特务比较多,出于对安全的考虑,中南局要求马连良不得对任何人透露回归事宜。最后商定于一九五一年十月一日秘密启程,只能安排马连良和弟子李慕良一起先行回内地,家人也不能随行。马连良郑重地对胡兴寿说:"君秋是我约他来香港的,我不能只自己回去了,把他搁在这里不管。"胡兴寿代表中南局做出郑重承诺,只要马先生能安全地回到广州,在张先生愿意的前提下,中南局负责在最快的时间里,安排他回来。因张先生住在吴季玉家中,吴有台湾背景,出于安全考虑,所以中南局不同意将回归之事先告知张君秋。

马连良平安到达广州后,立即打电话给在香港的夫人报平安,并要求夫人和中南局的同志一道,一定亲自找到张君秋当面说明原委,并说:"千万别让君秋担心害怕,不是我不管他,因为他居住在朋友家里,这家人背景太复杂了,实在不能讲。他如果愿意回来,一切有人安排,我哪儿也不去,就在广州等着他。"此后,马、张在中南局的安排下,在武汉组建中南联谊京剧团,两人分别担任正、副团长,一路北上,返回家园。一九五二年三月十二日,马连良、张君秋在北京长安大戏院上演《苏武牧羊》,表明心迹,寓意深刻。

一九五七年初,经过两次合团,终于形成了以马、谭、张、裘"四大头牌"为正、副团长兼领衔主演的北京京剧团,号称"天下第一团"。当时张君秋正处在年富力强的时期,张派艺术已经形成,一出《望江亭》红遍大江南北。看到张君秋取得的成绩,马连良感到十分欣慰,他深知张君秋在艺术上正是出成绩的大好时机,自己作为同事和前辈,应该在这个关键时刻给予有力的支持,这样能够使张派艺术进步得更快更好。

他发现荀慧生赠送的《秦香莲》剧本非常适合张君秋来主演,并由自己饰演那位以做工见长的王延龄。虽然王是个配角,但通过"寿堂"一场中皮里阳秋的精彩对白,也能起到烘云托月的艺术效果。张君秋在创作《状元媒》时,马连良主动要求出演配角状元吕蒙正,并为剧中人设计了一段脍炙人口的【西皮流水】唱腔"非是臣心彷徨不肯前往",成了剧中的一个亮点。当这两个配角的演出取得成功以后,马连良高兴地对张君秋说:"君秋,你什么时候再唱《玉堂春》,我给你来蓝袍(配角刘秉义)。"

众所周知,马派艺术最后的高峰是一九五九年创作的《赵氏孤儿》,马连良的表演有"集毕生所学于程婴一人"之说,张君秋在剧中所塑造的庄姬公主,更是新腔叠出动人心魄。特别是他们两人在"盗孤"一场中的那段感人肺腑的对唱,"可怜我一家人俱把命丧",情真意切哀婉动人,至今依然传唱不止。很多观众每当听到这段唱腔,眼前就会马上幻现出马、张两位大师为我们留下的经典艺术形象。

《赵氏孤儿》演出前,马连良为张君秋整理头饰

在这一时期,马先生还参加了新剧《官渡之战》《海瑞罢官》的创作,张先生创作了《西厢记》《诗文会》《秋瑾》等新剧,他们两人还共同参与了老舍新剧《青霞丹雪》的创作,一时间首都的京剧事业一片繁荣景象。

与此同时,张君秋的长子张学津已经成长为京剧舞台上的一名优秀青年演员,称得上是新中国培养的第一代京剧人。一九六一年底,为了进一步提高他们的艺术水准,政府号召他们"求上进，拜名师"。张学津问父亲："我想拜师深造，您看我拜谁合适？"张君秋经过深思熟虑后说："你还是应该拜马先生。"果然，张学津后来成为了马派传人中的佼佼者，说明张君秋不仅有独到的艺术眼光，而且对马派艺术的传承起到了功不可没的作用。

一九六六年六月四日，在北京和平里第五俱乐部，马连良先生最后一次登台演出京剧《年年有余》，舞台上另一个主演就是张君秋先生。这一场演出竟成了马、张两人毕生最后的合作，也是他们两人命中注定的缘分。三十年来，他们一直以这样一种特殊的方式，彼此见证着、欣赏着、关注着对方的艺术成就，直到最后。

综上所述，可以看出，在马、张两人艺术合作的道路上，虽然大环境并不总是一帆风顺，路途中时常有顺流和逆流，但他们总能够做到在顺境时相互支持辅助，逆境时彼此扶危济困。三十年间风风雨雨，却一直秉持着这一理念不变，彼此欣赏支持，惺惺相惜永恒。

重情重义的朱海北

一九五二年春,马连良从香港一路北上回到北京的时候,对新的生活环境感到十分新奇。他已经离开北京四年多了,发现周围的大环境发生了巨大的变化。以前许多不错的朋友开始对他敬而远之,好像马连良犯了什么政治错误似的。社会舆论导向仿佛有一定的指向性,把马连良、张君秋等在香港时的艺术生活形容得十分狼狈不堪,个别媒体做了一些不负责任的报道，也有一定的误导性。

譬如，在解放前夕，一些有进步思想的电影明星暂居香港，如舒适、刘琼、韩非、岑范等，他们在政治上遭到香港政府迫害，艺术空间被挤压，后来甚至被港英当局驱逐出境。马、张在香港时对他们十分同情，曾偶尔与之合作演出，他们难得有机会尝试一下自己喜欢的京剧艺术，排遣一下胸中的郁闷，对明星们来说，是当时不可多得的快乐之事。可不了解情况的内地小报，却因此形容马、张在香港的戏班为"可知情形之混乱，以阵容来说，这个班子早已零落不堪了"。

马、张一九五二年年初组团在天津演出，虽然受到热烈欢迎，但正逢"三反运动"，有些不明就里的实业家未曾经历过任何政治运动的洗礼，不免人心惶惶退避三舍，也就更无任何心情去剧场看戏了，因此对剧团的上座率自然有所影响。为了调剂演出市场，提高上座率，他们二人决定演出《霸王别姬》，张君秋饰虞姬，马连良反串霸王。想不到《亦报》记者竟无限上纲，写道："反串不但足为盛名之累，而且也不是新社会中文艺工作者应走之路。"后来时间长了马连良才明白，原来人家认为自己是从香港回来的，是从英帝国主义那边回来的人，与他们不是一个阵营的。当时有些人觉得表现得越"左"就越进步，要保持一定的"界限"，马连良就只好"回避"牌高悬了。

好在,马连良的几位老朋友还是依然如故,与他保持着正常往来,像京剧界的梅兰芳、李万春、张君秋等,回族世交李秋农,他的发小儿冯季远,还有就是他的好友索樾平和朱海北了。

朱海北在家在外都有一个官称——朱二爷,就连朋友和他儿子朱文相聊天时提起他,朱文相也不说"我爸爸"或"我父亲",而是喜欢称他"二爷",这是北京人之间的一种尊称。朱海北比马连良小八岁,马家子女都称呼他"朱二叔"。

朱海北礼服照

与上面提到的几位人士相比，朱海北与马连良虽相识于二十世纪二三十年代，但日常往来不算密切，因他平时多在天津居住。在一九四七年马连良与国民党政府打官司时，法院允许他保外就医，只能每天在家休息，不准随便外出。马连良有时闷了，就晚上偷偷地出门。有些非常现实的人认为马连良要倒霉了，就立即疏远之，自然也就不怎么联系了。但从这时候起，朱海北这个真正的绅士出现了，马、朱两家的联络开始热络起来了。朱海北的行为举止不禁令人想起苏联最负盛名的音乐家肖斯塔科维奇的一句名言："当我们脏时爱我们，别在我们干净时爱我们，干净的时候人人都爱我们。"

朱海北家里有个与众不同的生活习惯，就是生活完全西化，西餐是家常便饭。他一辈子爱吃牛肉，喝咖啡，抽雪茄，穿西装，等等。他常请马连良到他们家去散心，他陪着马一起吃西餐。马先生一般不在汉民朋友家吃饭，但朱家例外，因为朱二爷根本不吃猪肉。他有时称马连良"二哥"，有时叫他"温如"。马连良称他"二爷"，很多时候叫他的小名"老铁"。

朱海北的这个小名是因为他出生在辽宁铁岭，他的父亲朱启钤先生为他特意起的。朱启钤是一位在中国近现代史上值得大书特书的人物，为我们国家做出过许多重大贡献。他出身清末官吏，是一位典型的技术官僚，曾任译学馆学监、京城警察局厅丞、东三省蒙务督办等要职,属于晚清"开眼看世界"的洋务派。民国建立后,他历任交通总长、内务总长及代理国务总理,后因在袁世凯洪宪称帝期间,出任大典筹备处处长,被人称为"保皇党"要员之一,于是对政治心灰意冷,从此脱离政坛,专心研究中国古建营造和从事实业。

朱启钤在家里官称"老太爷",朋友们也都随着这样称呼他。他创办的中国营造学社最为著名。当时民国创立不久,我国的建筑业几乎都引进了西方的理论和技术,并被西方的专家所把持,而他则自费成立了弘扬和传承中国古代建筑学的"营造学社"。他觉得我们中国人以前不重视古建方面资料的收集与研究,特别是在古建的理论建设方面,许多优秀的文化遗产几近失传。在他的主导下,"样式雷"等珍贵故宫资料得以保全。营造学社对大量古建进行了科学考察,用现代西方的科学技术手段来印证了中国古代的优秀建筑技艺的高妙绝伦,弥补了古代建筑学只重技艺不重理论的空白。著名建筑学家梁思成、刘敦桢、王世襄、单士元等皆出自其门下。

仅就北京城的市政建设而言,朱启钤可谓近现代史上的第一人。他主导的建筑项目有修建京奉铁路正阳门火车站,重修前门箭楼,开辟新华门、府右街、南北小街,拓宽长安街,等等。在建设的过程中,始终坚持中西合璧、洋为中用的原则，使所有的建设都在和谐统一的风格之中完成。

今天供游人休憩娱乐的北京中山公园，是朱启钤在一九一四年主持的"开发再利用"民生项目，将原社稷坛开辟为中央公园。特别是今天依然在园中傲然挺立的近千株古柏，多数为明代初年修建社稷坛时所种植，树龄均有五百余年。古柏中七株是当年从辽代兴国寺移植过来的，历史超过千年。其中最粗的树围有一丈九尺余，数人合抱不交。为了保护这些古树，朱启钤在一九二五年撰写的《中央公园记》中，对古树进行了详细的统计和记录。他认为这些古树"几经鼎革无所毁伤历数百年，吾人竟获栖息其下，而一旦复睹明社之旧，故国兴亡，益感怀于乔木"。这些风姿绰约的古树不仅见证了历史的沧桑，还不时地引发游人的思古幽情。为此，朱启钤曾大声呼吁："惟愿邦人君子爱护扶持，勿俾后人有生意婆娑之叹。"

解放后，周恩来总理一直把老人家奉为建筑专家，常常向他咨询北京市政建设之事。在规划建设天安门广场时，他曾经特别强调，纪念碑、人民大会堂和历史博物馆的建筑不要"欺"了天安门，否则其中心地位不保，天安门广场的大环境也就随之破坏了。因天安门城楼不高，现代建筑容易在气势上压过天安门。必须利用建筑上的视觉效果，加大新建筑的窗户比例，上面用小顶子，才能使天安门突出起来。

朱启钤

朱海北自幼就生活在这样一位声名显赫父亲的光环之下，家境殷实，多才多艺，是一位北京城中有名的公子。许多人总是把公子等同于纨绔子弟，特别是我们京剧之中，各种少爷、衙内、公子哥儿，不是欺男霸女的坏蛋，就是玩物丧志的败家子，其实并不尽然。朱二爷是一位标准的绅士，个子高高的,很帅气,待人接物永远是文质彬彬的,非常有教养;说话谈吐温文尔雅平易近人,无论是什么场合,他的语速总是不急不慢很平和,给人十分亲切的感觉;总是身穿一身笔挺的西装,头上的发蜡很光亮,没有一根跳丝。

从讲武堂骑兵科毕业后,朱海北因与张学良关系密切,担任了张的副官,主要负责张学良的交际接待工作。虽然他最大的本领也是玩,可他的玩却玩出了成绩和学问。社会上最时髦的各种交际手段,朱二爷可以说无一不精。他最喜欢骑马、游泳、跳舞、开车、玩桥牌、打网球、吃西餐、唱京剧等,在这些方面,朱海北无疑是张学良的左膀右臂。

与此同时,他跟随张学良亲身经历了许多重大历史事件,如:"皇姑屯事件"后,与张一起化妆成士兵模样,坐在开道车里,秘密返回东北;张学良枪毙"杨、常",东北易帜;"九一八"事变爆发时,他正在中和戏院与张学良观看梅兰芳的《宇宙锋》;事后,"国联"代表团前来调查,他负责在北戴河接待"国联"首席代表李顿爵士等人。

朱海北对京剧艺术情有独钟,可以说是京城票友中的佼佼者。他喜欢唱小生,曾坚持向茹富兰先生学习多年,像《黄鹤楼》《辕门射戟》《群英会》等小生名剧都是茹先生亲授。由于他的文化水准较高,所以领悟起来比较快,加之茹先生教得又好,不久就在京城票界占有一席之地。和他一起票戏的都是北京城内赫赫有名的人物,有袁世凯的十一公子,票的是花脸,侯喜瑞的学生;有同仁堂乐家的乐松生,票武净戏,韩富信的学生;还有皇族载涛的太太,票青衣的王乃文;等等。这里用"学生"的字样是为了表述方便,当年他们是付钱学戏的,与教戏的先生们不属于师生关系。他称茹富兰为茹先生,茹称他为二爷。

由于朱海北的性格十分善良谦和,待人一片至诚,对艺人们十分尊重,没有趾高气扬的大爷做派,所以交了大量的京剧界朋友,有叶盛兰、杨宝忠、梅兰芳、孟小冬及马连良等名家。特别是马连良刚刚从香港回来时,常来家中看望的朋友不多,朱二爷却没有"政治头脑",经常两夫妇一起来家中探望,给了马连良精神上极大的宽慰,同时也让他再次感受到了雪中送炭般的温暖,可见马连良这位老朋友品格的高贵。他不但对马连良如此,对叶盛兰也一样。"反右"以后,叶盛兰被打成"右派",没有人敢和叶接近,只有朱海北不怕政治影响,叶还能有点地方倒倒苦水。

有一段时间里,朱海北仿佛成为了马家的一员,他和马连良夫妇见面的时间比马家家人都长。二爷和二奶奶带着他们的儿子朱文相追着马剧团看戏,朱文相后来成为京剧方面的专家，与他小时候这段经历分不开。朱二奶奶早年对京剧没有兴趣，有一天马连良对她说："二奶奶，我请您看出戏，您给提提意见。"朱二奶奶完完整整地看了一出马连良的《四进士》，从此成为了一名忠实的"马迷"，对京剧也逐渐地热爱了起来。

还有一件事也很有意思，就是马夫人陈慧琏、朱二奶奶和孟小冬三个人长得特别相像。她们这三位的确有些共同的特点，都是早年生活在上海的人士，后来长期生活在北京，又都热爱京剧艺术，这样也无形中拉近了几家之间的关系。

朱二奶奶照了一张《四郎探母》杨延辉的剧照，与孟小冬的扮相一模一样足以乱真，许多人都不知道这是朱二奶奶的游戏之作。马家客厅的条案上面，有一张陈慧琏年轻时的便装照。有一天她请梅兰芳夫人福芝芳等几位太太来家里做客，著名西医郑河先的夫人看到照片后马上说道："快看，快看，这照片真像……"说了一半，看了一眼梅太太后，欲言又止。福芝芳很大方地说："我明白你的意思，不就是像孟小冬吗？没关系，你说吧，我不在乎。"

每天晚上马连良散戏后回来，朱海北朱二爷、索樾平索六爷和马连良的发小儿冯季远冯四爷等常常一起随着马连良回到他在西单报子街的家里，大家一边吃宵夜一边谈谈当时戏剧界的近况，以及今晚的戏有什么地方好，有什么不足，当如何改进等,每天离开报子街的时候大约都有夜里两三点钟。

朱海北曾经对马连良说,《群英会·借东风》的"打盖"一场里,马盛龙的孔明就在那里闷头喝酒,好像与场上的戏无关,这样不好,应该对周瑜、黄盖的苦肉计有所察觉,然后再饮酒。马觉得非常有理,不但让马盛龙改进表演,自己后来在北影拍电影时也是如此表演。马很喜欢听他们的真知灼见,不喜欢听那些曲意逢迎的假客套话。实际上,他们与社科院吴晓铃先生以及马的弟子王金璐夫妇成了马连良这一时期艺术上的智囊团。

《群英会·打盖》马连良饰诸葛亮

马连良知道朱海北的小生艺术造诣很高，当时团里正缺一位小生，就请他推荐一位有嗓子、扮相好的演员，于是他就举荐了闵兆华。朱二爷这个人办事没有私心杂念，没想到这事就得罪了他的老师茹富兰。因为当时马剧团的当家小生茹富华是茹富兰的弟弟，如果闵兆华上了位，就等于抢了茹富华的饭碗，所以茹先生有一阵对二爷没有好脸，这一切都是朱二爷没有想到的。但朱二爷很绅士，对茹富兰依然很尊敬。他说，我是"对事不对人"。

朱海北的另一大爱好就是打牌，桥牌、麻将、梭哈等都很在行。他的桥牌水准在我们国家是顶级的。在他晚年的时候，他的桥牌牌友除了几位高级知识分子外，还有聂卫平、丁关根和邓小平。在"文革"期间，他依然坚持这一爱好，并自己拿出私家的房子来，在东四八条的宅院里办了一所桥牌俱乐部。除了自我消遣外，主要是怕桥牌在他们这辈人手中断了档，希望培养一些年轻的接班人，让中国人在世界的桥牌界占有自己的位置。他自己都没想到，从这个简陋的俱乐部里，后来走出了好几位国际桥牌大师。

在一九五五年"肃反运动"期间，朱海北却因为打牌走了背字儿。他的牌友里面有一位是杨虎，解放前是国民党的老牌特务，戴笠的前辈，后来弃暗投明，解放后担任全国政协委员。他有个太太，外号叫"半截儿美人"，脸蛋和上身长得特别漂亮，但有一对"大象腿"，解放前离开了大陆。台湾后来派此人回来策反杨虎，被公安机关抓住了证据。还有一位牌友根本就是一个潜伏特务，也被公安机关监控了。但朱海北对他们背后的这些政治目的均不了解，更不了解他们的所作所为，除了一起玩牌没有别的。

但公安机关不这么想，他们觉得朱海北出身官僚资产阶级，有可能是和他们一伙的特务，在一起打牌是"幌子"，开会交流才是目的，于是他也成了监控对象。他的家在东城，早有公安人员以房客的身份入住了他们的院子，他们根本没有察觉。他们家有一台老式美国冰箱，发动机噪声特别大，二奶奶嫌它吵人，每天晚上睡觉前在11点左右就把电源拔了。等朱二爷从马家回来都半夜3点多了，他总觉得冰箱不插电不好，里面的东西会坏的，往往再给插上电源。这时大半夜的，噪声突然又起，而且每天如此，非常有规律。公安人员就怀疑他这是准点发报，家里一定有电台，他如不是特务，谁是啊？其实这位公安人员曾经不小心暴露了，他有一次洗完衣服，把背心晾在院子里，背心上有"公安"的字样，但是朱海北对这些从不过脑子。

朱二爷被逮捕以后，社会上对他的谣言也越传越邪乎，但这些对朱家不利的小道消息在马家就戛然而止了。首先因为马连良不许孩子们"嚼舌头根子",这就不是一种正人君子的行为。其次是因为朱二爷在京剧界的朋友太多,这种不负责任的话一旦传到朱家,老太爷都八十多岁了,二爷的子女还小,对朱家极为不利。最后就是基于马连良对他这位老朋友多年的认知,他根本就不相信朱二爷是特务。他对这件事的态度就是:"共产党是青天,一定会还二爷一个公道!"

马、朱两家之间就好像根本没有发生任何事情一样,一切照常往来。二爷的女儿四宝是马先生的干女儿,马家的小弟崇恩是二爷的义子,两边继续走动。绝不会因为朱家时运不济就嫌弃疏远,朋友间应尽的责任反而更要加强,这都是人心换人心得来的患难真情。后来朱海北的儿子朱文相上了师范学院,他还请马崇仁给他们剧社排演《打渔杀家》。他毕业分配要下放农村,马连良知道文相好戏又有文化,有意培养他,就希望把他弄到北京戏校给自己当秘书。

朱二爷在秦城监狱待了一年,审案的人员都认为,朱海北这个人没有心机,根本就不会说瞎话,就不是当特务的材料。出来以后,二爷反而比以前还胖了点儿,像洗衣服、洗袜子等家务活会干了不少。马家的孩子就问他:"您整天在里面都干什么呀?"他倒很乐观地说:"什么也干不了,我没事儿就整天整本地背戏，我的戏可比以前瓷实多了！我还得再跟你爸爸聊聊，像他的《苏武牧羊》我都琢磨了，有些地方还得完善完善。"

二十世纪五十年代，有一件事挺有意思，把马、朱两家拴到了一起。当时"北京人艺"要排演《雷雨》，导演要求演职员们要了解剧中周朴园这样家庭的生活方式，但是当时已经解放多年，在现实社会中很难找到这样的人，有人建议演员去朱启钤家体验生活。因为老太爷朱启钤以前就是煤矿公司和船务公司的董事长，家庭背景与周朴园极为相似。于是一帮演员就进驻了朱家，有人整天盯着老太爷，体验周朴园这个角色；有人观察二爷的生活，拿他当大少爷周萍；还有人体验其他人，各自对号入座，在他们家里着实地忙活了一阵。

这时，舞美组的人员就来到了马家，他们说马家的家居摆放很有特色，属于中西合璧型的。因为马连良有不少名人字画，他本人又比较喜欢西洋的艺术品，比如挂盘、摆件、水晶、灯饰等。这些东西与中式的多宝槅、画案、书柜以及西式的沙发、电器等摆放在一起，显得十分和谐统一。这样的家居风格现在叫"混搭"，视觉效果非常舒适、鲜明。"人艺"的舞美当时画了不少图纸，他们认为这种家居环境与周朴园的背景一致，非常有参考作用。等到《雷雨》公演后一看,基本上把马家客厅的面貌搬上舞台了。马、朱两家当时还觉得挺好玩儿,有人就告诉他们,这不是什么好事。这是资产阶级生活方式,你们被人盯上了。

从"文革"末期开始,政治气候略有松动,马、朱两家走动再次频繁起来。粉碎"四人帮"后,重点中学恢复招生,笔者考上了北京五中,二爷还特别对我祝贺了几句,那时候家里还都没有安装电话,他对我奶奶说:"这学校好,离我们家(东四八条)近,有什么事,让马龙负责送信哈!"

我上学高兴了没几天后,就发现了自身的问题。我的同学大多数在小学学过英语,五中的老师也根本不从基础教起,直接上初二的英语课。为了培养我们这批首届择优录取的学生,各科的教学进度都比较有冲劲。我小学只学过西班牙语,对英文一窍不通,想不到一开学就上初二的英语课程,外加辅导教材,这一科目立马给了我一个当头棒喝。一天,二爷正在我家打牌,当得知我的学习情况后,他不紧不慢地对我说:"英文很重要,必须尽快补上,你别着急。我负责请老师来家里给你补习,不过这头一次见面,你自己必须亲自去老师家一趟,懂吗?这是规矩。"

我按照二爷的吩咐,去了位于和平里十区的老师家,一见面才知道,二爷给我介绍的宁老师是个白发苍苍的老者,皮肤白皙，戴着眼镜，文质彬彬，一派"腹有诗书气自华"的样子，温文尔雅和蔼可亲，普通话中稍有一点东北口音，没什么过多的闲聊，就开始补课了。宁老师一开口即是标准的美式英语，立马把我镇住了。

过了几天，我问二爷宁老师是干什么的，二爷显然与宁老师关系非同一般，他一如既往轻描淡写地说了一句："他是张学良的秘书。"我顿时傻了，让这么大才学的老先生为我一个中学生补习，心里着实过意不去，还有点埋怨二爷：这事儿合适吗？也太大材小用了吧！我只有好好补习，否则实在对不起这么大名望的先生，更对不起二爷对我的关心和呵护。

我在五中这几年，没少麻烦二爷一家，他们既让我增长了知识，又让我懂得了不少道理。我在小学时自我感觉作文还不错，到了五中这样的好学校后，不知怎么就找不着北了，对自己的成绩不是很满意。二爷知道后，还是一贯的云淡风轻态度，对我母亲说道："这个容易，让文相给孩子说说。"于是，有一个阶段，我周末常去东四八条的二爷家，向朱文相叔叔请教作文。

一天我正赶上文相叔叔给他上小学的儿子朱天"开小灶"，他自己出了一张语文卷子让朱天做。我接过来一看纸上的内容，基本上与课本无关。特别是上面一道填空题，我印象十分深刻,即"请按顺序填写四大须生的名字"。我问文相叔叔,干吗给小孩出这题呀?他说了一句自此让我学习开窍的话:"功夫在诗外。"

朱家的房子是东四八条的一座深宅大院,二爷一家住前院,后院住着张学铭和朱洛筠夫妇,张是张学良的胞弟,朱是二爷的胞妹,朱、张两家关系盘根错节。二爷和二奶奶住

马连良赠朱文相
《十老安刘》蒯彻剧照

的前院北房有三间,中间和东间打通,是他们的客厅。室内一侧悬挂中堂字画,另一侧摆放西式沙发,旁边的录音机播放着二爷喜爱的爵士乐。西间有隔扇挡着,是他们的卧室。

我在那里见到的老照片令人惊讶,仿佛看见历史题材电影中的人物一般。有两张他们家老太爷朱启铃的照片,一张身穿大清朝的补服箭衣,头上顶戴花翎;另一张身着西洋黑色燕尾服,内衬硬领白衬衣,系白领结,上身斜披绶带,胸

前勋章光华灿烂。还有些是其他民国政要送给朱启钤的照片，照片年代虽然久远，但均装裱考究，每张照片都有底托硬纸和四周卡纸装裱，并用毛笔在卡纸上题写上、下款，如"桂莘总长赐存，（顾）维钧谨赠"等。我连忙请教二爷，为什么那时候的人这样打扮。于是，二爷从燕尾服即西式大礼服开始讲起，讲到清末民初中国与西洋的接轨，再讲到朱启钤先生如何把历经数百年的帝都北京城，通过他的重新规划、改造和建设，使之逐渐走向近现代大都会的过程，让我了解到朱家老太爷是我国近现代史上怎样的一位开明先贤，最后，二爷不无感慨地说："这么开明，却说他是保皇党。"

一天，我和几个同学一起正走在通往五中的细管胡同里，后面一辆自行车飘然而过，骑车之人是位老者，头发花白，但梳理得整整齐齐，打着发蜡，没有一根跳丝，身穿一件当时市面上罕见的咖啡色灯芯绒休闲西装，慢条斯理地骑行着。我们同学感叹地说："嘿，这老头儿真精神！"我不假思索地冒了一句："朱二爷。"我对二爷太熟悉了，一看便是。没过几天，二爷来家里做客，面上略有不悦之色地对我说："那天在胡同里，是你叫我朱二爷来着？"我连忙解释，我对同学说的，他们不认识您，没叫您。二爷说："好的，叫我可必须把头一个朱字去了哈，咱们两家什么关系？到你这儿，三代人的交情了。"

朱海北晚年老有所为，被聘任为中央文史研究馆馆员，撰写了不少珍贵的历史资料。他的长子朱文榘是天津市委主要领导之一，负责对外经贸工作多年，为我们国家引进外资、建设天津做出了巨大贡献，像天津的凯悦饭店等大型项目，就是他们朱家海外的亲属投资建设的。他的幼子朱文相自幼热爱马连良的艺术，下课后经常从学校直奔剧场，追着马剧团观摩演出，加上平日里受到马连良和其他京剧名家的指点，在中学时代就已经成了京剧方面的小专家，马连良也有意让他大学毕业后为自己担任秘书。改革开放后，他考取中国艺术研究院的研究生，师从阿甲、张庚两位先生，从事戏曲表导演理论研究，对"中国学派表演艺术"从理论方面进行了全面的阐述和分析，后来担任了中国戏曲学院的院长，为京剧事业奉献了他的一生。

由于我父亲是朱海北义子的关系，因此我母亲对他的晚年生活多有照顾。他八十多岁以后，身体机能逐渐衰退，许多生活习惯也不得不有所改变，唯独吃牛肉、喝咖啡是雷打不动的铁律。我移居香港后第一次回京，我母亲让我带咖啡给他。当时"雀巢"已经占领了全国的咖啡市场，我觉得再带这个品牌的咖啡就没什么意思了，就在香港上环的永安百货公司给二爷选了一款在马来西亚获过金奖的咖啡，没想到二爷特别喜欢，以后又让我带过几次。时至今日，我还会坚持买这个"非著名"品牌的咖啡。手摸着咖啡杯时，他老人家温文尔雅的绅士风度总会浮现在我的眼前。

朱海北夫妇出席义子马崇恩夫妇的婚礼

手持通票的黄澍霖

黄澍霖老将军是一九三七年参军的老八路，一九八三年在解放军后勤学院离休。几十年来，他除了工作学习以外，主要爱好书法和京剧，尤其对京剧大师马连良的艺术情有独钟，是他的忠实观众，并与马先生有一段忘年之交。当黄老知道笔者与马连良先生的关系后，通过他的儿子约我和我的大伯马崇仁与他一晤。当时是二〇一二年夏天，黄老已经九十岁高龄,但精神矍铄,将当年的往事娓娓道来。

战火中的慰藉

　　黄澍霖同志是在解放战争时期开始喜爱上马派艺术的。一九四六年,在回晋察冀军区政治部工作后,他发现了在解放张家口时缴获的一台手摇留声机和一些唱片。这些唱片包括马连良先生全套的《武家坡》《春秋笔》《打渔杀家》等作品,他如获至宝。从欣赏这些唱片开始,他即被马先生那潇洒飘逸、荡气回肠的唱腔所吸引。热爱马派艺术,从此成了他毕生的喜好。

　　当时张家口也有一些知名演员,如评剧演员花淑兰、山西梆子演员郭兰英等,但像马先生这样的大艺术家,在那里是看不到的。黄澍霖能够经常欣赏马连良的唱片,已经非常满足了。

　　一九四六年,蒋介石发动全面内战,解放军主动撤出了张家口。由于事出紧急,领导上要求尽量轻装简从,不带瓶瓶罐罐。黄澍霖只带上一辆缴获的日本自行车、那台手摇留声机和马连良的全部唱片,便开始了新的征程。

解放战争期间，黄澍霖同志主要负责"打前站"的工作。每到一个地方，他把准备工作搞好以后，再把水烧上，等候同志们的到来，然后抓紧片刻的休息时间，打开留声机，欣赏马先生的唱腔。于他而言，这是一个相对轻松的幸福时刻。战争时期虽然艰苦，但他的心灵却总能得到慰藉。不管战争期间多么艰难，留声机和马连良的唱片始终不离黄澍霖的身边。一九四九年北平和平解放，黄澍霖把它们带进了北京城。

空前绝后的慰问演出

抗美援朝战争爆发后，彭德怀派洪学智任志愿军后勤司令员，主抓后勤工作，调三十九军政委李雪三任志愿军总后勤部政治部主任，"志后"的力量壮大到二十万人。一九五三年一月二日，黄澍霖和刘侵霄同志带领华北军区后勤部门的六十余人入朝参战，被分配到志愿军后勤政治部工作，黄澍霖任秘书处处长。

一九五三年十月，祖国人民派来了以贺龙为总团长，马文瑞、梅兰芳等为副总团长的赴朝慰问团，除了梅兰芳，还有马连良、程砚秋、周信芳等艺术大师在慰问团内。为了做好祖国慰问团的接待工作，李雪三专门带黄澍霖来到志愿军政治部，政治部主任张南生亲自布置接待任务，并特别强调一定要把艺术家们照顾好。

志愿军后勤部驻地在朝鲜成川郡的香枫山，因山上长满了丁香、枫树而得名。马连良和慰问团中的京剧团一行有八九十人，都住在"志后"驻地。黄澍霖同志把京剧团演员安排在"志后"招待所，特意安排马连良住在政治部的"房子"里。

实际上，当时的朝鲜环境很艰苦，几乎找不到一间有屋顶的房子，志愿军的住宿条件就更艰苦，根本就不住在房子里。为了照顾艺术家们，他们在山上挖出半截房子大小的坑道，再用石头在坑道外垒出半截儿房子，志愿军叫它"掘开式"。马连良和黄澍霖挨着住，李雪三也在附近，这在"志后"政治部就是最好的住所了。

由于黄澍霖是马连良的戏迷，这次马先生又和他同住在一起，便经常可以与马接触，除了办公时间以外，几乎每天都去看望。黄澍霖知道马先生是回民，特意准备了一套全新的厨具，并安排了一名回族厨师。

马连良十分厚道，他不愿意给志愿军添麻烦，怎么说也不同意特别为他安排厨师。他说，由他的外甥杨松岩做饭就可以了。杨松岩以前学过戏，在慰问期间，要负责照顾马先生扮戏,有时还要上台,同时每天负责照顾马先生的饮食起居,十分辛苦,即便如此,马连良也不愿给志愿军添麻烦。

马连良为志愿军演出《断臂说书》

住在"志后"的京剧团中还有李宗义、云燕铭等名家和中国戏校新毕业的学生刘秀荣、张春孝等。刘秀荣的第一场演出《拾玉镯》十分精彩,她在表演轰赶小鸡后的一个唱段,引起了台下热烈的掌声。

马连良和梅兰芳、程砚秋、周信芳是慰问团的四位大师级艺术家。他们的演出有时自领一军,有时互相合作,让志愿军战士们过足了戏瘾。他们在"志后"的演出,可以说是空前绝后、轰动一时。四位大师同台献艺,马连良主演《断臂说书》,梅兰芳主演《贵妃醉酒》,周信芳主演《徐策跑城》,程砚秋主演《三击掌》。这样的演出规模是黄澍霖根本没听说过的,无论是在国内,还是在海外,以前从来未曾出现过如此强大的演出阵容。

在朝鲜的演出条件十分艰苦,基本上都是露天演出。一天,马连良正在演出他的拿手好戏《八大锤》,突然一阵狂风大作,将台上的桌围椅披一股脑儿地全部吹到了马连良的身上,但是这一切丝毫没有降低艺术家的演出水准和热情,他们心里想的是如何把最好的艺术献给志愿军。

演出的剧目都是在赴朝之前商量好的,因此慰问团只带了与演出剧目相关的服装。一天,志愿军方面提出希望能够观看马连良先生主演的《法门寺》,可是这出戏不是计划内的演出剧目,慰问团没带剧中人赵廉的蓝官衣。为了尽可能地满足志愿军的观剧愿望,马连良只好把《借东风》里鲁肃穿的天青色官衣拿来替代。马连良曾对记者说:"在朝鲜的演出条件虽然不如在戏园子里那么好,但是能够完成演出任务,我心里是高兴的。"

一次在一个群山环抱的露天剧场演出，前面程砚秋、周信芳的演出已经令志愿军十分兴奋，当听说最后一个节目是梅兰芳、马连良主演的《打渔杀家》后，志愿军指战员顿时激动异常。有懂行的志愿军领导感慨地说："这两位有近二十年没合作这出了，咱们可是三生有幸了！"能够一睹这样超豪华阵容的国剧顶级大师的艺术风采，在场的志愿军全体官兵真可谓眼福不浅。和黄澍霖一起的有些老同志几十年后再聚首时，提及此事依然是津津乐道、赞不绝口。

当时的香港《大公报》曾这样报道："这一晚，梅兰芳和马连良的同时出场造成了观众感情高潮的顶点。观众中起了一阵'啧啧啧'的声音，那是不能用语言形容的赞美叫绝的声音。梅兰芳的渔家女桂英是那样的纯洁明媚，矫健如出水的风荷。马连良的萧恩显示多少豪杰垂老仍旧骏足千里的英雄气概。"

普光殿前的珍贵合影

演出结束以后，四位大师留在"志后"休息，黄澍霖负责陪同他们和干部马彦祥游览香枫山，去参观香枫山唯一一座保存完好的古迹——普光殿。

由于普光殿的位置在高山深处，被山峦和树林等掩映得十分严密，是美军飞机根本发现不到的地方，因此得以保全。这是一座比较古老的寺院，院落里有几株木槿花，朝鲜叫无穷花，是朝鲜的国花，昂然屹立，山上的溪水从石缝中潺潺流过。山门上有一块匾额，"普光殿"三个颜体的汉字写得苍劲有力，十分醒目。整个寺院被参天的古树包围着，战火之中，环境依然宁静秀美。

就在他们畅游普光殿的时候，机要秘书王承信去"志后"司令部机要处取电报，正好路过这里。他认识马连良、梅兰芳、程砚秋等艺术家，猜想一定是慰问团的成员在此，于是就主动过来打招呼。他随身携带着照相机，当得知黄澍霖陪同四位艺术大师在此游览时，就希望能够为他们摄影留念，于是便留下了普光殿前珍贵的合影。

王承信拍完这张照片之后，一直也没机会再提这件事。等马连良他们离开"志后"以后，大家都各自忙于自己的工作，逐渐把照片的事淡忘了。志愿军回国之后，黄澍霖和王承信各自在不同的岗位上工作，基本上失去了联系。时间到了二十一世纪初，志愿军的老战友聚会，黄澍霖和王承信过了半个世纪终于又见了面，王承信送给黄澍霖一份意想不到

马连良、梅兰芳、程砚秋、周信芳等与黄澍霖（左三）在普光殿前的合影

的礼物，就是这张普光殿前的合影。

这张五十多年前拍摄的照片，依然十分清晰。几位艺术大师均已作古多年。特别是与黄澍霖当年朝夕相处、十分熟稔的马连良先生，他那平易近人的音容笑貌立刻就浮现在了黄澍霖同志的眼前。

黄澍霖认为这张照片非常珍贵，而且马先生和另外几位艺术大师的家人肯定都没有。于是，他让孩子千方百计地找到了马连良的儿子马崇仁、孙子马龙，说要把照片送给我们，让我们记住这难忘的历史岁月和真挚的情意。

一张特别的"门票"

黄澍霖和马先生在"志后"大约相处了一个多月,关系十分融洽。马连良长黄二十余岁,两人成了忘年交。在离开"志后"之前的一天,马先生把黄澍霖叫到身边,语重心长地对他说:"澍霖,我要走了,送给你一张我的剧照留念吧。这后面写着我们家的地址和电话,你什么时候回北京,欢迎你来我家做客。你到北京以后,你什么时候想看我的戏,就拿着这张照片去剧场,它是永远通行的门票,进出自由。"

这是一张马连良的代表作《借东风》的剧照,他饰演的诸葛亮身穿法衣,手持宝剑,仙风道骨,风度翩翩。他在照片的右侧写道:"澍霖同志留念,马连良敬赠,1953.11.8。"在签名下方盖有印章,钤有"马连良印"的字样。照片的背面又写了两行字:"北京西单报子街乙七十四号,电话二局一〇〇五。"黄澍霖拿着这张"通票",心情非常激动,它既是一张特别的通票,又是他与马连良友谊的纪念。

马连良住在"志后"期间,许多志愿军战士都想去看看他,一睹艺术大师的风采。特别是四位大师齐聚"志后"的

马连良赠送黄澍霖的"通票"

时候，大家都希望去看看，如果能得到签名留念就再好不过了。但是"志后"政治部有严格的纪律规定，谁也不许打扰艺术家的生活起居。

一天，秘书处的打字员李秀琴等女同志要去找大师们签名，被黄澍霖拦住了。黄说："组织上有规定，你们又不是不知道，尤其是我们秘书处，更不能带头违反纪律。"女同志们只得离去。他看到小李同志的样子十分可怜，于是就动了恻隐之心，黄澍霖说："我忍痛割爱，送你一张马连良先生的剧照怎么样？别埋怨我了，行不行？"没办法，黄澍霖只得将马先生的照片转送给了她。这下令她兴奋得不得了，拿着照片如获至宝，在同志们中间到处传阅。黄处长的这张纪念"通票"，就这样成了小李的珍藏品了。

黄澍霖是志愿军中最后一批回国的，一九五八年八月到政治学院参加学习，回来之后不停地忙于工作，与李秀琴等老战友们都失去了联系，多年之后老战友才辗转联系上，又在黄家聚首了。黄澍霖送给李秀琴一本他写的回忆录，其中记述了在抗美援朝时期马连良送照片的事。李秀琴看完之后回信说，照片至今保留完好，应该"完璧归赵"，并随信将马先生的那张《借东风》剧照寄给了黄澍霖。真难为了李秀琴，将照片完好地保存下来，除了马先生的印章有些褪色以外，其他几乎一切与马连良先生送给黄澍霖时一模一样。

　　黄澍霖老将军与马连良先生的这段忘年交，已经过去了六十多年，但艺术大师给他的耳濡目染仿佛就是昨天的事，一切历历在目。黄老从一个农村的孩子，成长为一名革命的战士，除了党和部队的教育以外，身上承载的中华传统、道德理念，许多都是通过京剧的戏文了解并感悟的。是马连良、梅兰芳、程砚秋、周信芳等大师的国粹艺术，不断地丰富他的文化生活，传承中华高尚的道德情操，纯净涤荡着一代又一代人们的心灵。黄老最后对笔者说："我为我们中国能够有马连良先生这样的艺术家而骄傲！"

肝胆相照的梅兰芳

马连良于一九二一年底结束了在富连成科班的第二次深造，正式步入社会大舞台，开始了他真正的搭班演出生涯，同时也开始结缘四大名旦中的荀、程、尚三位。一九二二年三月，他受上海亦舞台之邀，第一次赴沪商演，即与荀慧生搭档演出；同年十二月中，赴天津张宅堂会，与程砚秋首次合演《宝莲灯》《汾河湾》；年底前，搭入尚小云玉华社，开始了他们二人之间的合作。四大名旦中与马连良合作次数最多、时间跨度最长的人，非梅兰芳莫属。

一九二七年六月，马连良首次独立挑班春福社，自此不断创演他整理改编的本戏，如《武乡侯》《夜审潘洪》《秦琼发配》《白蟒台》等，声誉日隆。在十二月十二日，受天津潘馨航家邀请参演堂会，开始了与四大名旦榜首梅兰芳的首次合作，二人合作演出《游龙戏凤》。

一九二九年十一月，马连良受上海荣记大舞台之邀，第八次赴沪商演，轰动申江。这也是他嗓音最好的所谓"民国十八年"时期，被沪上观众赞誉为"士别当刮目相看，梦里烟花传仙曲；名高则虚怀若谷，万人空巷聆弦歌"。演出热潮一直延续到一九三〇年元旦，然后被剧场方面提出挽留。因为梅兰芳欲作访美演出，北京方面希望上海促成马、梅二人合作一期，以轰动的效应为梅先生壮行，也就从此开始了他们二人的首次商演。

此次在荣记大舞台演出时间不长，一共九场，二人并挂头牌，合演《四郎探母》《法门寺》等剧，并反串演出《大溪皇庄》，马连良饰蔡金花，梅兰芳饰尹亮。大舞台方面标出了有史以来商业演出的最高票价，花楼、月楼高达四元，三楼最低价也要七角，比日常的演出票价翻了一倍还多。"黄牛党"们在戏院以外大卖"飞票"，票价翻番地上涨，仍然供不应求。

特别是这场马、梅二人合作演出的《四郎探母》,令观众翘首以待。因为戏迷们都知道,这两位大角儿从未合演过这出吃功夫的经典大戏,都希望一睹为快。因此全沪为之轰动,戏票早已预订一空,晚8点剧场已拉下铁门,楼上楼下均无立足之地,为京剧界空前的盛况。据当时媒体观察描述:"是日座客票友及内行占多数,政商次之,新闻记者亦得十余人焉。"

大幕拉开之后,马连良上场,从打【引子】"金井锁梧桐,长叹空随一阵风"开始,然后念诗、话白,马连良演得不紧不慢比较松弛。起唱"杨延辉坐宫院自思自叹"一段后,也是中规中矩四平八稳,没有什么标新立异先声夺人的地方。台下观众不免窃窃私语,认为马连良这出戏估计水平一般。

及至梅兰芳上场,唱"芍药开牡丹放花红一片",嗓音甜美,韵味十足,观众期待已久的心情立马得以释放,于是彩声一片。梅兰芳唱【导板】"夫妻们打坐在皇宫院"后,观众喝彩再起,之后夫妻对猜。

观众一见这喝彩的反差太大了,开始小声纷纷议论,估计马连良这出戏干不过梅兰芳。马连良依然淡定自若,他心里清楚,这出戏虽然是生旦领衔,但是老生更加吃重。他舞

《四郎探母》马连良饰杨延辉，梅兰芳饰铁镜公主

台经验丰富，知道应该把前面的肥彩留给梅兰芳，自己逐渐发力，才能把头一折的"坐宫"演得完美，绝不能贪图一时的脸面风光。

等到马连良演唱【西皮导板】"未开言不由人泪流满面"时，演出开始进入佳境。据《世界晚报》撰写的《梅马之探母》一文描述："马是晚卖力异常，唱调亦在六半以上。唱'未开言'导板始则迂回曲折，终则石破天惊，盖尽用丹田之气，一气呵成，彩声乃如雷震，此为全剧最精彩之句，亦马之新记录也，其后之原板顿挫抑扬，各尽其妙，几至一句一彩，马亦足自豪矣。"

观众此时精神为之一振，开始兴奋，顿时对马连良另眼相看。目光开始紧盯舞台，马连良保持表演情绪，贯彻始终。然后就是经典的快板对唱，这是"戏保人"的唱腔设计，马、梅的演唱自然是锦上添花。马连良的状态已经越唱越好，他把重点放在梅兰芳下场之后，所唱【快板】"一见公主盗令箭，本宫才把心放宽，站立宫门叫小番"，马连良翻水袖，提丹田气，使嘎调，立时如鹤唳九霄，声震屋瓦，台下观众情绪激动，雷鸣般彩声震耳欲聋。

《梅马之探母》还写道："梅之扮相固称富丽堂皇，而马亦风流潇洒，自是不凡，较之王凤卿胜过一倍……梅之表情说白,世无匹敌。'回令'时向太后求情,一字一句均隽妙异常,'您老人家别生气啦,女儿跟您赔礼啦,女儿给您请安啦','赔礼''请安'四字均走鼻音,聆之如食雪梨,如饮虎骨木瓜,觉周身血行,皆为爽豁。"

总之,这次全部《四郎探母》的演出十分成功,让马、梅二人大过戏瘾,合作极其愉快,也让上海观众真是大饱耳福。此次《四》剧演出十分特别,马连良一人到底饰演杨延辉,梅兰芳一人到底饰演铁镜公主,这种唱法是他们毕生当中唯一的一次。虽然他们以后在大义务戏中还多次演出过此剧,但杨四郎和铁镜公主都是由几个演员分饰,他们二人基本上都是出演最后的一折,而不是全剧了。

一月十三日至十五日,二人又参加上海舞台全浙赈灾、东北慰劳募款义演三天,结束了他们的首次合演。虽然所得票房收入不菲,但对支持访美之行来说,也只是杯水车薪。不过,马连良觉得梅兰芳赴美是推广我们的国粹,能为这件事做点贡献,心里觉得十分安慰。自此马、梅二人的友谊开始深化,梅先生高兴地说:"三弟,等我回来,咱们接着唱。"

时间很快过了近两年,基于上次愉快合作的前提,到了一九三二年十二月上旬,应上海天蟾舞台之邀,马连良与梅兰芳再次合作,商演二十天,二人合作演出《汾河湾》《法门寺》《甘露寺》等,再度轰动沪上。然后从年底到一九三三年一月中,马、梅二人在上海、杭州、苏州三地连续义演十二场,为筹募豫皖鄂灾区临时义赈会等机构筹款,演出《打渔杀家》《御碑亭》《宝莲灯》等剧,急公好义不遗余力。

马、梅二人最轰动的合作演出是在一九三四年九月九日,当时上海荣记大舞台重新改建,邀请马连良、梅兰芳主持揭幕礼并合作首演《龙凤呈祥》。演出前,大舞台在《申报》上极力宣传,大造舆论,刊登启事:

> 大舞台如果不由梅先生来揭幕,实在是一件憾事,本主人希望梅先生牺牲少数时间,来拥护我们文化中心的上海,最新建筑的大舞台,关系非常之大,梅先生因为有以上几种理由(指梅兰芳是国剧界的领袖和大舞台是国内剧场的模范),不得不从百忙中抽出一部分时间,替本台来行开幕礼,表演他的生平杰作。同时本台,又派专人到北平,敦聘马连良先生,跟梅兰芳先生合作。马先生是当代须生中的第一人,自成一家,冠绝群伦,向来独挡一面。这次经本台的诚恳要求,毅然与梅先生合作,乃是很难得的机会……

一九三四年重张的上海荣记大舞台

　　开幕当天，大舞台盛况空前，满坑满谷，座无虚席。自此马、梅合作演出四十场，合演剧目有《龙凤呈祥》《一捧雪》《新三娘教子》《抗金兵》等。他们还演出了个人独有剧目，如梅派的《西施》《霸王别姬》《生死恨》和马派的《借东风》《八大锤》《要离刺庆忌》等，这些剧目的演出，在那个全面抗战之前的非常时期里，起到了唤起民众昂扬奋发的作用，达到了经济效益和社会效益双丰收。

马、梅之间除了合作演出外，彼此之间交好甚厚、过从甚密，他们的友谊已成家喻户晓的梨园佳话。首先，他们二人有一个共同的特点，都是我们京剧界中思想最开放的艺术大家，这在京剧这种传统艺术行业里，十分难能可贵。他们对许多新生事物都能理解和接受，而且能够取其所长，拿来我用。

在一九三四年大舞台合作期间，马先生住在英租界慕尔鸣路（今茂名北路）丰盛里，梅先生住在马思南路（今思南路）。当时在静安寺路（今南京西路）976号刚刚开张了一家新式的店铺，名为"四十八我照相馆"，老板与摄影师等工作人员皆为洋人，以新奇人像摄影为招徕，可将被摄影者的四十八种不同的造型集于一张照片。收费三元大洋，次日即可取件。广告语为："海上从未有过，请即驾临一试。"

由于此照相馆离马连良和梅兰芳在上海的居所都不远，马、梅老哥儿俩又都酷爱照相，因此他们便相约在该馆每人拍摄了两组"四十八我"。二人相同的一组为着西装的头像，各种玩笑表情，生动有趣。马先生拍了一组剧装照，包括一张便装头像和四十七张剧照，栩栩如生、神采奕奕。与此同时，梅先生拍了一组京剧旦角手型，变化万千、婀娜多姿。这些照片本来是他们二人的一个游戏之作，却为后人留下了宝贵的京剧资料和艺术的范本。如今学马派的，没有不参照这组剧照的；学梅派的，都是效仿这组手型。

一九三四年马连良于上海拍摄的剧装"四十八我"

另外，他们二人彼此在艺术上理念相同、互相欣赏，当时许多媒体采访梅先生，让他谈谈国剧改良，他总是推荐记者去找马先生来主谈。一九三六年卓别林乘船来上海做短暂访问，白天才抵达上海，下午就见了梅先生，提出希望当晚能看一出京剧，因为他要乘这天夜里的船离开上海去菲律宾。梅先生就推荐卓别林当晚去新光大戏院观看马先生的《法门寺》。演出结束后，卓别林意犹未尽，马连良当时还没有卸妆，于是二人就抓紧时间在舞台上攀谈了起来，并拍摄了三张合影，卓别林才心满意足地去乘船离开，留下了中美艺术交流的一段美谈。

有些作为朋友的人，都是在马连良顺风顺水、大红大紫时关系良好，一旦有什么风吹草动或身处逆境，关系是否还能像以前一样就很难说了。时间到了抗战胜利之后，因一九四二年赴东北演出之事，马连良被国民党当局诬陷，河北省法院的传票发到了上海。这时马连良正在上海为苏北灾民等演出义务戏，各种寡廉鲜耻的小报记者为了提高销量，吸引读者眼球，极尽造谣污蔑之能事，在媒体上添油加醋编造谎言。周围人士落井下石者有之，暗自庆幸者有之，冷眼旁观者有之，敬而远之者有之，这一切让马连良倍感世态炎凉，心意彷徨。真是应了《三家店》中秦琼被难时的那句唱词："马渴思饮长江水，人到难处想宾朋。"

梅兰芳觉得，以马连良的个人境遇和本人个性来分析，他是个"踏尽人生不平路，不向人生说不平"之人。为了帮助他排解心中块垒，一天，马连良在后台正准备化妆，梅兰芳亲自来到他的化妆间慰问，他紧紧拉住马连良的手，非常关心地问道："你的事进展得怎么样了？"马连良说："咳，我现在是一言难尽，是非曲直，待等以后的命运吧。"梅兰芳说道："是的，我们唱戏的实在太难处世了，无论怎么一件极小的事情，而外界在不明真相之前，也会很夸张地批评，不但我很同情你，就是我的朋友提起此事，也是非常谅解你的。"梅兰芳的问候，使马连良倍感安慰。梅兰芳接着说："只要问心无愧，倒不必因此灰心，一个你一个我还得有十年的挣扎，逆来顺受，我们应该打起精神来才是！"马连良身处逆境之中，梅兰芳的这些话，给他平添了不少内心的温暖与安慰，以及与恶势力继续抗争的信心和勇气。

一九四七年，马连良被诬之事澄清，准备在上海中国大戏院登台商演。中国大戏院是他在上海的根据地，总是把最好的档期留给马连良。剧场方面计划让他十一月开始登台，但却被他拒绝了。马连良知道，梅兰芳十一月正好在天蟾舞台演出，他不愿意和梅先生形成"打对台"的局面，因此要求中国大戏院将他的头天打炮演出安排在十二月五日，因为梅兰芳的档期到十二月四日结束。中国大戏院认为，这样安排就会使马连良少赚一个月的钱，太不划算了。况且这次又是扶风社重组，马连良、张君秋联手合作，演出阵容和票房收入都不会输给梅兰芳。况且各有各的观众群体，应该是旗鼓相当之势，即便是"打对台"也不会对两方面的票房造成损失。马连良对中国大戏院方面表示了谢意，但仍然恳切地告诉他们，这不是赚钱的问题，这是交情的问题。

这时天蟾舞台方面却出了新的问题，本来计划梅兰芳演出结束后，由言慧珠、纪玉良这对组合接续演出。但是一看中国大戏院方面是马、张组合，顿时觉得言、纪组合力量薄弱，不敢对撼。加之言、纪的公事（戏班行话，指演出的包银收入）尚未谈妥，于是决定改弦更张，立马派人飞北平，约请"金霸王"金少山南下。认为只有金、言组合，才能与马、张对垒。这样一来，即便金少山同意南下，至少也要等到十二月中旬才能抵沪，剧场方面就有了十天到半个月的空档期，实在浪费。于是他们希望梅兰芳能够将这一期的演出从十二月五日开始加演十天，这样双方都可以名利双收。让"天蟾"没有想到的是，这一利好的建议被梅兰芳谢绝了，并直接告诉他们，马先生那边五日开戏了，我们哥儿俩不能"打对台"。逆境时互相扶持，顺境时彼此礼让，马、梅之间的友谊的确是肝胆相照的君子之交。

马连良赠送梅兰芳的个人肖像

二十世纪五十年代初,马连良寄居香港。因对来自新中国的信息知之甚少,遂与梅兰芳多有书信往来,以便决定回归后的相关路径。蒙梅兰芳与政府高层联系,特别是周恩来、彭真等领导的关爱,以及中南局的鼎力相助,马连良回归新中国之事方能成行。一九五一年七月二十五日,马连良自香港摩顿台居所致信梅兰芳,并将中南局要求保密的回归行程相告,可见两人关系非同一般,信函如下:

畹华仁兄惠鉴:

前闻吾兄在汉上演盛况空前,曷胜欣慰,并闻贵体曾感不适,想返申后定必康复为颂。前者陈肃亮先生来港带来口信,诸承关念,并盼早日返归,足证爱护之深,无任感谢。弟旅港晌将三载,屡思作归,辄以俗务羁身,加以顽躯时感病痛,迁延至今。最近由汉口人民剧院约往,现已决定赴汉,约秋节前后演出。弟回来以后,一切尚仗吾兄鼎力照顾,随时赐教,是所盼祷。把晤非遥,余言面叙。
即颂
夏安

嫂夫人祈代问好

姬传先生亦代致候为荷

弟马连良拜启

七月廿五日

在一九五三年十月，马连良和梅兰芳一起参加第三届赴朝慰问团，唱了他们人生当中最长的一次义务戏，时间近半年之久。在朝鲜期间，演出和生活条件之艰苦可想而知，基本上就没睡过一次正经的房子，因为最好的房子也没有屋顶。一天，马、梅老哥儿俩和志愿军战士们一起听贺龙元帅作报告，突然下起了瓢泼大雨，他们两人的皮大衣里注满了雨水，等脱下来的时候都拿不动，但他们没有一个叫苦的。演出更是一场接一场，根本没时间排戏，二人合作演出了《打渔杀家》《宝莲灯》《汾河湾》等生旦"对儿戏"，给志愿军战士们以极大的鼓舞。他们给家乡父老写信时，非常质朴地说："我能看了梅兰芳和马连良的戏，这辈子值了！"

马连良对梅兰芳的艺术十分推崇，在马连良剧团时期，他认为自己的旦角配演罗蕙兰是可造之才，就把罗推荐给梅兰芳做了徒弟，又为梅派艺术增添了一名优秀人才。梅兰芳

《打渔杀家》马连良饰萧恩,梅兰芳饰萧桂英

的女儿梅葆玥老生应工,是马连良的干女儿。为了培养葆玥,梅先生让她跟在马先生身边学习马派。特别是在梅兰芳去世之后,马连良更觉得对梅葆玥负有责任,就让她和自己的徒弟张学津、张克让等一起学戏,为她特别加工念白和身上的做工,唱腔方面可以发挥她的优长,走余派的路子。马连良的幼女马小曼是梅兰芳的干女儿,她是梅派艺术的传人。可见,马、梅老哥儿俩一直秉持着梨园行的老传统——易子而教。

马、梅两家在京城的住宅相距不远,走动比较频繁。梅先生一想起吃清真菜,就立马想起来马家的大厨杨德寿。当年还没有发明切羊肉片的机器，杨德寿切羊肉片的技术可谓一流。梅兰芳在家想吃涮羊肉时，都要特别邀请马连良参加，主要是请杨德寿前去主理。杨会推一辆车到梅家，里面装满了工具、木炭、火锅、羊肉、调料等，在梅家院中施展他那带有表演色彩的刀功，身旁必定会被一大帮人围住观看，这时梅先生家的大师傅就帮他打下手，成了二师傅了。

杨德寿每天的工作十分辛苦，特别是遇到马连良晚上有戏的时候，他一般都等马先生吃完夜宵后才回家，那时大概就快夜里2点了。因为他早上要晚起一会儿，再去采买，回来就近中午了。马家中午吃饭的人不多，所以制作比较简单。后来他和梅家的大师傅熟了，他们俩人的情况差不多。梅家总是中午吃炸酱面，比较简单快捷，之后马家中饭也改"梅派"了。

梅兰芳请马连良吃饭，不是在家里，就是在北京的这几家清真饭馆。马连良回请梅兰芳不外乎也是在家里或者这几家相同的饭庄，不免有些雷同，不像汉民的餐厅，可以多一些选择。有一天马连良突然改弦更张，对梅兰芳说："大哥，您不是喜欢吃峨嵋酒家嘛，过两天我请您和大嫂去西单商场，吃'峨嵋'哈。"梅兰芳夫妇和在场的朋友都以为自己听错了，心想：马连良是地道的回民，怎么可能去"峨嵋"吃饭？

马连良和梅兰芳在后台

可马连良又不是个好开玩笑信口开河的人呀？心里纳闷儿，也不好多问。

等到了西单商场"峨嵋"餐厅的二楼雅间，马连良夫妇和裘盛戎、李慕良等都在那里恭候。先是一阵寒暄聊天，等到要上菜了，马连良说："大哥大嫂，各位，你们先吃着，过会儿请到隔壁，我在那边先偏了您了。"北京话说"偏了您了"，就是"和您不客气，我先吃了"的意思。众人更加狐疑，这是怎么回事啊？马连良见大家都被蒙在鼓里，心里高兴，他的戏法终于成功了。

原来，公私合营后，北京西城饮食公司在西单商场里开了两家老字号，一家是"峨嵋酒家"，另一家是清真餐厅"又一顺"。这两家餐厅紧挨着，而且二楼全是雅间，只隔一堵墙，墙上开了一个穿堂门，仅供内部工作人员偶尔使用，绝不对外开放。此次马连良在"又一顺"和"峨嵋"的雅间各摆一桌，没开饭前可以在"峨嵋"聊天，开饭后两边同时开动。酒过三巡，"峨嵋"这边的客人可以通过这个秘密的穿堂门到"又一顺"继续享用清真美食。当然，为了互相尊重民族习惯，汉民朋友是绝不带任何东西到"又一顺"来的。这也是"又一顺"给马先生开了一个小特权，别人是不会被告诉有这个"秘密通道"的。

"大跃进"当中有一年正月初十，是马连良的生日。梅兰芳、李万春、冯季远、朱海北等老朋友，以及文艺界的不少人来家里给马做寿，饭后马连良和梅兰芳老哥儿俩坐在客厅的一角很认真地谈话，就是探讨京剧是否可以适应演出现代戏的事。马先生觉得这是个新生事物，应该循序渐进地展开。可以让青年演员先试行，然后从实践中找一下经验教训。梅先生在年轻时演过时装文明戏《孽海波澜》《一缕麻》《邓霞姑》等，他坦诚且认真地说："我的现代戏是失败的。"他对自己以往在这方面的实验是持否定态度的，对演出现代戏的态度也十分慎重。在当时的历史环境下,他们老哥儿俩的私房言论,在座的人不敢对外有一丝的透露,毕竟与政府提倡的论调不同,但还都是限定在艺术讨论的范畴之内。到了一九六四年大演现代戏时,这个问题已经不是是否继续实验的事情,而是是否要继续革命的问题了。

马连良毕生的专注点一直在艺术创作上,这是他信守的本分,所以在晚年才能创作出《赵氏孤儿》这样的精品。解放后,梅兰芳作为文艺界领袖,在政治地位上很高,经常出席许多政治活动,不得不挤压了艺术创作上的时间,北京市文化局领导要求马连良向梅兰芳学习,多多参与政治活动。梅是最了解马的,他知道马连良在艺术上必将有一番大的作为,他希望马能够保持自己的风格。就是否过多地参与政治活动的问题,他们老哥儿俩有过掏心窝的谈话,梅兰芳语重心长地对马连良说:"三弟,你是搞《赵氏孤儿》的人,要是像我一样,你就成了属穆桂英的——阵阵不落。"

时间到了一九六一年八月八日,相对平静的北京戏剧界,忽然传来梅兰芳先生逝世的消息。这消息如同平地一声雷,不但惊动了戏剧界,惊动了政府高层,而且惊动了全国人民。谁都不能接受这个令人无法相信的消息。马家和梅家走动得比较近,大家只是知道梅先生近来身体不太舒服,在住院调

马连良、梅兰芳出席北京京剧工作者联合会大会

理。马连良夫妇还亲自去了阜外医院看望梅兰芳,也没有看出任何不祥的征兆。后来听业内的朋友讲,梅先生最后一次演出前,他亲自去了其他演员的化妆间,和台前幕后的每一个参演人员一一打招呼,问候大家,有人说这事有点反常。按老礼说,您这是辞道儿(北京话,指作最后的告别)。

梅先生的去世对马连良打击很大,他仿佛从此真正地成为了一位老人,嘴里总是喃喃地念叨着他的梅大哥,昔日潇洒飘逸的风采不再,而总是终日沉浸在回忆他们老哥儿俩之间的往事之中。八月十三日,马连良长歌当哭,填曲一首

《畹华兄哀词——锦橙梅【仙吕】》，发表于《中国新闻》之上，用以纪念他这位艺术上的伙伴、生活中的挚友。

> 思故人泪盈衫袖，
> 遍坰野荷泣新秋。
> 数十载氍毹时相偶，
> 我怎不长怀千岁忧！
>
> 正群芳争妍新出旧，
> 待寒梅再荣前启后，
> 不料想万花山麓添隽秀，
> 典型寿，
> 共天荒地老悠。

一九六六年十二月十四日，马连良突发心脏病，入住阜外医院。夫人陈慧琏在病房整整守了三天三夜，心里不停地为丈夫祈祷，希望他能闯过这一难关，千万别出什么意外，可周围的环境不得不让她心里七上八下、忐忑不安。这间病房她很熟悉，一九六一年她与丈夫一起来这儿看望过病中的梅兰芳，他就是从这儿走的，陈慧琏不希望同样的悲剧在丈夫身上重演。可残酷的现实摆在了她的眼前,马连良于十二月十六日撒手人寰,马、梅老哥儿俩竟然从同一病房离去。

"文革"开始后,马家被扫地出门,从西单的四合院搬到了和平里的"黑帮楼"。梅夫人福芝芳知道马连良夫人陈慧琏身体多病,于是仗义相救,把她接到西旧帘子胡同的梅宅居住。在客厅东头用屏风隔出了比床大些的地方,算是陈慧琏的卧室,从此陈慧琏一住就是六年之久。梅宅上下对陈如亲人一般,让马家人终生难忘。

一天,陈慧琏拿着马连良毕生珍爱的贾洪林《桑园寄子》剧照,对梅兰芳的秘书许姬传说:"温如生前搜集的艺术资料都被一扫而光了,只剩下这张照片,望许先生代为保管。"许姬传当即表示:"我虽然半个身子在牛棚里,也不保险,可愿为老朋友保管到最后一分钟。"

一九七二年,福芝芳对陈慧琏说:"咱们得让三爷(马连良)入土为安。"大家商议之后,决定用梅家在香山脚下万华山麓的两间房子,与香山大队置换万华山上的一块地,作为马连良的墓地。马连良的骨灰终于在他去世六年之后,入土为安了。

如今,在北京香山的万华山上,苍松翠柏掩映着梅兰芳和马连良的墓地,在他们二人的墓地之间,有"京胡泰斗"徐兰沅和老生名家王少楼的墓地;在马连良墓地的旁边是与他合作多年的同事周和桐、任志秋及高足言少朋的墓地，万华山麓已经成了一座著名的"梨园公墓"。时常有行山锻炼的人士在梅、马墓地歇脚，有戏迷不无感慨地说："这山上的几位要是唱一出，那绝对是'超一流'的水准，真是'此曲只应天上有'啊！"

亦师亦友的吴晓铃

一九六一年八月间,梅兰芳先生的突然去世,的确令人意想不到。此后,从国家最高层领导人开始,对京剧界的老艺术家更加关注与呵护,同时也着重强调,要对老艺术家的舞台生活做一个全面的总结和梳理工作。当然,对马派艺术的整理工作也势在必行。马连良借着这次机会,做出了一个大胆而又惊人的决定——重新修订家喻户晓的马派经典剧目。

他认为，虽然经过了几十年的磨砺，自己已经形成了许多脍炙人口的代表剧目，但是其中还有很多地方不完备，不能靠它"吃老本"。应该让它精益求精，使之更加尽如人意。尽管业内外有许多人认为，咱们京剧可以不讲究这些，觉得只要好听好看就行，对剧本的文学性、艺术性并不在乎，但马连良却不这么想。他觉得只有敢于否定自己，修正谬误，才能使京剧、使马派经典达到尽善尽美白璧无瑕的艺术效果。于是，他在社科院研究员吴晓铃老师的帮助下，进行了一次马派剧目大规模的整理修改工作。

高级知识分子和著名艺术家都有很强的个性，他们之间能够合作，不是一件容易的事情。如果没有彼此之间的尊重、了解和信任，是很难完成这种繁琐且细致的修订工作的。马先生与吴老师能够合作愉快，首先是有着良好基础的。

在二十世纪三十年代开办中华戏校的时候，戏校就聘请了吴晓铃老师任国文教师。马连良收王和霖、王金璐为弟子的仪式，吴老师也曾参加，他们二人相识已久。当时吴老师虽然年轻，但大家都知道，他是个能成为大学问家的奇才。

吴晓铃，辽宁绥中人。最早在燕京大学读医学，后转北大习中文，同时精通英文、日文。北大延请一位犹太老师用英文开了印度梵文课程，报名参加学习的人数有四十多人。

马连良、吴晓铃（前右）、王金璐、李墨璎组成《马连良演出剧本选集》编辑小组

学了一个月后，能坚持往下学的只有一人——吴晓铃。后来吴老师不仅是我国著名的古典戏剧专家，同时也是我国少有的几位梵文专家之一。他曾先后被印度、法国、加拿大、美国的知名大学所延聘，是一位博闻强记、学贯中西的文化大家。

一九五八年十月，在吴老师的陪同下，苏联科学院中国研究所中国文学与文化研究部主任艾林德在中国进行了为期四个月的考察工作。其间，吴老师陪艾林德观看了马先生的许多演出，包括《四进士》《胭脂宝褶》《十老安刘》《十道本》《大红袍》等，观后艾林德、吴晓铃与马连良进行了多方面开诚布公的交流探讨，并通过这次交流增进了彼此的了解，加深了友谊。

三人相谈甚欢，有许多共同的戏剧观点。比如，当年舞台上要强调反对封建迷信，突出戏剧的真实性，秦腔《窦娥冤》就将最精彩的"魂子"托梦的表演废除了。他们三人都认为，没有了"魂子"就失去了诗意，就等于没了戏，也就失去了戏剧的真实。艾、吴曾与马探讨，《胭脂宝褶》可否止于《失印救火》，《十老安刘》可否止于《盗宗卷》，等等。马连良当即表示赞同，同时把自己对这两出剧目的改编预案也讲了出来。原来他根据戏情戏理、演出时长，以及自己的年龄段，设计了不同的演出方案，大家英雄所见略同，当即拍手称快。艾林德和吴老师特别欣赏马先生这种与时俱进的戏剧观，不似同时代的一些老先生，思想上比较保守，自己的代表作一个字都不能动。

吴晓铃是马连良多年的朋友，是在"文革"之前与他接触最多的知识分子，更是他非常倚重的专家学者，马家全家上下都尊敬地称他"吴老师"。吴老师是社科院文研所研究古代戏曲的专家，他研究古代戏曲的成果，以考据为主，主要是剧作家生平考和古剧杂考。他最著名的学术成就是参与研究、整理《西厢记》和《关汉卿戏曲集》。要了解古代的语法规律、断句习惯，同时还要通晓戏曲曲律、宫谱定格，并且兼通语言学，才能完成古典戏曲的曲文断句。没有深厚的文学功底和博览群书的文化基础，胜任不了这种枯燥的工作。

《古本戏曲丛刊》是郑振铎先生计划编辑的戏曲作品总集，原计划编辑出版八集，在一九五八年因郑振铎遭遇飞机失事，该工作在出版了五集之后被迫停滞，无人敢于接手。一九六一年，吴晓铃先生负责主持这项工作，重新恢复编辑出版。吴老师在采访和选择六、七、八集目录的同时，先选择了较易结集的《鼎峙春秋》《封神天榜》《劝善金科》《升平宝筏》等极为稀见的清宫升平署所抄所刻的宫廷大戏，编印成第九集，在一九六四年由中华书局出版，为我国传统戏曲资料的保存、传承，以及后世的借鉴和运用做出了不可磨灭的贡献。

另外，我国戏剧界有一部非常有影响力的典籍——《绥中吴氏藏抄本稿本戏曲丛刊》，共四十八册，其中收录了很多珍稀古典戏曲作品的抄本、孤本、善本，并进行了批校、整理，这部作品是吴晓铃先生对中国戏曲的又一伟大贡献。为了赞颂他的学问，老舍先生曾手书一副对联相赠："吴越风光莺声春晓，幽燕情调霜野驼铃。"有趣地将吴老师的名字嵌入联中。因此，无论是从个人学养，还是相互关系的角度来看，由吴老师主持对马先生作品的修订工作，最合适不过了。

在修订的过程中，马连良和吴晓铃发现，在马派的代表作中，一些词句有语言规范和历史知识的问题。其实这些问题不仅存在于马派剧目，同时也广泛地散见于京剧的传统剧目之中，具有极大的普遍性，但是业内人士多年以来往往对此视而不见。如《审头刺汤》里陆炳有两句【散板】："大炮一响人头落，为人休犯律萧何。"马连良认为"律萧何"这种倒装句的用法很别扭，同时也会令一部分观众"费解"，于是与吴晓铃商量，索性就换了辙口，改为"大炮一响人头掉，为人休犯法律条"。又如，在《打严嵩》中，戏文称常保童的府第为"开山府"。通过吴老师讲解《明史》，知道常保童世袭的王爵为"开平王"，不是"开山王"，因此常家的府第应称"开平府"。在《清官册》中，寇准上场后自报家门"山西华县人氏"。经吴老师考证，《宋史·寇准传》记载，寇准为华州下邽人氏。于是马先生在以后的演出中，将这两处念白完全按照历史的本来面目修改了过来。

另外，剧中还有一些语言所表现的思想感情，对人物形象有影响，把这样的词句也加以修改，能够使人物形象更加鲜明丰满。比如《三娘教子》中，薛保以老人家的身份对三主母唱道："莫不是三主母也把心肠变，要学那张刘二氏另嫁夫男？"马连良认为这样的说法就不太适当，不符合三娘应有

《清官册》马连良饰寇准

的思想。于是把唱词改为"莫不是三主母把世厌,要追随老东人同赴黄泉?倘若是你真个行此短见,撇下我老的老、小的小,挨门乞讨,我也要抚养我家小东人啊"。这样修改之后,唱词变得长短句结合,不但可以使唱腔的旋律更加跌宕起伏优美动听,而且表现的思想感情更加符合人物,增加了悲剧的色彩,三娘和薛保的形象也更加突出了。

像《大红袍》里有一段经典的【二黄三眼】,是海瑞在公堂上教训冯莲芬的一段唱,用来告诫她收敛女光棍的劣习。原词是"女儿家守规教拙即是巧,纵有那运筹才能也不高。古今的奇女子传名不少,有几个骂街巷掀裙扎腰?可叹你令椿萱去世又早,把一个千金体任意酕醄。既难学花木兰智勇节孝,从今后绿窗下凤绣鸾描"。马连良认为,这段老词的实际效果非但不能使冯莲芬改过自新,弄不好反而把这位蛮不讲理的姑娘惹翻了。既达不到教育人的目的,反而令爱民如子的清官海瑞形象大打折扣。虽然戏中冯接受了海瑞的"训话",但看上去实在勉强,唱词的说服力不够。于是马先生请吴老师用换义不换辙的方法,把这段唱词整个做了改动,让海瑞对冯莲芬这个失怙少教、泼辣成性的姑娘说几句动人肺腑的话,起到真正刺激她、鼓励她的作用。新词为"女孩儿学贞静恪遵圣道,言中规行循礼风骨自高。既然是缙绅家诗书畅晓,却为何骂街巷掀裙扎腰?似这般泼辣性市井喧嚣,哪还见半点儿庄严窈窕?可惜你椿萱丧失怙少教,千金体任性情面露头抛。只惹得声狼藉邻里嘲笑,君子辈哪个敢钟鼓相邀?纵不学花木兰弓马踊跃,也应效黄崇嘏金榜名标"。这样改过之后,教育意义就比老词来得确切真实,并带有鼓励启发的作用,冯莲芬的思想转变过程也就不显得那么生硬突然了,对海瑞的形象也起到了提高的作用。

许多已成名角儿的艺术家都对修改自己的代表作慎之又慎,因为如果修改不好,则一世英名毁于一旦。另外代表作已成后学者的圭臬,修改之后会使后学者有无所适从的感觉。特别是像马连良这样已经开宗立派的一代宗师,更不应该轻举妄动,当时就有人认为马连良此举"胆子太大"。他对此并不否认,但从不背离他一向谨慎从事的作风。吴晓铃对马连良此举更是十分敬佩。

马连良一生当中对自己的首本代表作《借东风》修改过多次,其结果是越改越好。比如【二黄导板】的第一句唱词,至今有据可考的版本就有五个之多。除了一九五九年《赤壁之战》的新词"天堑上风云会虎跃龙骧",其他四个版本分别是"先天数玄妙法犹如反掌"(一九二二年百代唱片版、一九三八年国乐唱片版)、"习天书玄妙法犹如反掌"(一九四九年香港电影版)、"识天文习兵法犹如反掌"(一九五六年北京电影版)及"习天书学兵法犹如反掌"(一九六三年《马连良演出剧本选集》)。从后四种版本中明显可以看出，马连良改词的目的是除却附着在诸葛亮身上的"妖魔化"，使之更加人性化、智慧化，让诸葛亮真正地走下了神坛。

《失空斩》是马连良艺术生涯早中期经常上演的剧目，也是他非常喜爱的剧目之一。但他对其中有些唱词一直持有异议，认为有必要加以修改。比如，以前《空城计》上场应唱【西皮原板】，与《失街亭》一样。老谭先生认为重复了，就在场上临时抓词，念了一句对儿："兵扎岐山地，要擒司马懿。"马连良认为此时诸葛亮能保住西城就不错了，根本没有想法和能力擒拿司马懿。于是，他就把词修改为："帐收千员将，胸藏百万兵。"又如，诸葛亮【西皮慢板】中的"评阴阳如反掌保定乾坤"和"东西征南北剿博古通今"，这两句因为当年老谭先生灌片时把词句唱颠倒了，而引起意思不通。应该改为"评阴阳如反掌博古通今"和"东西征南北剿保定乾坤"。而【二六】中的老词"一来是马谡无谋少才能，二来是将帅不和才失街亭"则更有必要进行修改，否则观众会以为诸葛亮在司马懿面前做自我检讨，这与整段唱词的风格与诸葛亮在敌人面前应有的态度有冲突。当马先生得知弟子张

《空城计》马连良饰诸葛亮

学津在戏校学这段唱腔时唱词有所修改,就连忙打听它的内容。戏校的唱词是"亦非是马谡无谋少才能,皆因是将帅不和才失街亭",他听后连连称赞地说:"改得好,改得好,我以后唱时也这样用。"

虽然只是改动唱词里的几个字,但行内许多人士皆不敢冒天下之大不韪。因为《失空斩》毕竟是谭鑫培先生的代表作,谭后的著名须生演员无一不遵从老谭的唱法。二十世纪六十年代中央人民广播电台集中录制马派名剧,马先生提出想录《失空斩》,并要在录制的过程中使用以上修改过的唱词。

电台的负责人同样有所犹豫,怀疑这出戏不是马派名剧以及这样的唱法不被接受。马连良看出了他们的心思,对来人说:"这是不是马派名剧不要紧,等我录完音后请你们听听再定,好吗?"

为了谨慎起见,马连良把每一处改动的地方都标注下来,让长子马崇仁留意。在录音时,让儿子站在玻璃窗外面仔细听,如有唱错了的地方当即给他打手势,他就马上停下来。他对录音一向非常重视,特别要求录音演员阵容的整齐完美。他让马崇仁帮助约角儿,于是就请了马崇仁的老师侯喜瑞先生来马谡,裘盛戎先生去司马懿,就是忘了请李洪爷饰王平了。这份珍贵的录音资料,为后来搞"音配像"工程留下了完美的艺术遗产。

录音进行得很顺利，电台付给了马连良一千元的录音费，给了侯喜瑞五百元，裘盛戎四百元。电台通过此次录音才发现侯老嗓子还不错，马上又单约，给他录了《回荆州》《牛皋下书》等，总算给侯老晚年又留下些艺术资料。三天以后，那位录音负责人又突然造访马宅，兴冲冲地对马连良说："马先生，《失空斩》我们听了，太棒了！您的艺术水平太完美了！我们领导非常满意，认为既有传统的东西，同时又有突破，让我给您追加三百元鼓励费。"

在修改剧本的过程中，马连良和吴晓铃商议，不但更正自己的词句，而且对旁人配角的词句认为不合适的也要加以修正，充分体现了他对艺术严肃认真、一丝不苟。在《苏武牧羊》中，卫律有一句唱词"人来与爷带虎豹"，是为了合辙押韵多年沿用见怪不怪的生造词。他认为令人费解，建议马富禄改成"人来与爷前引道"。再如，在《借赵云》中，张飞被典韦战败回营时，对军士们说："我把你们这些王八×的。"这样的念白听起来粗鄙不堪，也损伤了张飞的完美形象。因此在一次演出中，马连良对袁世海说，把这句改为"我把你们这些无用的东西"，舞台效果没有丝毫降低。

马连良和吴晓铃的这次代表剧目修改工作，无疑是解放初期"戏曲改革运动"的延续。但在修改的过程中,马先生和吴老师始终坚持忠于历史、忠于人物的原则,并且反对那些生搬硬套强加在历史人物头上过"左"的内容。特别是对某些历史剧中居然生硬地加入了"军民大生产""敌占区内发动群众"等内容,着实不敢苟同。

《夜奔》里林冲唱的【折桂令】里第二、三句原词为"原指望封侯万里班超,生逼做叛国红巾,做了背主黄巢",有人曾把它改为"为逼做叛国红巾,要学那好汉黄巢"。对此,马连良和吴晓铃均认为这种修改就不符合宋代历史人物林冲的思想境界,同时黄巢这种人物更不值得歌颂。

在《改词——谈艺余录之一》一文中,马连良明确指出:"咱们不能让古人说现代的话,不能忘掉当时的社会局限性、历史局限性和人物性格的局限性。我想反对这种改法并不是保守,换句话说,改的比原来提高了思想性和艺术性,对观众起到了正确的教育作用。也不能粗暴,这个尺寸要拿准了。"在当时极左思潮盛行的年代,马先生和吴老师上述对艺术负责任的敢言之举可谓凤毛麟角、特立独行,同时也为日后"文革"期间的苦难提前埋下了苦果。

"文革"期间,马家以前的朋友们大多都断了往来,但与吴晓铃老师一家还保持着走动。吴老师夫妇虽然都是高级知识分子，但他们在当时高压的态势下依然我行我素，不平则鸣，绝不摧眉折腰。有一年春节，马连良幼子崇恩带着儿子去校场口头条给吴老师拜年，吴师母看着马家的第三代感慨万分地说："这世道，孩子来了连个像样的好吃的都拿不出来！"虽然家里的日子并不好过，他却执意地坚持带着孩子出门吃饭。

一九七二年，马连良的骨灰在香山下葬。除了家里人外，就是弟子王金璐，还有吴老师带着女儿们前来参加安葬仪式，他要为老朋友尽自己的一片心。对于这件事，马家人一直心存感念。有一次，马崇恩去看望吴老师，正赶上社科院的人前来给吴老师布置"反击右倾翻案风"的任务，要他提交批判稿，只听吴老师在院中对来人高声断喝："告诉你们领导，我吴二爷就是不批邓！"

吴晓铃为人厚道，对马连良的感情十分深厚，总是对老友过早地去世充满了自责。他总是认为，当年马连良有一篇名为《从海瑞谈到"清官"戏》的文章，其中有一句话："人们在戏剧里表扬'清官'，很可能有微言大义存焉，是在教育当时的做官的，起着'大字报'的作用。"文章中加上的这句话，是他的意见。他认为这句话为马连良带来了无妄之灾，因此每每提及马连良先生的去世，他都非常难过。

在当时那种动荡的年代里，马家仅剩下一枝马连良曾经用过的西式手杖，马夫人陈慧琏为了安慰吴老师，把这件唯一的马先生遗物送给吴晓铃留念。吴老师十分珍视这枝手杖，平时总是手不离杖，仿佛自己每天都在与老朋友马连良两手紧紧地相握一般。为了纪念他们二人之间的友谊，吴老师为此作诗一首，请王世襄先生鎏刻在手杖之上，诗云：

南召藤兮楚牛角，
裁做杖兮何卓卓。
温如玉兮长相握，
思故人兮沉心曲。

经过十年浩劫，马连良艺术资料损失殆尽，吴晓铃先生觉得十分遗憾和惋惜。为了尽量抢救马派艺术资料，他和马先生的弟子们及长子马崇仁等一起，再一次主持马派艺术研究小组，为恢复上演马派剧目，重新开展马派研究，整理马派剧本，保存马派资料，编纂《马连良艺术评论集》等，自觉地做着自己的分内之事，仿佛又和他的老朋友马连良在一起，继续着他们未竟的事业。一九七九年三月二十七日，在北京八宝山革命公墓为马连良举行的骨灰安放仪式上，吴晓铃特书

一副挽联,表达他愿意圆成亡友遗志以及自己的"忏悔":

十年劫变,艺苑凋零,忍凭书剑钦季札。
八表重光,文坛苏彩,怆对知交念伯仁。

改革开放后,吴晓铃与马连良家人聚首

一天,他在琉璃厂的旧货店里发现了一张马连良先生摄于二十世纪四十年代的头像,心情非常激动,如获至宝一般,于是立刻就买了下来,送给了马夫人陈慧琏,并在照片背面书写了他的题识:

> 温如先生肖像,得之于海王村,缅怀故人,为之腹痛!谨于先生七旬晋八冥寿,奉贻慧琏夫人。
>
> 吴晓铃

马连良虽然去世多年,但吴晓铃老师和马连良先生之间的感情却如高山流水觅知音的俞伯牙与锺子期一般,总是沉甸甸占据着吴老师心中重要的位置。每逢马先生的生辰祭日,吴老师都会前来探望马夫人陈慧琏。一九八一年年末,马夫人陈慧琏离世,又逢马先生逝世十五周年,吴老师当时正在香港公干,他慨叹地称"余不能躬身谒墓",以为遗憾。马连良生前所赋散曲小令,多为吴晓铃代笔。于是吴老师在香江再填新曲,望空遥祭,追思老友。

马温如(连良)兄辞世十五年祭
【南正宫·玉芙蓉】

三年丧友不应哭,
十五载残泪犹汪汪!
今丁祭辰我滞港,
北望云山浇一觞。

吴晓铃在海王村觅得的马连良肖像

颂君黄泉举案齐眉敬,

报君朝阳鸣凤振翼翔,

借风南屏韵悠扬。

耐过它彻骨严寒,

终赢得丹桂花扑鼻芬芳!

吴晓铃

一九八一·十二·十六

香港旅次

总角之交冯季远

一九六二年,在马连良修订马派经典剧目的时候,由中国戏剧家协会出面,决定为他编纂《马连良演出剧本选集》。邀请吴晓铃老师为总编,与马连良及其弟子王金璐、李墨璎夫妇组成了一个编辑小组,开始了对马连良多年以来演出剧目的梳理、修改、结集、出版的工作。

在研究整理的过程中,吴晓铃老师希望马连良能够对马派艺术的整个发展过程做一个全面翔实的介绍，因为同一个剧目在不同的历史阶段有不同的演法，有不同的特色，这样可以具体地加以介绍，使读者能够了解马派艺术发展的全貌。马连良对此建议十分赞同，但自己讲述起来却不一定能够十分到位，他说："若要把我的艺术分析得头头是道，只有一人能当此任，那就是我的总角之交——冯季远！"

冯季远，北洋时期大总统冯国璋的四公子。他从小就观看马连良的演出，并与马成为了最好的朋友。用北京人的话讲，他们两人是发小儿，就是铁哥们儿的意思。一个出身民国顶级军政要人家庭的富家子弟，与一个在富连成学戏的穷人孩子能够交朋友，这本身就有点传奇色彩。他比马连良小一些，马家晚辈都叫他"冯四叔"。他是京城名流之一，坊间都称他"冯四爷"。

冯季远之所以对马派艺术了如指掌，基于他与马连良之间近乎毕生的友谊。他观看马剧时间最早，与马交往的时间最长，学马的表演最细致，对马的艺术了解最深入，堪称一位专家级的马派名票。他年轻时曾留学法国，学习化学与农学，立志实业救国。由于他天资聪颖，知识广博，分析问题鞭辟入里，并善于归纳总结，是马连良身边不可或缺的最佳顾问。

冯季远最绝妙的本领就是他所唱的马派唱腔完全达到了乱真的程度，有时马家子女从外面回家，听到父亲正在吊嗓子，推门一看，原来是冯四叔在唱戏。不但嗓音完全一样，就连吊嗓子时候的站姿和一些小动作都模仿得一模一样，令人捧腹，非常有趣。这种情况发生了多少次，马家人一直都分不清他们两个人到底是谁在唱。一九三三年时，马连良在北京金鱼胡同一带开办过"马连良灌音社"，许多票友在那里灌音留声，冯季远曾经灌过马派名段《借东风》《宝莲灯》《甘露寺》的唱片，听过唱片的朋友们打趣地认为，冯四爷足以胜任马老板的"枪手"。

马连良对他这个老朋友也十分欣赏。有一次冯季远彩唱《苏武牧羊》，请马连良给他把场。马连良在冯演出之后言道：给冯四爷把场比我自己唱一出还累，生怕他出错。那天他倒是唱得不错，嗓子挺痛快，唱完之后他没事，我嗓子"横"了，我真着急呀！冯季远还彩唱过《借东风》《甘露寺》《打侄上坟》等马派经典，可以说他对马连良的剧目了如指掌。因为他是票友出身，没有受过科班的正规训练，所以在身上、做工等方面的表现就自然差了一点儿，但唱工、念白和一些小节骨眼儿上简直是没挑儿。马连良长子马崇仁说："迄今为止，在那么多学马派的票友当中，尚无出其右者，冯季远堪

《四郎探母》冯季远饰杨延辉

称马派第一名票。"

  作为马连良"智囊团"中的高级顾问,冯季远经常给马连良一些中肯的建议,马往往对他的建议从善如流。马连良在演出全部《借东风》的时候,一般是"一赶二"的演法,饰演前鲁肃后孔明。按照传统的扮相,这两个人物都是老生,都戴黑三髯口,从形象上看有些雷同。冯季远就建议马连良更改鲁肃的扮相,马派戏中许多末行角色都戴二涛,这样的角色性格比较憨厚,可以把这个髯口安在鲁肃身上。这样的扮相使鲁肃在造型上看起来有些大智若愚,有忠厚长者之风,符合戏中的人物性格。鲁肃的形象一变,同时也反衬出诸葛亮的聪明睿智、仙风道骨的面貌。两人形成了鲜明的艺术对比,使观众既容易区分,又觉得有戏了,马连良积极地采纳了他的建议。

一次马连良演出《盗宗卷》,戏中有一场描写张苍自寻短见,在唱"一把钢刀项上刎"后,有个一连串的身段表演,即左手摸刀刃,右手转刀,害怕,扔刀,向左转身,扬左手水袖,抬右腿,左腿单腿站住。右手指刀,接唱"这明亮亮的钢刀就吓煞人"时,单腿站立不动,同时施展做工表演,双摆水袖,边唱边哆嗦。这天马连良换了一双新的厚底靴,这双鞋有点大,他的脚趾在鞋里抓不住鞋底,于是就在台上站不稳,身体就有些晃动。马连良就随机应变地顺势做了几个身段,左脚单脚向前搓步,没想到这时台底下观众却对此表演非常喜欢,报以热烈的掌声。散戏后老哥儿几个谈此事,冯季远就建议马连良,这个身段比以前的好,在台上显得不僵,还活泛,不如以后就这么演吧。马连良以后就沿用了这一表演手段。

《借东风》马连良饰鲁肃

冯季远在台底下看戏也不闲着,他有一个本事,就是在台下能与台上的马连良互相打暗号交流。马连良的眼神也的确超常,一看冯四爷就知道什么地方需要马上修正。当然两人之间都是小动作,普通观众看不出来。比如,冯用手一点左脸,表示这个地方有汗,马立即在无意间用手攥汗;向前一推手,表示往后一点站,那个地方光线好;单手快速一振,表示"马前",要加快演出节奏;双指横搭在下颌,表示一会儿散戏去鸿宾楼吃饭;等等。

一九六一年,马连良收了冯志孝为弟子。当时冯志孝刚刚从中国戏校毕业,分配到中国京剧院,马先生给他说了一出《淮河营》。彩排那天马连良和冯季远一起去看演出,冯志孝刚一出场,冯季远就小声对马连良说:"你这徒弟的脚步怎么像言菊朋啊?你怎么教的?"马连良给冯志孝说戏,不可能跟教戏校的学生一样,每一个细节的地方都得说到了,所以之前还真没留意他的脚步。今天冯四爷提醒后再一看,还真是有点像言三爷,赶紧再给冯志孝加加工吧。他想:还是四爷眼尖!

一九六〇年前后,马连良主演了两台大戏——《赵氏孤儿》和《海瑞罢官》。冯季远看过《赵氏孤儿》后大为赞赏,觉得比传统戏《搜孤救孤》完美且升华了很多。认为这出戏首先突出了马派剧目的特点,将传统折子戏增益首尾,使整个戏剧的情节有了贯穿性和完整性,达到了马派本戏可看性强的一贯目的,特别是在艺术性和思想性方面比传统戏有了极大的提高。另外,该剧与马派其他代表剧目相比,他认为大大地超越了马派艺术早中期的《白蟒台》《火牛阵》《胭脂宝褶》等剧目的艺术水准,是一部集马派艺术大成的艺术精品。因此,冯季远对《赵氏孤儿》不但能演出全剧,还能对每一个剧中人物进行分析讲解,外带着说戏传授,可见他对这个剧目的热爱程度。而对《海瑞罢官》却没有过多的评论,认为该剧无法与《赵》剧相比肩。他也想不到,就是这出《海瑞罢官》却成了"文革"的导火索,也断送了马连良的性命。

冯季远与京剧界许多朋友相交深厚,特别是与余叔岩也很熟悉,没事也喜欢唱余派的《珠帘寨》《洪洋洞》等唱段,余派的造诣也非常深厚。马崇仁曾经问过他:"您说我爸爸的唱里有没有余先生的东西?"冯非常肯定地说:"有,但他都给化了,他高就高在这儿。"他当着马连良的面也能客观地说:"若要论唱,余叔岩的唱工最好。若要论全面、创新,谁也比不了马连良。"

他曾经给马崇仁分析余叔岩和马连良的唱法,说得非常有见地。他说:"余嗓子好的时候是一种唱法,嗓子不好的时候是另一种唱法,都能非常挂味儿,这是功夫。马的唱法准确严谨,凝重潇洒,将人物蕴含的复杂感情节奏鲜明地形之于外。外人都说马连良的唱潇洒飘逸,非常帅气。其实他们不知道,马的唱法有点笨,就是唱着费劲,属于笨拙中见工巧。马连良为了让人听得清楚,场场认真,字字用力,不会偷奸耍滑。外在给人感觉是非常松弛,其实他自己里边很紧张。外人看不出来,只有我知道,所以我说他累。"

他了解许多梨园掌故,经常讲给小字辈们听。比如孟小冬就亲口告诉他,当年孟拜师余叔岩的一段趣闻。在孟小冬拜师之前,她的介绍人就对她说,余先生见到你一定会让你唱一段,所以你要好好准备。于是孟小冬就下了苦功夫,把一张余叔岩的《捉放曹》的唱片都快听平了,非常用心地学了那段有名的"听他言"。见了余叔岩后,果然要孟唱一段,于是孟小冬就把这段最有把握的"听他言"唱了出来。唱完之后,孟本人挺满意,问问余先生的意见,没想到余叔岩说:"头一句就错了!咱们是'听(啊)他言',不是'听他言'。"孟小冬说:"我是照着您的唱片学的。"余叔岩说:"灌片子时我没使这个,咱不得甾一手嘛!"

冯季远觉得余叔岩和马连良基本上是同一个时代的艺术家,但他个人认为余先生毕竟年长一些,身上有许多老先生的东西，思想上相对比较保守。譬如，对于同行演员偷师学艺这件事，老先生自我保护意识就比较强，未经认可的同行想学点东西太难了，而马连良身上则没有这些问题。见到台下有同行观摩，马连良的表演从来都是照常进行一如既往，落落大方绝不藏私。冯季远经常说："马连良不怕别人学自己，还生怕别人不学自己，他的成功与其卓尔不群的见解有直接的关系。"二十世纪三十年代末，著名剧评家景孤血对马连良有过一次深入的采访，冯季远对此次讲话如数家珍，马曾如是说：

> 大抵生人各有所长，亦各有所短，各有所能，亦各有所不能。如鄙人演《借东风》，旁人亦演之，不能谓鄙人全好旁人全不好，亦不能谓鄙人全不好旁人全好。譬如彼之"借箭"小过节好，我即可以采之以补我之不足，彼之"打盖"小身段好，我又可以采之以补我之不足。若果一无所取，则我不必恶其学我，恐即早有第三者代劝其偃旗息鼓矣。是故我之四成好，更可因学我者得六成好，得八成好，吾亦何为恶其学我者之多乎？若夜郎自大，唯我独尊，则将永无长进，好亦止于此，不好亦止于此，

则其艺术不必怕人学，即求人学，亦必至于无人肯学焉。

因此冯季远认为，马连良的艺术思想是超前的，他的许多艺术主张都反映了时代的需要，推动了艺术的发展，代表了京剧的发展方向，所以他支持马连良，热爱马派艺术。作为一名马派艺术的超级票友，他可以说对这个艺术流派研究了一辈子，学习了一辈子，演唱了一辈子，支持了一辈子，力捧了一辈子。

特别是发现有年轻人喜欢马派艺术时，他特别高兴，会主动讲解马派戏的一些来源，丰富他们的戏曲知识。比如，他带着他的票友学生高尚贤看马连良的《三娘教子》，他就说，马派戏不是凭空而来的，每处都有根源。这出戏谁也唱不过马连良，是马派唱工戏化古求新的代表作。像头一句"小东人下学归言必有错"，就有马连良自己的创作。"小"字要向前推着唱，"东"字要归鼻音，"归"字要往后扳一板再唱，"错"字上要一个花腔，这样唱来马派的艺术特色就比较鲜明了。但这段唱腔里面的许多东西是由孙菊仙的唱腔转化而来，如"望三娘念老东人下世早，只留下这一根苗……"，就完全是孙派的东西，唱起来比较古朴。唱腔被马连良吸收

《三娘教子》马连良饰薛保

了,但在唱法上马做了适合自己的调整。

冯季远除了对年轻人在艺术上热心辅导外,对他们的思想也时时谆谆教诲。高尚贤大学毕业,被分配到门头沟的农村去教书,高不愿意去。他对冯四爷说,您跟马先生他们熟,我宁可去京剧团跑龙套,也不去潭柘寺中学教书。冯季远严肃地告诉高尚贤:"你以为那个龙套就那么容易跑哪,人家也都是科班出身。台上的一分钟,需要台下十年功,你别看不起这行。你念了十六年的书,就应该好好地教书育人,否则你这辈子就荒废了。你记住了,庸医害人,打入十八层地狱。教师误人子弟,打入十九层地狱!"从此,高尚贤牢牢地记住了冯四爷的话,无论是在中学教书,还是后来在对外经贸大学授课,都是一位称职的好老师。

时间到了一九六四年前后,"帝王将相、才子佳人"不能再上舞台,全国都在清一色地上演现代戏。北京京剧团搬演了《杜鹃山》,马连良在戏中来了一个配角郑老万,戏不多,但他自己还是精心设计了一段唱腔"想当年铁血队无投无奔"。冯季远对这段唱腔和表演十分欣赏,认为有独到之处。不但自己演唱,还要传授给别人。

与冯季远学马派戏的有两个大学生:一个是师范学院的高尚贤,他主要学演唱;另一个是地质学院的孔令诰,他跟

《杜鹃山》马连良饰郑老万、赵燕侠饰贺湘、裘盛戎饰乌豆

冯四爷学拉胡琴。他们都是冯季远给开的蒙，先不许他们学《借东风》，按照马派的演唱规范，从《马鞍山》教起。他们两人当时还没有看过《杜鹃山》，没觉得现代戏有多好。可冯季远却非常有远见地说："这段唱非常有特色，要学赶紧学，以后还不一定再演哪。你们别看现在不让演老戏，这就是一阵风，传统戏早晚还得回来。你们切记，传统的艺术不能丢，你们现在好好学，二十年后你们就是马派专家！"

因戏结缘的老舍

老舍先生,原名舒庆春,字舍予,是我国著名文学家、剧作家,也是在解放以后与马连良过从甚密的文人朋友之一。二十世纪二十年代初起,马连良多次赴沪演出,当时有位名叫舒舍予的剧评家在上海报刊上多次写文章评论马连良的戏剧,许多人以为他与老舍是同一个人,其实此二人是风马牛不相及的。一九五三年下半年马连良剧团参加赴朝慰问团,老舍先生也在团内，马连良和他相处了一段很长的时间，两人建立了深厚的感情。老舍本人是个标准的戏迷，对京剧传统戏了如指掌。在慰问团里，整天和马连良、梅兰芳、程砚秋、周信芳等京剧大师一起聊戏，是老舍先生最快乐的事情。

他说在年轻的时候，看过很多戏，加上他文学功底深厚，所以特别爱玩报刊上有关京剧的文字游戏，当时谁也干不过他。什么《一捧雪》《二进宫》《三击掌》《四进士》《五人义》等，将戏名从一数到十，"信口拈来"。还有用京剧做谜面的谜语，极有趣味。比如，谜面是京剧《火烧葫芦峪》（卷帘格），打一北京地名。该剧说的是三国时期诸葛亮大破司马懿的故事，即"司马兵北"，按"卷帘格"，谜底是东城的地名北兵马司。

老舍先生还特别爱唱，在朝鲜时有一天马连良和梅兰芳正在遛弯儿，听见有人正用大嗓唱老旦戏，走过去一看，是老舍正在给志愿军战士唱《钓金龟》。知道了他的这个爱好之后，剧团里的琴师有空就给老舍先生吊嗓子，他也乐此不疲，大唱特唱。只要是他会的，不管什么行当都能唱。真是"文武昆乱不挡"，大过了一番戏瘾，把他高兴坏了。

老舍先生和马连良年纪差不多大，对传统艺术如何适应时代的发展，两人有着共同的看法，因此彼此知无不言，相谈甚欢。特别是马先生从香港返回北京之后对马派名剧所做出的一些调整，老舍先生极其赞同。因为他看过马连良同一剧目改编前后的不同版本，所以很有发言权。

比如，在马连良首本名剧《借东风》的那段著名唱腔中，收尾的一句唱词以前是"耳听得风声起从东而降，为什么有一道煞气红光"。为了从诸葛亮这个人物身上除却先知先觉能掐会算的妖道之气，马连良在唱腔不变的前提下，把唱词改为"耳听得风声起从东而降，趁此时返夏口再作主张"。既表现了诸葛亮一切尽在掌控之中的足智多谋，又符合实事求是的时代要求，且丝毫没有损伤诸葛亮在人们心目中伟大军事家的形象。另外，马连良认为以前使用多年的诸葛亮深色法衣过于阴郁沉闷，自己重新设计了一件紫色缘边、淡灰色、带暗纹质地的新法衣，让这个孔明的形象显得清新雅致气象万千。老舍先生对这几处的修改极力赞扬，他认为这一个"诸葛亮"有春风扑面焕然一新的新锐之气，这才是传统剧目在新中国应走的道路。此后，马连良对他的拿手好戏《四进士》《甘露寺》等都做过不同的调整，这些都得到了老舍先生的肯定与支持。他高兴地表示，从朝鲜回国以后，一定要找机会与马连良合作一出京剧。

从朝鲜回国以后，马连良和老舍都马不停蹄地忙着各自的艺术生产。一九五五年，马剧团先是与谭富英、裘盛戎的剧团

马连良、老舍与青年学生们

"合团",成立北京京剧团,然后又与张君秋的京剧三团进行二次"合团"。一九五六年,一边忙着拍电影《群英会》《借东风》,一边进行合团以后的"磨合"工作,经过了一年多的时间,剧团才算运转顺畅。老舍先生回京后主要与北京人民艺术剧院合作,忙着排演他新创作的话剧。大家除了在首都文艺界的活动上经常见面外,像在朝鲜那样长时间地待在一起的时间就不多了,但是老舍先生一直没有忘记与马先生合作的承诺。

昆曲《十五贯》唱响之后,老舍先生决定把这出昆曲改编成京剧,由马连良饰演况钟,马富禄先生饰演娄阿鼠。本子拿来以后,北京京剧团里艺委会开了两次剧本研讨会,马连良、马富禄、李慕良、迟金声等都参加了。大家在会上各抒己见畅所欲言，都觉得昆曲这种艺术形式，不是所有的剧目都适合改编成京剧。昆曲有自己的艺术规律，就这出戏而言，改编之后的成品与京剧不太和谐，至少与剧团的流派演出风格不太统一，用句京剧界的行话形容——不是一道蔓。但是该剧毕竟是大名鼎鼎的老舍先生改编，如果不用，京剧团都担心老舍先生会不高兴，马团长脸上也不好看。但是马连良一向治艺态度严谨，同时他也认为老舍先生能够理解剧团艺委会的意见，这样北京京剧团就没有上这个戏。

一九五八年时，老舍先生根据《今古奇观》中"沈小霞相会出师表"的故事，为马连良创作了一出新编历史剧《青霞丹雪》，说的是明代嘉靖年间，严嵩父子独霸朝纲，仗势迫害忠良沈青霞父子，冯丹雪仗义营救的故事。经过北京京剧团的二度创作，决定由马连良饰冯丹雪，谭富英饰沈青霞，张君秋饰闻淑英，马长礼饰沈小霞。在一九五九年农历新年之后不久就在京首演了，上演当日老舍先生亲临剧场，和观众们一起观看了他的这出京剧作品。虽然他在此之前，特别是抗战期间，也创作过一些京剧小戏，但是这次由马、谭、张三位艺术大家联袂主演，如此隆重的京剧大戏，对老舍先生而言，还是头一遭。在场人员都看得出来，老舍先生也有些紧张。

《青霞丹雪》公演后,马连良与老舍合影留念

从某种程度上说,《青霞丹雪》这出戏有点"时运不济"。在创作这出戏的时候,老舍先生的名剧《茶馆》正在上演,可以说轰动了北京城,用句戏班的话形容,红得山崩地裂的。他把全部身心都扑在了"北京人艺",扑在了《茶馆》的创作上面。相对而言,分给《青》剧的创作时间和精力就比较少了。

北京京剧团这时也正在紧张地创作另一部新戏,就是马连良所说"集毕生所学于程婴一身"的《赵氏孤儿》。在《青霞丹雪》首演的十七天后,《赵氏孤儿》一炮打响,从此一发而不可收,几乎全国的京剧团都争相效仿,加上还要筹备建国十周年的献礼大戏《赤壁之战》,北京京剧团也就实在没有任何时间和精力再来改动《青霞丹雪》了。马连良后来总是觉得没有完成老舍先生的心愿,时常不无遗憾地说:"一个《青霞丹雪》,一个《官渡之战》,应该再好好地磨合磨合,一定会有效果。"

虽然《青霞丹雪》暂时被搁置了,但是并没有影响马先生与老舍先生之间的友谊。他们俩的兴趣点并不一定完全在戏剧方面,由于都是"老北京",他们对北京文化有着共同的热爱,所以经常在一起谈天说地。讲古论今,能从明朝历史说到民国轶事;聊鼓曲单弦,能从刘宝全、荣剑尘说到小彩舞、魏喜奎;讲京城名吃,能从爆烤涮羊肉说到椒梓拌白菜等，山南海北无所不谈。老舍先生身上自带北京人的幽默感，他又喜欢写相声、改相声、说相声，所以听他讲话特别过瘾，经常令人开怀大笑。

他在马连良家里很放松，最喜欢吃马家厨师杨德寿做的饭菜，特别是对于普通的家常饭食吃起来反而更加甘之如饴。一次赶上马家吃饺子，老舍先生非常喜欢，他一边吃一边讲了不少笑话。他说，他在美国时难得和中国的朋友们一起吃一次饺子，这时候最怕有美国的朋友到来。因为和他们一起吃饺子时要说英语，他的英语也不是非常流利。一想如何英语表达，就少吃了不少饺子。他最爱吃杨德寿制作的老北京甜品核桃酪，隔三岔五地就想吃这口儿。每次他来家里之前，马连良都特别嘱咐厨师提前给老舍先生准备。

到了二十世纪六十年代初，老舍先生对马连良艺术的传承工作特别重视，每次马先生收徒弟都邀请老舍先生参加，他一定会语重心长地对青年演员大谈继承传统艺术的重要性，要求他们认认真真地和老师学习；同时感谢老一辈艺术家的悉心传授，希望他们做好"传帮带"的工作，让祖国的传统艺术传承有序、发扬光大。

马连良对传承工作十分重视，他觉得收徒弟这件事，不一定要局限于某一个流派的艺术传承。自己的弟子，也不一

马连良、叶盛兰等观看老舍题诗

定要完全继承马派艺术。弟子言少朋可以马派、言派两门抱，弟子童祥苓、汪正华适合向余、杨流派方向发展，应给予鼓励和支持；弟子李慕良的京胡造诣极高，除了伴奏方面外，更鼓励他在作曲方面发扬自己的特长。老舍先生对马连良这种着眼于京剧整体传承发展的观念极为认同，并对马先生弟子们的艺术都给予了很高的评价。一九六三年春节期间，为称赞马连良弟子李慕良的琴艺，特赋诗一首：

> 幼小喜丝弦,
>
> 功成二十年。
>
> 韵长声自远,
>
> 意在手之先。
>
> 春水流仍静,
>
> 秋云断复连。
>
> 翻新裁古调,
>
> 歌舞倍增妍。

二十世纪六十年代初,河南越调名家申凤梅进京演出,一出《收姜维》震动京华,受到上自中央领导下至普通观众的热烈欢迎,周总理称她扮演的诸葛亮"会做思想工作"。申凤梅来京还有一个目的,就是希望能够拜马连良为师。马先生在收申凤梅为弟子这件事上,得到了老舍先生极力的赞扬。在收她以前,马先生也收过广东粤剧、河北梆子等地方戏的演员为徒。他认为,中国戏曲人是一家,应该互相取长补短,彼此交流,才能达到相互促进、共同发展的目的。老舍先生对他这种"大戏曲"的胸怀十分赞赏,希望其他老艺术家能够像他一样,扎实有序地做好传承工作,让中国戏曲的百花园生机盎然多姿多彩。为了祝贺申凤梅拜师马连良,老舍特赋诗作贺：

> 东风骀荡百花开，
> 越调重兴多俊才。
> 香满春城梅不傲，
> 更随桃李拜师来。

凤梅同志越调能手，生旦不挡，悲喜咸宜，一九六三年来京公演，拜温如先生学艺，因献小诗作贺，即乞正教，适苦脑疾，未事推敲文字为憾。

老舍先生因为对京剧非常熟悉，对马派名剧更是了如指掌。他曾经用马派戏的剧名为马连良作诗两首，非常经典且有情趣。由于历史的原因，第一首一直没有找到。第二首《再集马派名剧》抄录如下，以此见证他们两人的友谊。

> 淮河营外火牛阵，
> 天水关头白蟒台。
> 三字经陈十道本，
> 状元谱上百花开。

温如团长哂政

辛丑立夏日

老舍

一九六三年，中国戏剧出版社为马先生出版《马连良演出剧本选集》，其中涵盖了他的代表作《借东风》《甘露寺》《十老安刘》《串龙珠》《赵氏孤儿》等五部大戏，精装、简装同时发行，马连良非常满意，带了许多本去香港、澳门演出时赠送朋友。他请老舍为此书作序，先生欣然命笔，对马连良的艺术和精神进行了高度的概括，他认真而工整地用他那优美的隶书写道：

马派戏不仅在唱、念、做上都有独创之处，连人物的扮相与行头亦精心设计。单学些唱腔，不足以尽得马派之长。这部选集不但录有戏词，且具人物扮相、表演提示，与主要马腔的乐谱，全面介绍，重点阐明，对继承和研究马派剧艺一定有很大的益处。

连良先生每排一戏，必全局考虑，一丝不苟，不只突出主角，忽略次要人物；不只重创腔，而轻视细节的处理。即使是熟戏，也每唱必排；上场前，连龙套的服装亦加检视，务使一台无二戏，人人尽职，处处妥当。此种精神也能从这部选集的细心编辑中看得出来。我希望继承马派的和学习此集的都也注意及此。流派尽管不同，精益求精的精神则当一致。

信义为上的沈苇窗

不久前，网上一直在传一张合影，上面有马连良夫妇、俞振飞夫妇和张君秋夫妇等一些嘉宾，其中有一嘉宾大家都不敢肯定。许多朋友知道我在香港曾经见过沈苇窗先生，于是让我帮忙确认。

我是知道这张照片的，它是一九五一年春天在香港拍摄的，当时举行的是俞振飞先生收弟子薛正康的仪式，由张君秋先生作为师徒介绍人,由马连良先生向祖师爷举香,大家希望确认的那位嘉宾正是沈苇窗先生。

相比十年前来讲,沈苇窗的名字越来越为内地热爱文史戏剧的人们所熟知。特别是他在二十世纪七十年代初于香港创办的《大人》《大成》杂志,现在已经被收藏界热炒到近千元一期,个别刊号已近万元,国人对传统文化的重视程度由此可见一斑,其知名度因此也越来越大。在《大成》杂志接近创刊五十周年之际,加之沈苇窗先生和马家三代人的关系,我想应该尽我所知介绍一下沈苇窗和马连良的关系,也是向这位钟爱京剧的文化名人致敬。

诗书继世之家

沈苇窗先生,名学孚,字惠苍,笔名苇窗。其友人都称呼他惠苍。在香港艺文出版界,他以"沈苇窗"三字享名。他的家乡是美丽的浙江乌镇,沈家是乌镇大户,诗书传家,家境殷实。母亲为海宁世家之女,沈先生自幼在上海长大,接受了良好的教育。

他的从兄沈伯尘是我国最早期的时政漫画家,在民国初

马连良夫妇出席俞振飞收徒薛正康仪式，后排左七为沈苇窗、左八为沈老吉

年的上海，以辛辣讽刺的画笔针砭时弊，对军阀政客进行了尖锐的抨击，受到广大读者的欢迎。他创刊的《上海泼克》画报使他一炮而红，叶浅予、张光宇、张正宇等名画家皆为其后辈。

他的舅父是著名昆曲大家徐凌云，曾与俞粟庐、穆藕初一起创办苏州昆曲传习所，为培养一代"传"字辈昆剧艺人做出了杰出的贡献。由于受到舅父的影响，沈苇窗和他的兄长沈吉诚在少年时期就对京昆等戏曲艺术情有独钟，并与戏曲名伶过从甚密。当年上海一带曲友很多，其中以"九老七童"最为有名。沈吉诚和俞振飞皆在"七童"之列，沈苇窗则对京剧更加偏爱，二人皆能粉墨登场。

由于与戏曲界的名伶名票熟稔，他们和许多京剧名家结下了友谊。步入社会后，沈吉诚向上海《申报》《新闻报》等大小报纸投写剧评，后主办《小日报》和《琼报》，销量甚佳。抗战期间，沈吉诚移居香港，在邵氏影业公司和高升戏院等处任职，从事编剧和管理等工作，并以"上海佬"能唱广东大戏而令人刮目。他的适应能力非常强，抗战胜利后，再一次华丽转身，以"老吉"之名开始评论香港的跑马赛事，以出版《老吉马经》在香港闻名遐迩。香港人都知道沈老古，却不知道沈吉诚这个本名了。马连良先生于一九四八年底抵达香港，从此卜居香港近三年。他这段时期的艺术经历，多亏了老朋友沈老吉后来的记述,为我们留下了宝贵的资料。

沈苇窗比他的兄长沈老吉大约小一轮,毕业于上海中国医学院,本应该是一名优秀的中医大夫。但他却所学非所用,像其兄长老吉一样,也喜欢撰写戏剧评论,开始是小报《海报》的主要撰稿人,后加入梅花馆主(郑子褒)主办的著名戏剧杂志《半月戏剧》,从此一发而不可收,为其日后成为著名的出版人奠定了基础。

高山流水之交

马连良先生在二十世纪四十年代经常在上海长期演出,沈苇窗就开始了与他的交往。马先生比沈先生大十七岁,在同辈的朋友当中,沈先生属于他的小老弟。由于他们二人意气相投,艺术观点接近,于是很快就成为了要好的朋友。沈苇窗没事时就来找他探讨艺术,同时也为了使自己进一步研习马派艺术。随着他们的不断接触,沈在京剧方面的艺术鉴赏能力不断提高。

一九四七年九月,杜月笙借祝寿之名举办筹款义务戏,孟小冬宣布自此次演出后正式告别舞台。于是,她主演的

《搜孤救孤》一票难求，即便是沈苇窗这样在业内手眼通天的人物，也只能望洋兴叹。他找到马连良说明来意，马先生说："我也没票，一会儿你跟着我就是了。"上海中国大戏院是马连良在上海的"根据地"，总经理孙兰亭是他的把兄弟，于是他们俩被剧院方面安排在二楼的走道的位置，俩人只能同坐一个凳子。孟小冬扮演的程婴非常对工，极合身份。当演到程婴和公孙杵臼对白时，为了表示程婴注意倾听公孙的意见，孟小冬把椅子向前一拉，与此同时对公孙念白，表演得非常自然、真实、生活化，马先生和沈先生异口同声地给孟小冬叫了一个好，二人果然是心气相通的戏友。

一九五〇年夏季，沈苇窗先生移居香港，暂时寄居在其兄沈老吉家。这时马连良先生正好也在香港，两人颇有他乡遇故知的感觉，于是他们的来往更加密切了。在这一时期，马先生的演出并不多，沈先生正好抓紧时机勤学马派。他经常晚上到铜锣湾摩顿台马先生的居所来学戏，有时学晚了就在摩顿台休息。第二天早上起来后，马先生有遛弯儿的习惯，就陪着他走到铜锣湾礼顿道沈老吉家，好在路程并不遥远。

他们经常在晚饭前去皇后大道，一边散步一边说戏，常常到娱乐戏院附近的顺记吃木瓜冰激凌，港人叫雪糕。沈先生一开始还吃不惯木瓜的味道，但是马连良却甘之如饴。吃过几次之后,沈先生也开始喜欢这一地道的港式甜品了。

张大千这一时期正好也在香港,又是他们二人共同的朋友,于是大家的聚会比在内地时要频繁很多。当时马连良在香港演出不多,生活相对比较拮据。一次他们俩看到一台非常好的录音机,那时可是个稀罕之物。马连良爱不释手,当时他经济条件并不宽裕,沈苇窗还是支持他买了下来。虽然要花费高达一千六百元港币,但毕竟对艺术有帮助。买回录音机之后,马连良请张大千来摩顿台家里吃馅儿饼,张大千吃得非常满意。高兴之余,对着录音机大唱特唱,让马连良给他说戏。

张大千在九龙亚皆老街的住所回请马连良,为了一展大风堂主人美食高手的做派,张说要亲自下厨为马连良做一道好菜。等砂锅端上桌子开盖一看,把马先生吓了一大跳,竟然是一锅狮子头。马连良觉得奇怪,心想:张大千明知道我是回族,怎么能上这道菜?张大千连忙介绍,这是完全用鸡肉制作的菜肴,为了使口感松软,在肉馅中加入一些马蹄碎屑,果然爽而不腻,非常好吃。马先生这才心中释然,而沈苇窗则是很有心地倾听张大千的炮制方法,多年之后,把这道菜连同相关故事,发表在他的美食著作《食德新谱》上面了。而这道大风堂名菜,以后也成了张大千招待回族朋友的必上菜肴。

一九五一年，马连良、张大千、沈苇窗、李慕良在香港

马先生曾经和沈先生商量，趁在香港这段时间不忙，应该由马连良口述，沈苇窗执笔，写一本马连良年谱式回忆录，也是对他这几十年京剧表演生涯的一个总结。当时梅兰芳的《舞台生活四十年》尚未出版，马连良曾感慨地说："我的戏剧生活虽然比不上梅大爷多姿多彩，但梅先生是一面顺风旗，一生从未遇见逆风，而我则在敌伪时期、胜利之后都碰过钉子，讲起悲欢离合来，我比梅先生的生平曲折得多呢！"

沈苇窗先生听了之后拍手称赞，认为这的确是一个令人振奋的提议，建议内容既涉及艺术，又触及生活，图文并茂，洋洋大观，定会成为一本独树一帜的艺坛畅销书。于是，他把这个信息告诉了张大千，大千先生欣然命笔，为这本书题签《温如集》。马连良在香港演出《春秋笔》时，由沈苇窗负责编纂演出特刊，他迫不及待地将《温如集》中罗列的"马连良年表"刊登在特刊之上，以示郑重之意。此后，马连良开始讲述他与杨小楼、王瑶卿、王长林、朱素云、萧长华、梅兰芳、尚小云、荀慧生等人的梨园往事，沈苇窗都一一做了记录。

一九五一年秋，为了使马连良能够顺利回归祖国内地，经周总理同意，由中南局方面派人来港与马连良秘密接头，安排"回归"相关事宜。出于对安全的考虑，中南局要求"回归"之事必须绝对保密。马先生为了向在港的友人表达自己的一番情谊，默默地做着不敢声张的告别活动。他对沈苇窗先生说："我送你两身行头吧，以后你票戏用得着。"心思缜密的沈苇窗马上明白了马连良的用意，知道他去意已决，于是惆怅而感慨地说："您在这儿我都不唱，您走了我更不唱了。"这对艺术上的知己、生活中的挚友不得不洒泪而别，撰写《温如集》之事被迫搁置。

阔别香岛十二载，打造佳剧又重来。马、沈二人再次重逢，已经是分别十二年之后的一九六三年了。由马连良领衔的北京京剧团在这一年的春夏之交前往香港，为广大的香港观众演出了近两个月，名剧叠出，轰动一时。沈苇窗先生这时作为香港丽的呼声金色电台的编导，同时又是一名资深的京剧研究家，是港方媒体界主要专家的不二人选。

当时访港演出团的外事纪律非常严格，即便是像马连良这样的艺术大家，也不能随意在香港外出走动，探亲访友必须特批。为了不给主管单位找麻烦，马先生每日基本上深居简出。而作为电台转播此次京剧演出的负责人，沈苇窗倒是可以经常来到他们的酒店探访。他对此次由马连良主演的新戏《赵氏孤儿》大为赞赏，他没想到分别十二年之后，他的老朋友在艺术上"返老还童"了。他说，这是马派艺术的一个飞跃，一个里程碑。《赵氏孤儿》必成新的经典，应该大力宣传。因为每天都有人加买站票，之前既定的演出场次无法满足观众的需要，必须增加《赵》剧的演出场次。同时他又帮助联系电视台，希望将《赵》剧的个别片段在电视上做一个转播，加大宣传力度。

沈苇窗对马派艺术的推崇不减当年，对马派乃至京剧在海外的传播起到了极大的推动作用。他认为，此次演出团给马先生安排的演出剧目太少，只有《赵氏孤儿》《四进士》《淮河营》《秦香莲》等，都是近年来在内地经常演出的剧目，

《赵氏孤儿》马连良饰程婴，谭元寿饰赵武

但是相关剧目不能涵盖马派的多面性,不能让翘首期盼的香港观众"解渴"。于是他作为媒体的重磅人物,代表观众和媒体向演出团领导层提出加演其他马派名剧的意见。

演出团高层对他的意见极为重视,考虑到此次整体的演出计划、马团长的身体状况以及观众的需要,最后决定增加演出马派名剧《清风亭》。虽不能完全满足沈先生和观众的愿望,但也算是锦上添花了。于是马上安排有关人员与北京联系,火速将《清风亭》的相关服装运抵香港,临时加演这出马连良早期的代表作。

实况转播的那天,沈苇窗先生异常兴奋。当马连良扮演的张元秀甫一出场,沈苇窗作为负责现场转播的编导,竟然已经忘了自己是在电台直播的工作现场,兜足了丹田气,情不自禁地在工作台上当众叫了一个"碰头好"。这一句痛快的喝彩之声,被深深地印在了转播兼录制《清风亭》的录音带上。多年以后,马连良的长子马崇仁负责"音配像"工作,大家在审听《清风亭》录音带时,有人无意问了一句:"这位叫好的声儿,真痛快嘿,这谁呀?"马崇仁笑着说:"上海口音,没别人,沈苇窗!"

这次北京京剧团的赴港演出的反响的确非同小可,许多台湾同胞和海外侨胞都赶来香港看戏,极大地增强了海外华人的凝聚力，观众当中就包括马连良的好朋友张大千。张先生知道京剧团的外事纪律问题，因此不敢贸然前来酒店探望老友。他本想看过两场戏后就离开香港，但是当他看过马先生的《赵氏孤儿》后，兴奋得心情久久不能平静，有一肚子话想与老友马连良交流。

作为马、张二人的小老弟，沈苇窗先生把这一切都看在眼里，决定尽自己所能，促成他们的会面。当他得知五月二十二日晚上，丽的映声电视台要为马连良转播《赵氏孤儿》中"说破"一折的消息后，马上通知了张大千说，有了见面的机会。张大千把已经准备离港的飞机票改期，带上两个女儿与沈苇窗以及摄影师高仲奇先生一起悄然来到电视台的转播室。

马、张二先生的突然会面，既是预想之中，又是意料之外。二人互相拥抱，对视，两双眼睛中都饱含着深情的热泪。一对当年无话不谈、互诉衷肠的艺术家，此时竟双双语塞。张大千一手紧紧地拉住马连良，一手揽着马连良的肩头，不停地颤动，一切皆在不言之中。在场人士无不为之感动，沈苇窗让高仲奇先生及时地拍了照片，作为永远的留念。交谈了没有几分钟，团里的人来催促，让马连良赶快准备扮戏，大家只得一笑而别。会面虽然只有几分钟，但张大千感到十分满足，马连良也非常高兴，不料这竟成了马、张两人的永别。

一九六三年，马连良、张大千、沈苇窗、李慕良在香港再聚首

大道终成之业

沈苇窗先生自幼热爱京剧的老生行当,是上海名票之一,与程君谋、李名正、任恕庵等齐名。他尤其偏爱马派艺术,能够彩唱《借东风》《法门寺》《甘露寺》等马派名剧,并有静场录音存世。章士钊老先生在香港时曾对其有诗赞曰:"沈子不惑岁,韶令二十余。吐音尽如意,卓荦兼纡徐。揣摩靡不肖,居然马周余。尤擅《借东风》,刻划到锱铢。抑扬顿挫间,老马真反驹……"

除了京剧名票的身份外,真正让沈苇窗享誉海内外的是他默默耕耘了二十五年的《大人》和《大成》两份杂志。他于一九七〇年创刊《大人》月刊,出版了四十二期后,由于与投资人意见相左,从而另起炉灶主导并创刊《大成》杂志。两刊一共出版了三百余期,直到一九九五年沈苇窗先生离世。

《大成》杂志的封面上每期都印有固定的两句话:"聚文史菁华,集艺术大成。"它是一本涵盖政治、人文、历史、掌故、书画、戏剧、趣闻、轶事等内容的综合性杂志,包罗万象,可读性强。在繁华的世界商业之都香港,一本杂志不仅能够屹立二十五年,而且被人赞誉为"难以逾越""空前绝后",并在全世界的华人圈中具有极大的影响力。能够如此成功,实在令人难以想象。

这本杂志还有另一个特点,就是刊物内容多涉及戏曲,戏曲内容多涉及京剧,京剧内容多涉及马派。笔者曾经随意翻动几本《大成》,发现刊登过的马连良署名文章就有《跑龙套》《我演〈海瑞罢官〉》,马连良剧本包括《串龙珠》《五彩舆》《海瑞罢官》,以及怀念马连良的文章《马连良逝世十一周年纪念》《难忘马连良老师的一句话》《记马连良与林树森的合作》等。沈先生主笔的"艺林广记"专栏,也时常提及他的这位老朋友。虽然马连良先生已经去世多年,但是他的这位香港老朋友依然以自己特别的方式纪念他,令马家的后人由衷感动。

《大成》每期封面都是白色托底,两个黑色的正楷大字——大成,加上一幅国画做装饰,皆为名家手笔,张大千作品居多,朴素大方,清丽典雅。抛开沈苇窗先生如何创业艰难,杂志内容如何吸引读者不说,就凭这本杂志的卖相,和香港五花八门、争奇斗艳的各种八卦杂志放在一起售卖,也居然能够一枝独秀,不免让笔者心生好奇,欲与这位奇人一会。

我在一九八九年底移居香港后，有了和沈先生见面的机会。一次，我父亲让我送交一些资料到位于上环龙记大厦的《大成》杂志社，我按照指定的地址找到沈先生的办公室。按动门铃之后，听到有人用国语说了一声："请进。"然后发现这个写字间的格局太奇怪了，走道基本上是一条细长的小胡同，通道灯光昏暗，看不见任何和我打招呼的人。我沿着"胡同"走到底后，有一个不大的空间，写字台上亮着一盏台灯，沈苇窗先生正在伏案校对文章。室内除了地上码放整齐的杂志，和一大堆的资料外，只有我们两人。

《大成》的作者，无论是政商两界，还是文化艺术界，都是海峡两岸以及港澳的顶尖人物。《大成》的发行范围，包括北美、欧洲、东南亚和大中华圈。这样一本高水平的文化刊物，竟然产生在这样一间陋室之内，着实让笔者大吃一惊。最令我大跌眼镜的是，整个《大成》出版社就是一家标准的港式 one man company（一人公司）。除了沈苇窗先生外，没有别人。从采访、约稿、校对、编辑，到送交印厂，再到邮寄发行刊物，所有工作事无巨细，居然由一位年过七旬的老人一人独立完成。这就是港人所谓"一脚踢"吧？真是令我大开眼界。

以沈苇窗先生个人的聪明才智、工作能力以及他手眼通天的人际关系,在香港这样一个超级发达的商业社会,随便做点生意发家致富是件很容易的事情,当个千万富翁也不一定是件难事。有一次他和我闲聊,他听说有人在拍卖会上卖了一封张大千写给他的信函,收了两万多块港币。他打趣地说:"我有几十通和张大千的信函,看来我当个百万富翁很容易呀!"但是他没有这样做,他把文化价值看得比生命都重要,他为他所钟爱的文化事业默默耕耘,年过古稀依然每天朝九晚五奋笔疾书,时常挑灯夜战。为了保存中华文化资料,传播华夏人文精神,倾情奉献着他的一生。我开玩笑地对他说:"您的工作状态真有点寇准的意思。"他听了之后立马来了精神,用马派韵白问道:"啊哦,此话怎讲?"我说,您正应了马派名剧《清官册》中寇准的几句唱词——"早堂接状午堂审,午堂接状审判分明,到晚来接下来无情冤状,一盏孤灯我审到了天明"。

马家美食之论

虽然我是第一次单独和沈先生见面,却发现和他之间没有什么距离感。他那和蔼的面相笑容可掬,一口上海国语极具亲和力。虽然他从来没有到过我们北京的家里,可他对我们马家的情况了如指掌如数家珍,对我的家人从上到下问了个"底儿掉"。讲到我祖父马连良的过去,沈先生仿佛立马沉浸在浩瀚无边的往事海洋之中,总是不停地念叨一句:"马先生每一件事都值得记录,太有意思了!"

沈苇窗不仅痴迷马派艺术,而且和马连良一样,都是美食家,于是他把马连良生活中的一点一滴都写到他的美食名著《食德新谱》上,非常有意思。他曾在书中这样写道:"马连良信奉回教,他对于吃的一道,是很有心得的,他自己能下厨房,做菜讲究取材,他又懂得某一个菜应当如何做法,当年在香港几位上了年岁的大师傅,提起马连良吃菜的艺术就津津乐道,说马老板真懂得吃,好像海蜇炒鸡丝、炸牛肉丸子加炒米花、盐(芫)爆散丹等等。马连良北方家里,有一个小厨子,专做面食,他的牛羊肉馅儿饼,一想起就令人垂涎欲滴。马的少君影星马力(四子崇政,又名浩中,马力是他在港从影时的艺名),也会做一手好菜,就是得之家传。当年马力投身电影界,就是马连良、李慕良师生和我一同送他去永华公司的。"

沈先生知道我来香港不久,很关心我在此地的生活,问我是否能习惯吃广东菜。他尽管来港多年,却一直对他家乡的上海菜情有独钟。我看他在《大成》杂志上，恨不得期期都给位于港岛北角的雪园餐厅做广告，因为这家餐厅是香港顶流的上海菜馆。他不愧为美食家，三句话不离美点佳肴，问我是否吃过香港的几家京菜馆，还特别问我："尖沙咀加连威老道有家叫新洪长兴的京菜馆子，吃过没有？"我心想：他怎么知道我之最爱？我说："我常去那里吃涮羊肉、烤牛肉，和北京的风味儿挺近似的。"沈先生以他那美食家的眼光点评道："嗐，比不得，比不得！烤肉味道还对付，就是烤盘不是北方人惯用的铁炙子，用不锈钢板烤，上面还洒油，气氛完全不对；涮羊肉就更不灵了，此地只有新西兰进口的羊肉，片大且厚，味道不对，聊慰乡愁罢了。不过你知道为什么叫这个字号吗？这和你们家有关系。"我听完了这句话简直都蒙了，此前我对马家在美食方面的关注只是有一点点耳闻而已，心想：要了解马家的往事，看来还得听您的。

于是，沈苇窗先生开始娓娓道来，我才了解到了马家的又一段好玩儿的历史。原来，尖沙咀这家餐厅不过是借了"洪长兴"这个响亮的名字为自己助力，以示他是海派京菜，传承有序。据沈先生这位"老上海"介绍，上海有一家著名的清真老字号菜馆叫洪长兴，是我们马家的前辈先人早年创办的。在二十世纪初，我的曾叔祖马昆山从北京到上海"下海"，从一个京剧名票正式成为京剧专业演员，工老生，以"实大声洪"著称。在上海立住之后，又把他的四弟马振东、六弟马沛霖接来上海从艺，这三人分别是我祖父马连良的三叔、四叔和六叔，也是马家的第一代京剧人。由于上海的回民不多，因此回族艺人在这里吃饭就比较困难。马家在京从事勤行，于是我祖父的二叔马心如来到上海后，将一家清真小伙房盘下来，开始经营回民食堂。其初衷并不是想开饭馆，但由于手艺精到，经营有方，这家食堂备受欢迎，逐渐成了上海滩有名的清真菜馆。后来马昆山自己组织剧团，经常率"马家班"去外埠巡演，每年在上海的时间不长，这家饭馆就转让给了一个洪姓的回民朋友，饭馆也更名为"洪长兴"了，至今已有百余年的历史。

沈先生问我："你烧菜怎么样？"我说："不灵。"他执着地认为不可能，还说："你们马家人在这方面有天赋啊，从马心如到马先生（祖父马连良），还有马力（四伯马浩中）、小弟（父亲马崇恩），谁也没有正式学过烧菜，但他们对烹调都有研究，全是行家里手。这事蛮有意思的，这真是没办法的事！"

沈先生开始和我遍数香港有名的几家京菜馆，如北角锦屏街的燕云楼、铜锣湾礼顿道的松竹楼，还有美心集团旗下的几家北京楼，他认为吃来吃去还是铜锣湾这家北京楼最好。

他说:"这家的老底子是你四伯马力搞的,至今还保持着当年开办时的水准。他们做的北方点心像葱油饼、花素蒸饺等很有特色,特别是马力创造的高级炸酱面,把海参、虾仁、鸡蛋等加入炸酱中,但却不破坏炸酱原本的味道,价格也能随之提高上去了,一举两得!主要是面好,他们一直沿用手工抻面,筋道、有嚼头!他一个电影明星,能有这个本事,真了不起!"

据沈苇窗先生介绍,祖父马连良虽然不会亲自下厨,但经他提点和要求的一些菜肴都十分美味且健康。因为他是演员出身,时刻都要想着保护嗓子,不吃过咸、过油、味厚、油腻的食物。比如,北京的羊头肉是著名的风味,每片片得薄如蝉翼,再撒上椒盐,非常好吃。但他每次都要求卖家将椒盐单包,不撒肉上,以免过咸而影响了羊头肉本身的口感;吃涮羊肉,马先生从不用芝麻酱、酱豆腐、韭菜花、卤虾油等组合的标准调料,虽然这种调料十分香浓,但因味道过于厚重,生怕吃了上痰,容易影响嗓子而作罢。他的厨师杨德寿用酱油等为他调制了一种特殊的调料,每次吃涮羊肉时使用,但也只是浅尝辄止。

另外,葱炮(音"爆")羊肉是清真菜中比较普通常见的一道美食,几乎家家都会烹制。后来清宫御膳房的储祥师傅在葱炮羊肉的基础上，将肉再进一步煸炒，直至收汁后肉质焦煳脆香，大葱香菜等同时一起炮香，创制了介乎葱炮羊肉和烤羊肉之间的一种独特风味菜肴，谓之"炮煳"。传至坊间后，深受食客喜爱。此菜虽然好吃，但是费工费料，烹制时要让所有的调料吃进肉里，火候极难把握。用一斤生肉为原料，盛盘后的成品也就三两多。炮煳在北京城中虽然是一道雅俗共赏的风味名菜，但马连良认为其烟火气过于浓重，味厚，易上火，对嗓子不好。他就开始对此菜进行改良，要求厨师杨德寿在烹制此菜时不必时间过长，收汁后肉质微焦即可，不必等到焦煳状态，于是一道介于葱炮羊肉和炮煳之间的菜品又问世了。这道既可保留焦香味又不至于过咸过煳且十分好吃的清真菜，它还有个极形象的名字——炮焦。

提到杨德寿，沈先生赞叹不止。一九六三年马连良赴港演出的时候，为了照顾好马先生的饮食起居，上边领导同意他带着厨师杨德寿一起前来。一次为了招待香港友人，杨德寿用一块普通的面团，在几分钟的时间里，当众抻出了一挂长长的龙须面。如此神奇的厨艺表演，令香港同胞顿时惊为天人，从此香港有了"北京拉面"这一新的美食词语。沈先生说："你爷爷在香港演出，我负责电台转播解说工作。有时候我工作完了去酒店找马先生，比他散戏回来还晚。杨德寿

马连良与夫人陈慧琏共进西餐

很随意地给我做了一碗羊肉氽儿面,简直美味到了极致。他是得了他师父储祥的真传呀!储祥是大师傅,所以杨德寿外号叫小厨子。"

沈先生接着说:"你们家人是有口福的,当年储祥这样的大师傅能够到家里来做事,随便熏陶一下也能有点绝活儿。

你别看你奶奶在家里不下厨房，她烧的菜特别好吃。五十年代初的时候，他们在香港，我们几乎天天在一起。我和张大千是有口福的，常常闹着去他们在铜锣湾摩顿台的家里，就是为了吃你奶奶做的牛肉或羊肉馅儿饼。这可是北方食品，她一个南方人能做得有模有样，必是得了储祥大师傅的真传啊！那时候香港条件也不是很好，她曾经给我们烧过一个很家常的素菜糖醋青椒，就是把青椒拍一拍，辅料是生抽、醋和白糖，热菜凉吃，非常简单，味道至今我还记得。"

我那时候还不知道储祥先生是何许人也，便向沈先生请教。他不无遗憾地感叹道："我也没见过这位高人，当年真正的清宫御厨呀，后来在大总统府负责清真宴席，在北京开过著名的西来顺饭庄，大概是四十年代末在北京去世了，可惜！但你爷爷创造的名菜——马连良鸭子，可是他亲自烹饪的。"我第一次听说还有这么一道菜，就问沈先生："您吃过这菜吗？"沈先生说："我都没机会见过储祥，到哪里去品尝呀？听马先生提过，好像是先将生鸭用香料浸泡，然后蒸，食前炸，费工费时。当年是我疏忽了，应该让马先生给仔细讲讲，记录下来也好，我那书里就又多了一道名菜。我现在老了，精力不够了。你将来有机会找找老报刊，民国时期介绍过，应该不止一次。如果保留下来，能够让这道美食再现，再好不过了。"

我一直记着沈苇窗先生和我说的这句话，多年之后，友人给我拍了一张一九三八年十一月二十九日的《新北京报》上的小专栏，文章名为《马连良鸭》，作者老张，这样写道："马连良近年来对饮食是很讲究的。他自己发明了一种菜，前晚他在西来顺请客时，记者曾经一尝新味，那是用肥鸭一只洗净，肚内置桂皮等佐料，用火蒸之，熟后用热油在上淋之，然后食之，外微焦而内极嫩，味美异常，此菜经名厨师储祥之手加以调整，益增其美，人均以此菜名之曰'马连良鸭'。"读过这段小文后，联想到北京西来顺餐厅传承至今的镇店之宝——马连良鸭子，我想这正是沈苇窗先生希望的"再好不过"的事吧。

信义为上之人

笔者当年时常在香港、内地之间穿梭，许多京剧界的朋友委托我在香港为他们采购马连良、张君秋两位先生早年在香港拍摄的电影录像带，于是经沈苇窗先生介绍，认识了姜琪行音像公司的李老板。一九九五年沈先生去世之后，有一次笔者和李老板谈起沈先生，才知道他们之间的故事。

李老板说，他的音像店以前和其他的路边音像店没什么区别，但是他有福气，因为店开在上环附近，离沈先生的办公室比较近，因此认识了沈苇窗先生。他有一次和沈先生聊生意难做，没想到沈先生给他出了一个高招儿。沈先生说，你不要人家卖什么你也卖什么，当然赚不到钱。你可以开一家特色音像店，专门卖中国的戏曲音像，我保你有市场。

　　李老板是个福建移民，对戏曲一窍不通。沈先生说，我给你两个人的名字，你到大陆去找他们的音像资料，肯定能赚钱。李老板将信将疑地问：哪两个人？沈先生告诉他，一个叫梅兰芳，一个叫马连良。你找到东西后告诉我，我在《大成》杂志上给你做广告，免费。

　　李老板找到梅、马二人的音像制品后，写了一张商品目录给沈先生，让沈先生哭笑不得。原来李老板对这二位艺术大师根本没有认知，竟然把梅兰芳的名字写成梅艳芳了。此后，沈先生信守承诺，一直帮李老板免费宣传。世界各地喜欢京剧艺术的华人朋友们，开始源源不断地给李老板汇款，订购他的独家特色产品。两个人的名字，竟然救活了一家音像店，李老板对沈先生千恩万谢，感激不尽。

　　香港有人专门销售京剧音像这件事，惊动了一位在港生活多年的吕老先生。他原来是香港胜利影业公司的老板，在一九四九年时，曾经投资拍摄了马连良、张君秋主演的京剧艺术片《借东风》《玉堂春》《打渔杀家》《游龙戏凤》。他没想到，在他耄耋之年，居然发现香港还有这样的店铺。于是将李老板请来一见，并告诉李，他有上述电影胶片，保存了几十年。他看到李老板干着一番传播京剧的事业，决定把上述电影胶片无偿奉送给李，希望他能够让这些京剧老电影发

《游龙戏凤》马连良饰朱厚照，张君秋饰李凤姐

扬光大。

李老板马上请来他的高参沈苇窗商量，沈先生头脑非常清晰，建议李老板还是采取金钱交易的方法解决此事为好，这样是为了产权明晰，可以避免将来不必要的麻烦，而且吕老先生是明白人，不会收取高额的代价。收购了这四部京剧电影后，李老板在香港制作了录像带。沈先生又一次为他免费广而告之，此后的情况可想而知，各种汇款又一次雪片般地从世界各地飞来香港。这四出戏的录像带，从此成了李老板的镇店之宝。为了传播国粹京剧，弘扬马派艺术，沈先生信守承诺乐此不疲地无偿帮助了一个与自己毫不相干的人。

沈苇窗先生对京剧的另一大贡献是广泛搜集京剧史料，和台湾的传记文学社刘绍唐先生一道，主编了《平剧史料丛刊》。其中包括《富连成三十年史》《菊部丛谭》《京剧二百年历史》《大戏考》《梨园话》等十二种图书，于一九七四年影印后精装出版，堪称一次京剧艺术的抢救工程，对传统文化的贡献不可估量。难怪黄永玉老先生这样称赞他们："台湾有个刘绍唐，香港有个沈苇窗，两位都在中国苦难的文化历史土地上耕种，是老农民了！"

为了编辑这套丛书，沈苇窗先生付出了巨大的心血，发动他在海峡两岸的朋友们帮忙查找资料，用了十几年的时间。

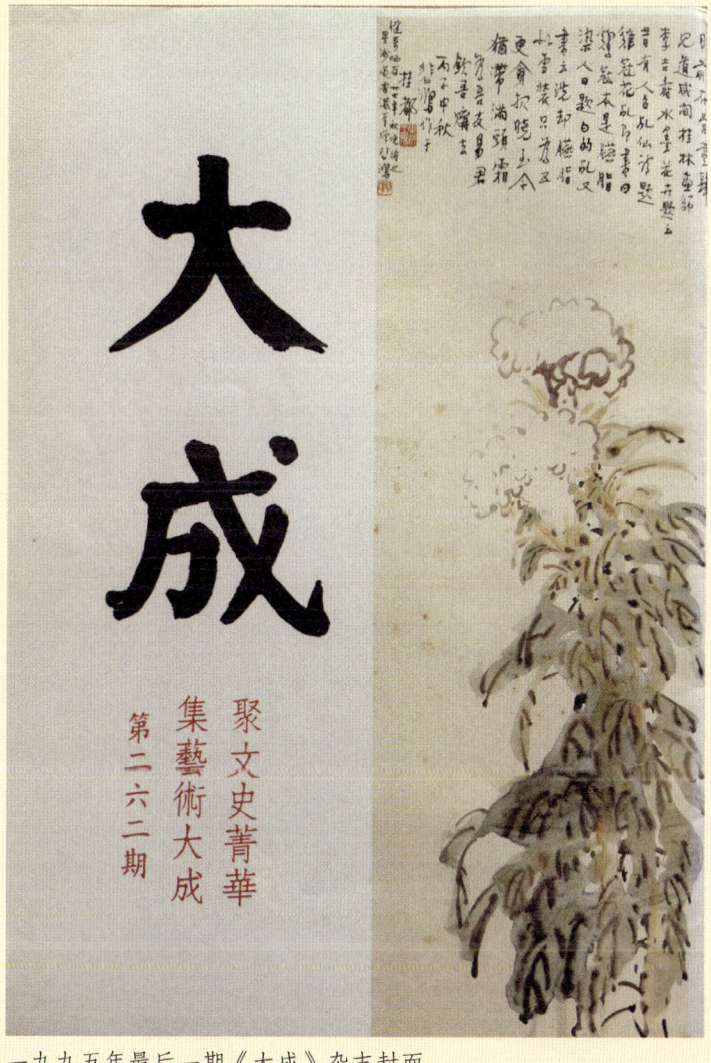

一九九五年最后一期《大成》杂志封面

他对我说:"你爷爷为了帮我找《富连成三十年史》这本书,花了两年的工夫,才找到一册。你爷爷对我说:'这虽然不值什么钱,但始终未忘你的托付。'做人就要像他那样,与朋友交,信义为上!"对于马连良这位老朋友曾经的心愿,沈苇窗也不无遗憾地感叹:"我没能完成《马连良年谱》的编写,有负于他对我的嘱托。"

时间到了一九九五年,沈苇窗先生已经七十七岁高龄。他知道自己已经患食道癌,回天乏术了。但他对外一声不讲,周围的朋友对他的病情也一无所知,他每天仍然为他心爱的《大成》杂志工作着。当他编好第二六二期(一九九五年九月号)内容后,感觉自己已经时日无多,于是给他的作者们开销了稿酬,给印厂付清了费用,给读者寄交了刊物。他那时心里一定觉得非常淡定、踏实、无牵无挂,然后默默地离开了热爱《大成》的读者朋友们。他选择了一张徐悲鸿的白色鸡冠花作为这最后一期的封面,含义隽永,既是与大家告别,又是为读者献上了他的一瓣心香。

体贴入微的周恩来

近日翻看手机微信朋友圈,看见老同学黄薇转发了几篇纪念周总理的文章。黄同学时常在影视中扮演邓颖超,她对周总理夫妇的感情很深。从她转发的链接中知道周恩来总理的生日是三月五日,今年是周总理诞辰一百二十三周年。周总理备受广大人民的爱戴,都知道他逝世于一九七六年一月八日,对于他的生日,以前媒体报道中甚少提及。从文章中方才得知，周总理生前对自己的生日非常淡漠，生日那天的最大特点就是从不过生日。有人问他的出生日期，他总是含糊其词地回答："我出生在花开的时候……"不让大家为他祝寿，就算是身边最亲近的人也不例外。想说一句"总理，生日快乐"实在太难。他把自己的日常生活过得简朴到了极致，但却对他人关怀备至，可谓洞察秋毫体贴入微，从他和我祖父马连良之间的故事就可见一斑。

　　马家人与周总理的交往始于一九五〇年夏天。当时马连良正在香港暂居，他的女儿马力（原名莉莉，从军后更名马力）在军委的一个司药护士学校学习。她在北京志成女中时就是文艺骨干，因此校方组织她和同学去中南海参加一个周末的舞会。出席舞会的主要是中央领导，当周总理出现在舞会上时，马力和其他人一样心情十分激动。组织舞会的同志把马力叫到总理身边，对周总理说："这是著名京剧演员马连良的女儿，叫马力。"总理于是与马力共舞，边跳边聊，他说："你父亲很有名呀，他现在哪里呀？"马力说："他目前在香港。"周总理又问："他在那里过得好不好？京剧在那边的环境如何？广东人认不认？"马力回答："那边环境不太好，他还欠了债务呢。"周总理直截了当地说："请你回去后给他写信，说我周恩来请他回来，欢迎他早日回到北京呀！"马力高兴地答道:"我一定给他写信。"一曲舞罢,周总理又把马力介绍给毛主席,说道:"主席,这是马连良先生的女儿,叫马力。"毛主席一边与马力跳舞,一边询问马家的基本情况,还问了马连良在一般情况下的演出收入,说道:"不多不多,家里人口多嘛。请你转告马先生,欢迎他回来。"

马连良在香港收到女儿的来信后十分感动,想不到一个大国的总理,能够亲自过问自己的事情。这也加强了他对共产党的认识,增强了回归内地的信心。他自己在香港也开始与有新中国政府背景的人接洽,有关人士把他的情况反映给了中南局。由中南局主管文艺的负责人武克仁制订了迎接马连良的回归方案,并上报给北京的彭真同志和周恩来总理,得到了他们的批准。一九五一年十月一日,在中南局的精心安排策划下,马连良秘密地从香港平安抵达广州,并正式对外公告。

一九五二年春,马连良和张君秋一起回到北京,在长安大戏院公演《苏武牧羊》,表达了他对回归故乡和眷恋亲人的一片情肠。一九五二年七月一日,他收到了来自政务院总理周恩来的邀请,请他去北京饭店参加庆祝党的生日联欢会。他从未想到会有如此礼遇,心情很不平静。梳洗打扮之后,和弟子李慕良一起带上胡琴前往北京饭店。当马连良身着一套笔挺的西装出现在会场上的时候,全体与会者的目光就像上千盏聚光灯一样投射到他的身上，众人的眼球都被艺术家的光彩与魅力所吸引。场内顿时响起了一阵兴奋而热烈的议论："马先生回来了！""马连良来了！""好多年不见了，终于回家了！"

联欢会开始不久，马连良就发现人们的目光再一次投向一位神采奕奕、风度翩翩的男子，见他气宇轩昂、仪表非凡，穿一身笔挺整洁的中山装，右手平端在上衣的下摆位置，正步伐稳健地向自己走来。虽然从未谋面，但他料定此人就是安排自己回归故土的政务院总理周恩来。他主动上前说道："总理您好，我是马连良。"周总理亲切地拉着马连良的手说道："欢迎，欢迎，马先生，你是大大的有名啊！"马连良说："我非常抱歉，回来晚了。"周总理说："不晚，不晚，早晚都一样，爱国不分先后。既然回来了，我们欢迎啊！"马连良说："这次回来后，还得请总理栽培。"周总理笑着对他说："你是艺术家，已经很有成就了，我怎么能栽培你呢？"周恩来总理具有极其敏锐的洞察力，好像知道马连良的心病，于是主动地对他说道："马先生，你不要把当年去伪满演出的事放在心上，你是演员，靠唱戏养家糊口，没有政治目的。国民党当年和你打官司，就是对你的敲诈。你刚从香港回来，内地的许多情况还不了解。你如果想回去，随时都可以，来去自由。你回来之后，有任何困难都可以提出来，政府帮助解决。"

与总理交谈一阵之后，政务院副秘书长齐燕铭对马连良说："总理问您有没有兴趣表演一段？"马连良高兴地拉上李慕良为他伴奏，演唱了一段《八大锤》中王佐表达心迹的唱腔："听谯楼打初更玉兔东上，为国家秉忠心食君禄报王恩昼夜奔忙。"他希望用王佐矢志报国的唱段，表达自己此时此刻的心境。演唱后又意犹未尽，又与李慕良一起合奏了一段传统曲牌《夜深沉》，李慕良操琴，马连良击鼓，不但珠联璧合，而且这种演艺形式非常少见，引起了观众热烈的欢迎，掌声四起。临别之际，周恩来总理鼓励马连良积极组建自己的剧团，特别是要他"把艺术献给人民"这句话，新颖且深刻。

这一夜让马连良心潮起伏，夜不能寐。在日伪统治时期，他为了沈阳的同胞能够继续接受中文教育，曾于一九四二年为该地的回民中学捐资助学，做了他毕生最大的一次捐献，不料光复后国民党政府对他进行诬陷。经过一年多的诉讼，虽洗脱冤屈，但却被敲诈得家徒四壁。对于这件事，共产党方面是什么看法，他一直心存疑虑。周总理的这番话，代表了新中国政府对他东北之行的看法。他心想周总理真理解我，一块压在心头多年的石头总算拿开了。总理还鼓励他把艺术献给人民，马连良决心要重整旗鼓东山再起。

自一九五二年八月组建马连良剧团，特别是一九五五年

在招待捷克斯洛伐克总理西罗基的酒会上,周恩来总理与马连良、张君秋、老舍等交谈

成立北京京剧团后，马连良经常在中南海或人民大会堂演出，加之政府有关部门组织的节假日联欢活动，与周总理见面的机会也越来越多。一九五八年新春，国务院举行招待会。周恩来见到马连良后亲切地问道："马先生，怎么马夫人没来呀？"马连良实事求是地说："请柬上没请她。"总理连忙说："那怎么行，马上派人去请。"把夫人陈慧琏接来后，周总理再一次来到马连良夫妇身边交谈，他说："马先生，近来身体如何？好像脸色不太好。"马连良欲言又止，夫人陈慧琏替他说道："他最近身体还好，就是正在犯痔疮，有点不舒服。"周总理马上对身边的秘书说："让马先生到'中直'的医院好好看看，不能耽误了。"第二天一早，总理秘书送来了四封介绍信，请马连良到"中直"系统的四家医院去看病。他倍受感动，心想只有多排好戏，才能报答总理和政府。

　　周总理不但在生活上对马连良十分关心，在艺术方面也是十分支持。有时他知道马连良在剧场里上演拿手好戏，也为了在自己紧张工作之余略加放松，总理总是让秘书悄悄地打电话问剧场方面，比如今晚大约几点上演《借东风》？在上演之前，周总理一向是自己静悄悄地走入剧场，从不打扰任何观众，随便找一个空位坐下，听一会儿戏后再悄然离开。如果不是散戏后剧场方面告知，前后台上千人都没人知道周总理来看戏这件事。一次在欢迎捷克斯洛伐克总理西罗基的宴会上，周总理对马连良和张君秋说："你们两人合作的《打渔杀家》非常精彩，我看了两次呢！"可这两位台上的主演却对此事一无所知。

《一捧雪》是一出有名的传统戏，该剧的大意是明朝嘉靖年间，奸相严嵩之子严世藩强索太常寺正卿莫怀古家中宝物"一捧雪"玉杯，并借题欲杀莫怀古。莫弃官逃走，中途被获。掌家莫成替主一死，以便莫怀古日后报仇雪恨。马连良在剧中饰演莫成，为了表现剧中人的情绪变化、思想起伏，他调动唱、念、做等一切表演手段，把莫成这个人物演绎得生动感人催人泪下。在二十世纪三十年代，此剧已成马派代表作之一。但这时的文化主管部门对该剧有不同的看法，提出该剧有许多地方"贬低劳动人民形象"。马连良请吴晓铃教授将"昔日杨生好养犬"一大段的念白改用火焚纪信的典故代替。修改之后，主管部门还是不满意，从此，一出马派名剧不得不"挂"了起来。

事情过了一段时间以后，一天突然接到文化局的电话，要求马连良上演《一捧雪》，并告知有首长来审查节目。演出开始后，大家发现周恩来总理和陈毅副总理正在聚精会神地看戏，知道这次来头不小。演出结束后，陈毅副总理到后台慰问，提出等马先生卸装后大家开个座谈会。会上陈毅同志代表周总理围绕《一捧雪》这出戏滔滔不绝地讲了很长时间，对这出马派名剧给予了肯定，他最后表示："我看不出这戏有什么问题，完全可以继续演下去。"

时间到了一九六三年元宵节，这时马连良不仅担任北京京剧团团长，还兼任北京戏校校长。他受周总理之邀，带着北京戏校的学生参加在人民大会堂宴会厅举办的元宵节晚会。当时的晚会形式十分简单，由相声名家侯宝林主持，主要节目就是相声、京剧清唱和舞会。适逢困难时期，马连良由女儿马力和马小曼陪同，与出席晚会的嘉宾一起，每人拿一个小牌，排队凭牌领一碗元宵。周总理也和大家一样，领了元宵后来到马连良这桌坐下。这天的晚会上中央领导来得比较集中，除了毛主席以外，基本上都到齐了。马连良把他的学生杨汝震叫到主桌，对周总理说："他刚刚学完《斩黄袍》，那段'孤王酒醉桃花宫'唱得不错，一会儿让他表演一段。"周总理听了之后马上说："马先生，今天咱们不唱这段吧？"

马连良恍然大悟，这才明白总理的用意，他对周恩来总理在政治方面的高度敏感十分佩服，连忙岔开话题，给总理介绍自己的女儿，周总理马上示意他不要介绍，说道："马先生，你先别讲，看看我的记忆怎么样？"然后对着马力说：

演出结束后，周总理、彭真市长到后台看望马连良、张君秋

"你叫马力,十几年前我们在中南海跳过舞,我请你给在香港的马先生写信,对不对?"大家顿时被总理惊人的记忆力所折服,马力也想不到,过去十几年的事,总理竟然能记住她这个普通一兵的名字。周总理也来了兴致,对马连良说:"马先生,我还记得我们第一次见面时我和你说的三句话。第一,你当年去东北演出就是为了养家糊口,没有政治目的;第二,香港,你可以来去自由;第三,有什么困难,政府可以帮助解决。对不对?"马连良听了连声称是,对日理万机的周总理佩服得五体投地。

同年春季,为了向港澳同胞、海外侨胞展示新中国京剧艺术的新面貌,中央决定派遣北京京剧团前往香港、澳门进行为期三个月的演出。四月八日,周恩来总理召集此次赴港澳演出团的主要演员及有关领导去中南海西花厅开会,对几个重点工作做了布置,特别强调,香港的统战宣传工作要求实,要谦虚,不要太夸张。既要照顾内行,又要表现进步气概。周总理说:"今天因为马先生在场,我特别从民族宫请来厨师,做了一桌清真席,以示壮行之意。据说在香港的孟小冬还能唱,她要向我们借一位琴师,为期一年,她来负担路费、薪金。她能不能和我们灌制唱片,在内地来制作?要让他们知道,比起台湾来,我们是爱护老艺人的。"周总理的这番话，实际上是交给了马连良和演出团成员一个"统战孟小冬"的任务。周总理又对马连良近年来取得的艺术成就给予了高度评价，希望他能够再多弄几出像《赵氏孤儿》这样的好戏，并鼓励他做好传承工作。

不料，不久之后十年浩劫爆发，马先生撒手人寰。夫人陈慧琏的生活顿时陷入困窘，处境艰难，被仗义的梅夫人接到帘子胡同梅宅居住，老姐妹俩相依为命共度时艰。其间，有人将马夫人当时的生活状况写信报告了周总理，周总理在那个纷乱复杂的环境下，相信排除了极大的阻力和干扰，依然坚决地在书信的背面用铅笔书写了三行批示："吴德同志：马连良先生夫人目前的生活应该给予照顾，请每月拨发一百元以为生活补助。周恩来，×年×月×日。"

此信由北京市革委会转发到北京市京剧团，北京市京剧团革委会收到此信后，责成当时团里的青年干部周铁林负责此事。这笔补助每月由周铁林领取，然后交本团演员梅葆玥，请她回家后转交马夫人。为了确认这件事，我在周总理生日这天与周铁林先生通了电话，周老师语重心长地对我说："这件事我完全可以作证，我是经办人。你应该把它写下来，这反映了周总理和马先生这样的老艺术家之间深厚的情谊。"

一九七三年，社会上不断传来"落实政策"的风声。于

赴香港演出之前,周总理对马连良、赵燕侠等演员做动员工作

是，梅夫人福芝芳、马连良的老朋友吴晓铃教授、相声名家侯宝林、马门弟子王金璐等人向马夫人陈慧琏建议，给周总理写信要求落实政策。陈慧琏在报上看到当年神采奕奕、风度翩翩的周恩来总理，已经累得身体瘦弱、面带愁容了，心想怎么能再给总理添麻烦呀。但大家异口同声地说，马先生是周总理从香港给接回来的，而且总理多次在公开场合对马先生的爱国情怀给予了高度的评价，他不会不管的。

在众人的鼓励之下，由马先生幼子马崇恩执笔，郑重地给总理写了一封信，希望能给马连良一个正确的评价。周总理很快作了批示，并转发给了北京市委，经过一阵内查外调之后，党的政策终于得以落实。陈慧琏从此离开了居住了六年的梅宅，住进了位于和平里十四区的新家。

在马家新房子里，墙上挂着三个镜框，里面分别有三张照片。其中最大的一张就是周恩来总理，一张是马连良的标准像，还有一张是马连良和梅兰芳合演的《汾河湾》剧照。自周总理逝世以后，每年一月八日，陈慧琏夫人总是面对总理照片落泪，怀念之情无以言表。

改革开放之后，邓颖超同志主政全国政协，她对马连良子女的生活和事业依旧非常惦念，而且特别关心他们的政治前途。一九八五年，邓颖超同志在政协会上特别提到，不能忘记马连良、梅兰芳等老政协委员的贡献。这年三月十九日，在全国政协六届常委会第八次会议上决定了增补委员名单。不久马连良的长子马崇仁接到通知，出席第六届全国政协第三次会议，非常荣幸地成为了一名全国政协委员，被分配在文艺界别，第十九组。

今天，在纪念马连良先生诞辰一百二十周年之际，回顾马先生的艺术历程，发现在他最后十几年的艺术道路上，始终不忘周总理"把艺术献给人民"的嘱托，不忘周总理和邓颖超同志对马家多年的关照，不忘周总理对马派艺术一如既往的支持，为了祖国的文艺事业，践行了他不负所托鞠躬尽瘁的艺术人生。在万物复苏的花开时节，马家人也更加牢记三月五日这个特殊且令人怀念的日子。

传道受业篇

追随毕生的王和霖、王金璐

二十世纪二十年代，随着马派艺术不断地深入人心，"劝千岁""望江北"已成争相传唱的流行歌曲，许多业内年轻学子心向往之。戏剧家焦菊隐洞察先机，马上邀请马连良到他主持的中华戏校授课，给关德咸、王和霖等传授《清官册》《十道本》《借东风》《苏武牧羊》等马派名剧。富连成科班也不甘落后，邀请马连良给叶世长、沙世鑫等传授《甘露寺》，马派艺术风行一时。到了一九三四年底,焦菊隐干脆让他的两个得意门生王和霖、王金璐拜马连良为师,从此成为登堂入室的马派亲传弟子。

王和霖和王金璐是中华戏校的同学,是"科里红"的戏校"二王",马连良很喜欢他们,一九三四年十二月二十九日,原本定在西来顺饭庄的拜师仪式,由于来宾太多,改在长安街边的中央饭店举行,从此他们两人与马先生往来更密切了。

马连良教王和霖的第一出戏是《清官册》,唱、念、做结合的戏,主要为了打好马派老生的基础,后来又教了《十道本》《借东风》等。王和霖学戏不但认真而且投入,不像十来

马连良业师蔡荣贵教授王和霖、王金璐(左)《清风亭》

岁小男孩的样子，有些少年老成，甚至就是一个小大人，深受观众喜爱，很快即有了"小马连良"的美称。当时报界也很关注这位小童星，说他面有书卷气，颇有老成持重之风，称他是："身上之边式，非常清逸，有'夜抱九仙骨，朝披一品衣'之势，谓之可承马之旗鼓，亦不自虚。"

他头一次演《苏武牧羊》那天，剧场前台就出现骚动了。原来这时马连良刚刚再婚不久，他带着夫人陈慧琏来看王和霖的戏，给足了中华戏校和王和霖面子。马连良本来就是红人，再加上夫人年轻漂亮，她的穿着打扮又很摩登，还没开戏前台就"热"起来了。那天王和霖唱得特别"铆上"，奔下不少好来。

除了他们有时晚上到马连良家里来学戏外，马连良在剧场演出时也常常带上他们，让他们在看戏的过程中再学习。在"吉祥"演出时，东来顺的伙计每次照例都给马连良送来几碟点心。马连良没有在演出过程中吃东西的习惯，每次基本不吃，别人也不敢动。马连良见着"二王"就高兴，每次都让他们吃点心。

王和霖一到后台，两只眼睛就直勾勾地盯着马连良猛学，好像魂儿都被马先生的舞台形象勾走了一般，那点心对他来说相当于没有。可王金璐就不同了，他个性活跃，喜欢武戏，对文戏不太热衷。王金璐一见点心没人动，他是一通足开。别人见了也没法说，人家是徒弟呀。有人对他说，你给王和霖留点儿。王金璐心想，让他慢慢傻学吧。

王和霖学戏非常有心，对马派艺术的理解就比别人深厚。有人说他是马连良的大弟子，这说法不正确。马先生在收他之前也收过几位弟子，但能够真正全面继承马派艺术的，可以说从他开始。他在戏校已经有了"小马连良"的头衔，出科后顺理成章地成为马派艺术第二梯队的领军人物。王和霖前程似锦，但事情没有按照观众期望的那样发展。

当时社会上有一股"挑班热"，有点名气的青年演员在他人的怂恿下都主张自己挑班挂头牌当老板，成立自己的班社，不愿意为名家挎刀（京剧行话，指当配角）。因此，许多优秀青年演员缺少一个脚踏实地的磨炼过程，对个人在艺术上的成长未必是好事，许多人挑班没多久就昙花一现或无疾而终了。这时王和霖的嗓音条件没有"倒仓"前那么好了，有人鼓动他独立挑班。对于舞台经验尚不丰富、羽翼还未丰满的王和霖来说，过早地自立门户并不尽如人意。

另外，王和霖与五老胡同的查大爷过从甚密，此人对王的艺术发展没有起到良好的作用。查家是盐商出身，殷实富有家财万贯。王和霖在戏校时，查大爷一直对他十分力捧。

《空城计》王和霖饰诸葛亮

王和霖出科后也一直得到查大爷的关照，整天待在查家，对自己的事业没有一个认真的规划。查大爷觉得自个儿家有钱，王和霖就是不唱戏他们也养得起。这位查大爷又有抽大烟的嗜好，而且比较沉迷于此，王和霖因此也受到他的影响，身体状况每况愈下，嗓子也大不如前了。作为一名靠嗓子吃饭的人，这时正应了那句梨园老话"子弟无音货无本"。因此王和霖在自己的人生道路上多少走了一段弯路，否则他的艺术成就会更高。

马连良认为王和霖是一个艺术上难得的人才，因此对他的前程一直十分关心，并寄托着厚望。在王和霖尚未毕业时，就用朱砂亲笔书写了一幅扇面，以自己的人生座右铭相赠："司马温公尝言，吾无过人者，但平生所为，未尝有不可对人言者耳。"

在王和霖正式挑班之前，马连良就把弟子叫到家里来，帮助他一起规划挑班的一切相关事宜。马先生问他挑班用什么守旧（京剧术语，指舞台底幕），王和霖想都没想过。马先生认为，既然要挑班，就应该打出自己的旗号，应该像其他班社那样有一个标志性的底幕，要有自己的特色。让人一看就知道，这是王和霖的剧团。

当时，马连良用汉代武梁祠画像石中的车马人图案做底幕；梅兰芳用梅花图案做底幕；荀慧生用白牡丹图案做底幕；周信芳（麒麟童）用麒麟图案做底幕。每个角儿都有自己的风格，固定后就成了各自班社的标志。于是，马连良亲自为王和霖设计了一幅新颖且典雅的舞台底幕，图案的中心是三朵银灰色祥云环绕七个紫红色宝盒，用金线压边。盒与和谐音，表示王和霖的"和"字。底幕颜色选择汝窑瓷器的颜色，即所谓"雨过天青云破处"的淡蓝色，用以表示王和霖的"霖"字。古色古香，淡雅宁静。既符合王和霖温文尔雅的性格特点，又不失传统韵味及独树一帜的马派风格。这个主意一说出来，王和霖和大家就是齐声赞叹，可见马先生对这个爱徒寄予的厚望。

王和霖挑班后，虽然没有像戏校时那样大红大紫，但在建设马派第二梯队和传承马派艺术方面，一直得到了广大观众的认可和支持。抗战胜利之后，上海天蟾舞台有一期演出，言慧珠挑班，约了叶盛兰的小生、王和霖的老生。他主演了《法门寺》《群英会·借东风》《一捧雪》等马派名剧，特别是在演出《九更天》时，他的这出做工戏尽展马先生的真传，在台上每一处表演都是流水般的顺畅，情绪饱满，始终抓住了观众的心，彩声不绝于耳。"天蟾"的前台经理石德康是内行，高兴地连声赞叹："真好，真好，不愧是'小马连良'。马先生不在，就得说他了！"王和霖作为马派艺术的第二代领军人物当之无愧。

多年以后，王和霖参加了部队的京剧团，后又随中国京剧院四团整体调到宁夏，成立宁夏京剧团。他们师徒俩见面的机会就不多了，可是马连良并未因此而放弃对弟子的关爱。

一九六〇年六月，马连良和裘盛戎带队北京京剧团去宁夏演出。当时正是"困难时期"，生活条件极差，没吃没喝，宁夏的条件就更艰苦了。为了招待马连良和裘盛戎等从北京来的大艺术家，宁夏方面提供的最好饭食就是用米、面、杂粮等蒸出来的一碗主食，上面放些基本菜肴，为这种吃食起了个名字叫"调合"。马连良对宁夏方面十分感激，但他心里非常难过，他知道王和霖他们平时连这个也吃不到。

由于多日来一直没见到徒弟，马连良焦虑地问宁夏团领导："我这次来，怎么没见到王和霖呀？"原来团里派他去外地招生了。一问旁人才知道，王和霖目前在团里担任许多行政工作，舞台上的演出机会非常少。等到马连良离开宁夏的那一天，王和霖为了能和师父见上一面，马不停蹄地从外地赶了回来，终于在火车站的月台上和师父见了面。师徒二人就是紧紧地拉着双手，眼泪在眼眶里打转，激动之情难以言表。

《四进士》王和霖饰宋士杰

  马连良看着风尘仆仆赶来的爱徒,心里五味杂陈。他拉着王和霖的手语重心长地对宁夏团领导说:"这么好的演员,还是应该让他多参加业务。总搞行政工作,他的艺术才华怎么施展呀?人才不就浪费了吗?"团领导对马先生的话十分重视。从此,王和霖在宁夏团的工作环境大为改善,行政工作逐渐减少,艺术地位不断上升。此后,王和霖在宁夏演出了不少马派戏,同时也为宁夏团培养了不少青年艺术人才。王和霖为此十分感激他的老师。

  王金璐是中华戏校有名的"二王"之一,从小就是好角儿的坯子,又是马连良的徒弟,所以一直受人关注,自己在业务方面也就丝毫不敢放松了。王金璐可以说从出科到晚年,一辈子对艺术孜孜以求,从不懈怠。就是到了八九十岁的耄耋之年了,还是坚持每天都练功压腿,就好像天天都要登台演出一样,这点特别像马连良。

王金璐生性好动不好静,在《四进士》的演出中,他扮演过宋士杰、毛朋、杨春等角色,大家都觉得他杨春演得最好,因为杨春穿箭衣,有武生的范儿,这就已经预示了他的将来。改行唱武生后,尚未出科,已颇具大武生神韵,获"戏校杨小楼"之美誉。一九三七年,于北京《立言报》举办的童伶竞选中获生部冠军。

当年世道艰难,搭班如投胎。他的艺术之路也不是一帆风顺,经历了不少坎坷,但他一直坚韧地咬着牙,一直不间断地自我奋斗。他曾经说过:"我出科后找不到合适的班社挂牌,也想过去求老师。一旦加入了扶风社,我就衣食无忧了。但是我想想,扶风社的三牌武生是老师的侄子马君武,人家是至亲,我去了马君武怎么办?后来武生又是儿子马崇仁,再后来又换了女婿黄元庆,我哪里有机会呀?!我去找老师帮助,等于给老师添麻烦。还是自己奔去,艰苦奋斗吧!"

一九四〇年后,他搭李玉茹"如意社"及宋德珠"颖光

《文昭关》王金璐饰伍子胥

社"。抗战胜利后,一九四七年参加焦菊隐、翁偶虹等组织的中华戏曲专科学校"校友剧团",在《百战兴唐》一剧中分饰南霁云、郭子仪两个角色,演于北京、上海,轰动一时。一九四八年,王金璐随李洪春组"共和班",到天津"天华景"演出,戏码天天翻新,每天日夜两场,创下由初秋到初冬整整三个月持续满堂的纪录。在近百天内,贴戏七十余出,为京剧史上所罕见。

他后来被调入上海京剧院，在此期间，院长周信芳让他陪自己在《十五贯》中扮演无锡县令过于执，这个人物可是以老生应工的。上海本院那么多老生不让上，偏偏让王金璐这个武生串演，可见周信芳的独具慧眼。演出之后，京剧名家李洪春先生高度评价王金璐的老生表演功力："他把过于执这个主观武断、善于官场的人物演得十分深刻，在'查勘'一场里，与周信芳的况钟可称珠联璧合。"不久之后，中国京剧院也要排演此剧，李先生说："戏已经让金璐演成这样，别人就不好接了。"果然不出他的所料，过于执这个人物不得不改为花脸应工了。

尽管王金璐主攻武生行当，但在他的武戏创作中，也有机地融入了马派艺术的表演特色。在他拿手戏《战宛城》的表演中，"观操""定计"两场戏，属于杨派典型的武戏文唱。王金璐身穿官衣，头戴纱帽，手持令旗，一派"文皮武骨"的儒将风范。他为张绣设计了一组独特的身段表演，将其委曲求全、踌躇满志以及"人在矮檐下，不得不低头"的复杂心情由内而外地表现得淋漓尽致，即用髯口的甩动、帽翅的颤动、官衣的摆动、令旗的转动及台步的走动这些外化的身段来进行表演，体现张绣此时此刻复杂的内心世界。每演至此处，定能赚来雷鸣般的掌声，大家都称赞王金璐的表演是

《战宛城》王金璐饰张绣

"马派武生"。马先生看到这些也非常高兴,他后来在《论师徒》一文中特别写道:"王金璐在武戏中的人物创造上也有我的教学成绩,我并不以他不直接继承我而不愉快,相反地,我很高兴。"

一九五八年,他从上海京剧院调到陕西京剧团。演出《七侠五义》,红遍半边天,后因演出中腰部严重受伤,回到北京养病。马连良对王金璐说:"你是我徒弟,我不能不管。有什么困难,你到家里来跟我说。"此后,让他们夫妇二人加入他和吴晓铃教授组成的《马连良演出剧本选集》编辑小组,帮助自己整理艺术资料,做些秘书工作,同时也可以帮补一些家用。这期间王金璐就像小时候学戏那样,整天长在马家,师徒二人几乎天天见面。

特别是在演出现代戏期间,马连良扮演《杜鹃山》里的郑老万,他对头一次饰演现代人物心里没底,演出之后就让王金璐给他提意见。王开始还不敢说,马连良就认真地对他说:"金璐,咱们是干什么的?你今天给老师留面子,明天老师要是砸台上了,你觉得这面子重要吗?"

王金璐的夫人李墨璎是位隐而不露、秀外慧中的才女,一直担任马先生的秘书工作。她曾经为马连良编写了一出新戏《阮瞻闹殿》,写一个古人不怕鬼的故事。马连良十分欣喜,因为该剧是只有一个人在台上表演的"独角戏",为演员提供了丰富的创作空间,也非常考验演员的艺术想象力,同时也是马派艺术的一次新的尝试和突破。后来由于提倡大演现代戏,传统戏和新编历史剧不得不望而却步,这出戏不得不封存了起来,否则马连良又为我们留下一出形式创新的马派京剧。

"文革"开始以后,许多亲朋好友、门人弟子都远离了马家。王金璐就像从未经过政治运动的"洗礼"一样,依旧我行我素地来报子街老师家中,探望并陪伴老师。"文革"之前,马先生的幼子崇恩喜欢小动物,领养了一只德国名犬。这只狗通体乌黑,皮毛泛着闪闪的光亮,马连良给它取了一个京味儿的名字——黑子,全家人都非常喜欢它。它在安静的时候更是仪态出众,两条前腿直撑地面,后腿平卧,整个身体呈直角三角形蹲在地上。双耳竖立,头颅骄傲地微扬,两只眼睛总是平和而机敏地注视着眼前的一切,气质高贵而神圣不可侵犯。

当"文革"爆发后,红卫兵蛮横地闯入马家进行抄家时,黑子明白主人家正在遭难,于是冲着红卫兵跃跃欲试,并不停地怒吼咆哮。如果没有家人使劲地拉住它,它早已奋不顾身地扑向了打砸抢的红卫兵。因为在它的记忆中,人类向来是理智、友善、和蔼可亲的,而如此疯狂、凶恶、丧心病狂的异类却从未见过。红卫兵们想不到这里还有一只"反动透顶"的狗崽子,于是齐举棍棒,欲将黑子立毙杖下。在马家人的百般阻止下,小将们才愤愤然离去,但口中还念念有词,誓将黑子置于死地而后快。

正当马连良为黑子的命运担心时,忠肝义胆的弟子王金璐又前来家中看望他。马连良像见到了救星一般,指示王金璐快快带着黑子逃命去吧。黑子两眼直勾勾地望着马连良,不愿离开他半步。马先生无奈地向它挥了挥手,黑子才懂事地向主人做了深情的告别,一步三回头地离开了马家,一路之上默默地低头不语。

来到王金璐家后,黑子突然一头扎进床下,任凭怎么呼唤,再也没有想要出来的意思了。三天之后,黑子气绝于王家床下。多年以后,王金璐每每谈及此事,总是激动得眼含热泪,想起老师遭受的不白之冤,他就气得浑身哆嗦,可见他们师生之间深厚的感情。此后,大家再也不敢在他面前提起黑子。

无论"二王"走到天涯海角,他们之间都一直保持着亲密的同窗之谊,对马连良也永远保持着一种亲如父子的师生情义。一九六六年十二月间,从马连良入住阜外医院,直到他去世之时,王金璐依然守候在老师马连良身边。

这时王和霖从宁夏来到北京，当他敲开王金璐的家门时，王金璐把他堵在了门口，声音哽咽地对他说："老师……走了。"王和霖被这突如其来的语言惊呆了，半晌无语，然后缓缓地说："我要去看看。"王金璐直视他的双眼并问道："你敢去吗？你可是党员。"王和霖望着王金璐坚定地说道："你敢去我就敢去。"两人没再多说话，推上自行车直奔阜外医院。他们在太平间里与马崇仁碰了面，三个人就在马连良身边站着，一直站着，默默地站着……

改革开放后，王和霖给马长礼传授马派名剧《苏武牧羊》

精心辅佐的李慕良、马盛龙

一九三七年初，马连良率扶风社一行人赴长沙等地演出。到达长沙后，因琴师杨宝忠有事晚到几日，没有人给马连良吊嗓子，当地的朋友就推荐了一个叫李孟谔的青年人，唱老生的，会拉琴。

吊了一段《乌盆记》之后，马连良非常满意，觉得这个年轻人很有灵性，有些无师自通的意思，于是又问他会不会

《甘露寺》？李说："我正在学这一段。"马连良说："那么，我来一段《甘露寺》吧。"两段唱完后，马连良觉得非常舒服，很是高兴，同时也觉得这个年轻人很有灵性，他们从来没有合作过，居然伴奏得非常严丝合缝，令人惊讶，于是问道："这大概跟你经常听这段唱片有关系吧？"李说："一方面是听唱片，经常听，一方面是喜欢您的艺术。"马连良说："你喜欢我的艺术，想不想跟我上北京去学呀？"李说："那太好了，我正求之不得呀！"没过多久，马连良就收了这个弟子，这位李姓青年从此以后改名"李慕良"。

李慕良也是梨园出身，父亲李赶三，在戏班里管事，挣钱不多。家中五个孩子加上李慕良的母亲及奶奶，共八口人，生活艰难。李慕良九岁学戏，因没钱请人帮他吊嗓，就自己硬来，自拉自唱，竟无师自通。闲来帮别人吊嗓子挣些零钱，帮补家用。马连良知他是孝子，非常喜爱。听他唱过几段后，知其嗓子还没完全变声，就希望他去北京深造，好好地"下一下挂"。

李家父母既希望儿子能跟着名师有个良好的前途，又对要远离父母的孩子难舍难分。马连良真诚地表示："请老人家放心，孩子的事我全包了。"就这样，李慕良辞别了家人，跟随老师一起进京，那年他才十八岁。当时和他一起拜师的还有一人叫朱耀良。

一九三七年，马连良与弟子李慕良、朱耀良（后中）、马盛龙于上海

李慕良来到北京之后，马家把豆腐巷前院的西屋给他腾出一间房，从此李就长在了马家。每天早上李都到东便门城根去练功，喊嗓子。马先生也督促他，要他养成每天起早练功的习惯，告诉他如能这样坚持下去，对于健身、练气都大有好处。马连良指出："喊嗓并不是要傻喊，只有旋律而不考虑韵味是不可能动听的，唱念的发声要善于协调口、舌、喉、齿、唇、鼻各个器官，有机配合。嗓音响亮是重要的前提条件，但缺乏综合的质量，也是不能体现出音乐固有的美感。"

马连良还给他专门请了一个琴师帮他吊嗓。下午，李给师父拉琴吊嗓子。晚上，李不是去观摩名家的演出，就是在扶风社里来个配角，马连良说这是最近距离学戏的好机会。

马先生给李慕良说戏是非常认真的，每个气口，一招一式都有严格的要求，但在方式方法上又很重视启发，培养学生的自学。马先生常说："演戏要把人物演得逼真，要把神情演活，使人看戏就如身临其境，在感情上引起共鸣。没有扎实的功底，不从思想内容上吃透剧本和人物的内心世界，只图形式上的华丽，是不会有感染力的。"

马连良喜欢让他的弟子随着他在台上演个配角什么的，他认为这是最佳的学戏位置，所以李慕良来京后也有许多登台的机会。他曾经在李万春的鸣春社实习演出，李万春有时也和他一起唱。最有名的是"三李"合作的《四郎探母》，就是李万春、李少春、李慕良在鸣春社学生演出的后面一起唱。他们完全是出于好玩儿的心情演出的，所以三个人都不收钱，等于既给学生们做了示范，自己又过了戏瘾。当然最受益的还是观众，想不到花了看小孩戏的钱，却看了角儿的演出。

在上海中国大戏院时，李慕良和李万春他们也一起唱过正戏，不过都是出于玩票的心理。有人说他曾经准备与别人一起挑班唱戏，这就夸张了。实话实说，首先李的身体状况一般，气息比较弱，嗓音条件普通，要作为挑班的角儿，扛起班社大旗每天登台演出，不太可能。另外，他有一个毛病，就是一化妆勒头，他就头晕。偶尔玩玩还行，长此以往就麻烦了。他是个非常有自知之明的人，自己最清楚这一点，所以他早年就主动向操琴方向发展，是最英明的选择。

马连良之所以非常喜欢让李操琴，首先是因为他是自己的弟子，他对马派艺术十分了解，对老师的所有唱段都有过精心的研究，而且了如指掌。在完全会唱的基础上给人伴奏，与普通的伴奏是不同的境界。加之李慕良个人的不懈努力，其京胡伴奏的"托保随带"功力日新月异。特别是在马先生晚年的时候，嗓音条件发生了变化，气息不如以前了，马连良为了保证演出质量,在演唱之时非常倚重李慕良。比如《甘露寺》里的"劝千岁"唱腔要求一气呵成,才能显出马派唱腔的潇洒飘逸韵味。在二十世纪五十年代末期,马连良年近花甲,自感唱起此段略有吃力。他就和李慕良一起研究,将"我扭转回身奏太后"改为"扭转身,奏太后"。中间一顿,唱起来既不失马派俏皮流畅的特点,又能够使马先生在这个地方"偷"一口气,特别是这两句唱腔还巧妙地与前面的"长坂坡,救阿斗"相互呼应,真是神来之笔妙不可言,改得非常精巧合理。这说明李慕良的伴奏就不是一般的托腔保调了,非得对演唱者的艺术条件了如指掌不可。他有时不但可以用琴音将老师的弱点加以掩盖,还能带着马先生的唱腔走,将唱腔送入一个完美的境地。这就是他的高妙之处,不是一般的琴师能够达到的境界。

言及李慕良的操琴艺术,如果只涉及演奏方面,就不够全面了,他是一位集演奏和作曲于一身的京剧音乐家。在马连良晚年的作品《赵氏孤儿》和《海瑞罢官》中,他们爷儿俩都付出了极大的心力。每天白天在一起研究唱腔,晚上回家后也不忘思考,两人经常在电话里交流,才有了《赵氏孤儿》里"老程婴提笔泪难忍"这样的经典唱段,以及《海瑞罢官》中"母训"那样大段繁难的作品。

《甘露寺》马连良饰乔玄

他在两个地方有超人的天赋。第一，他小时候学琴完全靠自学。他凭借自己的耳音好、手音准，能把听来的音乐旋律愣给拉出来。第二，就是他本身不会用简谱或者五线谱来完成创作，他的音乐创作完全靠他丰富的积累和多年的舞台实践。他有一台老式的苏联录音机，他总是一边创作，一边把曲子哼出来，一边录音。然后再放录音，再决定什么地方需要掐短，什么地方应该延长，什么地方有所变化，最后完成他的作曲创作。

北京京剧团成立以后，李慕良除了对马派艺术十分了解外，还对裘盛戎、赵燕侠等人的唱腔与唱法非常熟悉。在《赵氏孤儿》中，他为裘盛戎设计了【二黄汉调】的名段"我魏绛"，成了裘派艺术的代表作。在《白蛇传》中，用【徽调二黄】为赵燕侠设计了那段著名的"小乖乖"，这些都是他推陈出新的代表作品。当时田汉先生写完这段唱词之后来团里征求意见，大家都不太看好。觉得这词有点"水"（京剧术语，指缺少文采），特别是那句"娘为你缝做的衣裳装满一小柜，春夏秋冬细剪裁；娘也曾为你把鞋袜做，从一岁到十岁，是穿也穿不过来"，有些通俗有余，像评剧唱词的感觉。谁也想不到，经过李慕良的悉心打造顿成精品，至今还在广为流传。

李慕良虽然没有继承马连良的表演艺术，但是马先生在艺术上的不断开拓进取的创新精神，深深地影响了他的一生，同时也体现在他的艺术创作上。记得《沙家浜》的作者汪曾祺曾经跟李慕良说：京剧传统戏的唱词都是七字句或十字句，我写了一个五字句唱词，你作得了曲吗？你要觉得不行，我再改成老的套路。李慕良拿过唱词后没说二话，闷头研究。他在艺术上有一种较劲的精神：你越觉得我不行，我越要弄出来给你看看。"垒起七星灶，铜壶煮三江"，这段突破传统的著名新唱腔不久就诞生了。

马连良与弟子李慕良在研究唱腔

李慕良不但艺术上是马连良的好帮手，而且在生活上也向老师的路子靠拢。马连良不喜欢梨园界某些人身上的旧习气，所以他从言谈举止到穿着打扮都与老戏班人不同。他对任何人永远是彬彬有礼，一身笔挺的西装令他与众不同，许多人都觉得马先生的气质像高级知识分子。梨园界的人夏天爱穿拷纱上衣、纺绸的裤子、白袜子、黑包头靸鞋，再拿把扇子，形象十分特别。有一年夏天，李慕良和马盛龙都穿着夏威夷式衬衫、西裤和皮鞋，脸上还架了一副金丝眼镜，完全像是个上海小老板。两人从外面直奔剧场后台，人家剧场管事的不让他们进去，说他们不是戏班的人，瞎闯什么呀！

马盛龙的穿着打扮也随老师马连良，他还有一个特点，就是爱干净，人送外号"卫生大家"，这与他的回族出身有关。他的西装上衣上如果有一丝灰尘都不行，他的手没事就打扫尘土，许多人都觉得他有"洁癖"。其实不然，他就是喜欢干净整齐，他的床单铺得都不能有褶皱，这样他看着心里痛快，这就是他的生活习惯。

他曾在富连成"盛"字科学艺，在富社时叫马盛勋，后来回到上海他的姐姐身边。他的姐姐叫马金凤，艺名叫琴雪芳，最早是北京城南游艺园的坤班主演，后来去了南方，是著名的坤旦，是京剧界早期从业的女演员。马连良早在一九二四年于南京演出时就曾与之合作过，一九二七年上海天蟾舞台本来邀请马连良与琴雪芳合作一期，没想到她突然患严重的感冒，嗓音失声，无法演出，马与琴的生旦组合就无法实现了。麒麟童是当时该剧场的坐班班底，即天蟾舞台所属剧团的主要演员，剧团方面不得不改为以马连良和周信芳两大老生为主的演出，也无意中促成了"南麒北马"的首次合作。也是就说，如果琴雪芳不病，恐怕也就没有以后的"南麒北马"之说了。

马盛龙在南方演出多年，是一位文武兼擅的挑班老生演员，同时还能兼演红生戏。当年他在上海黄金大戏院当坐班班底演员，剧团安排他在马连良演出之前垫一出武戏，他主演的长靠戏能演《长坂坡》，短打戏能演《恶虎村》，摔打戏能演《嘉兴府》，还能演唱武老生戏《凤凰山》《百凉楼》，等等，腹笥宽阔，技艺精湛。在一九三七年五月，他正式拜马连良为师。此后，马盛龙的演出逐渐从武生向老生过渡转型。

到了二十世纪四十年代末，由他担任马连良的二路老生的角色，辅佐老师演出，边演出边学习。马连良在全部《借东风》里饰演前鲁肃后孔明，马盛龙就饰演前孔明后鲁肃；马连良在《龙凤呈祥》中饰演乔玄、鲁肃，马盛龙既能演刘备，又能演赵云；马连良在全部《一捧雪》中，饰演莫成和后部莫怀古，马盛龙饰演前部莫怀古。特别是像《四进士》

马连良与弟子马盛龙

里的毛朋、《盗宗卷》里的陈平等重要角色非马盛龙扮演不可，在舞台上与马连良配合默契，相得益彰。

马盛龙在气度上与马先生接近，就容易形成一个和谐的演出氛围。有些配角演员不敢在台上与马连良对视眼神，说一看他就害怕，台上没有情感交流，那后面的戏演起来自然就没了情绪。马盛龙则不同，戏就是戏，不能因为生活中您是我师父，在演出时就得低人一头。像《盗宗卷》的陈平，本身是丞相身份，比马连良饰演的张苍地位高得多，所以要先在气度上把张苍压下去。等张苍得理不让人的时候，再把身份放低，这样才能制造出喜剧效果来。这出戏的表演形式有点像相声，两人互相之间必须要傍得严，否则气氛一泄，戏就塌了。可以说，马盛龙是继李洪福先生之后扶风社里最好的二路老生，是马连良不可或缺的左膀右臂。

马连良每次离开上海之前，总是对弟子马盛龙谆谆教诲，让他趁着年轻，把精力放在业务上。上海是花花世界，年轻人这时候要是禁不住诱惑，也许这辈子的舞台生涯就会毁于一旦。马连良总是用自己二十岁左右时的经验告诫弟子，他曾这样表述：

> 做人真难做，在二十左右，做好人在此，做歹

《清官册》马连良饰寇准，马盛龙饰八贤王

人亦在此，成功在此，失败亦在此。盖二十岁之青年，血气心志未定，最容易受外界之诱惑，自己并无能力抵抗，稍不留心，竟堕入无底深坑，卒至身败名裂，无可自拔。我辈以唱戏为业，全靠嗓音，以度生活，举凡声色货利，俱是害人之魔，染其一即可使嗓音损坏，在此紧要关键，如能打破难关，杀出重围，即可安然无恙，而登彼岸。我在二十岁以前，亦曾亲历此境，为好为恶，危在一发之间，幸有父母之管束，师傅之监督，而自己向上之心，究竟亦较强于作恶，些须微名，乃得赖以保全。若在此时，任意妄为，随波逐流，今日梨园中群雄竞技之秋，恐无我马温如吃饭之处。

马连良的这段话，曾经见诸报端，马盛龙就把它抄录下来，用以时时提醒自己。后来马盛龙随着老师来到北京，他闲暇时喜欢和马崇仁、李慕良等师兄弟在马先生家前院的屋里打牌，马连良最不喜欢年轻人荒废时间不务正业，有时见他们玩的时间过长，就走到他们的窗户前面咳嗽一声，马盛龙立马明白了先生的意思，告诉大家赶紧收场。他曾经告诉笔者："先生一咳嗽，我马上就想起您那段话，都条件反射了。"到了马盛龙晚年，他也不忘用老师当年的教诲来告诫年轻演员。

到了改革开放恢复传统戏的时期，北京京剧院要求马长礼主演马派剧目，但是马长礼毕竟和李慕良、马盛龙这样的老弟子不能相比，和马连良在一起的时间比较短，对马派经典的认知也相对比较浅显。为了尽早地上演马派名剧，京剧院内部形成了一个"马派小组"，由弟子李慕良、马盛龙、迟金声，马先生长子马崇仁以及当年和马先生共事的周和桐等演员组成，大家针对需要上演的剧目，一起集思广益，从马

一九五九年，马连良与张君秋、马盛龙、马长礼等演出《青霞丹雪》

先生的上场开始，大家一起在脑子里"过电影"，回忆马先生的表演过程。马盛龙负责说表演，李慕良负责音乐，马崇仁负责整体舞台调度，每当有人能够回忆起一个具体的环节，哪怕是一个有特色的细小身段时，都令在场的人士兴奋不已。李慕良、马盛龙这些当年的老弟子，这时已经是年近古稀的老人，依然为传承马派艺术默默地奉献着。他们常挂在嘴边上的一句话就是："当年先生教的东西，今天全用上了。"

一天在排戏的间隙，马盛龙突然想起一件事，说道："我听先生最后一次说戏，你们知道您说的什么吗？"大家都一片愕然，等着马盛龙讲故事。他接着说："说的是《红灯记》，你们想不到吧？"

原来，马连良在观看刘长瑜排演《红灯记》时，发现刘右手高举红灯，左手如同生活当中一样，正常地随着左臂下垂，在台下看着非常别扭。马先生对刘长瑜说，这样显得不美。咱们京剧的身段讲究一个"圆"字，左手不能太生活化了。传统戏的手可以用宽大的水袖挡着，能够遮丑，可现代戏不行。刘长瑜也觉得别扭，可是不知道怎么处理这个身段为好。于是马先生告诉她，你左手微微地拉住一点儿上衣的左下角衣襟，右手再举起红灯，身上就"圆"了、美了，效果就出来了。刘长瑜一试，果然身段好看了，自己也觉得舒服。

马连良对马盛龙讲起《红灯记》这事，说道："咱们演老戏时最怕穿箭衣的人物，因为两手不知道放哪儿，自己都觉得别扭。现代戏也是一样，不能只考虑表现生活，舞台还是要追求美感的。"马盛龙感慨地说："我跟了先生一辈子，怎么学也学不完！"

触类旁通的迟金声

在马连良先生的众多弟子当中，有一位非常特殊的人物，由于他较早地从事了幕后工作，很多热爱京剧的观众，都不知道他是马派传人。他本人一辈子心态平和，处世低调，不善张扬，在业内从不争名夺利，永远把台下的掌声与喝彩留给演员，自己心甘情愿地做着说戏、排戏、导戏的幕后工作。直到二十世纪九十年代，政府为了弘扬京剧艺术，推出"音配像"工程,观众才在电视屏幕上常常看到他的职务和名字——舞台导演,迟金声。

不疯魔,不成活

迟金声,一九二二年十一月出生,出身梨园世家,祖上是清代"昆弋十三绝"之一的迟财官,是武生名家,到他这辈已是五代从事戏曲工作了,所以他自幼受家庭熏陶,对京剧艺术情有独钟。他九岁时拜了马连良的师兄弟曹连孝为师,习老生。十二岁开始搭班演出,曾与尚小云、时慧宝、王凤卿等艺术大家同台,受益良多。他从十几岁时便开始关注马派艺术,从此一发而不可收,一辈子学习、演出、推广、传承马派艺术,直到如今。

马连良和迟金声也有缘分,他在富连成科班时,有位迟景福先生是富社的琴师。他出科以后,嗓音尚在"变声期",但每日用功不辍,坚持午饭后到天桥迟家胡同的迟先生家吊嗓了。这位迟景福先生正是迟金声的人伯父,当年对马连良很有帮助。因此,马先生对迟金声感情上多了一层亲近感。迟景福也曾经给余叔岩吊过嗓子,他经常对人说:"马连良、余叔岩二位全是唱老生的,别瞧都是好角儿,但是脾气秉性不一样。马是严肃的,不爱多说话;余叔岩可是爱开玩笑。别瞧我不是什么有名的拉胡琴的,可是我的胡琴筒子里出了俩好角儿。"

迟金声少年时期和马连良的长子马崇仁一起在李万春组织的"文武协进会"里长期一起练功,地点就在李万春久占的演出场所庆乐戏院,时间长了二人就成了朋友。在豆腐巷马宅三节两寿的时候,迟金声时不时地过来走动,于是就开始有机会向马连良问艺。二十世纪四十年代初有一段时期,迟金声每周总有一天晚上10点来豆腐巷马家,陪马先生聊天,一直聊到凌晨4点回家。聊天的内容可谓天南地北海阔天空,马先生不是介绍他的演出经历,就是讲解好角儿的绝活儿,什么杨小楼、王长林、钱金福、梅兰芳、麒麟童等,令迟金声受益匪浅。每当迟金声记起这些往事,总是感慨地说:"聊了这么多,从没听见您说过谁不好,先生就是有口德。"

要说孜孜以求、勤奋刻苦地学习马派艺术,迟金声和言少朋两人当年是典型的马连良"追星族",他俩是"焦不离孟,孟不离焦"的关系,学艺时总是在一起。当时追摹马连良的青年演员有不少,名票范钧宏家里有钱,剧场里有长年包座;盐商查家给马先生弟子王和霖包了座位,王不一定每演必到；只要马先生有演出的时候，迟金声、言少朋必然前往剧场观摩。碍于自己的经济条件，二人总是站在楼下最后一排的地方看戏，有时一站就是三小时左右，业内称之为"靠大墙"。

他俩是专业演员出身，看戏的方法就与众不同了。马连良的一出戏，他们要看好几遍。每次都从唱腔、念白、做工、舞台调度、演出节奏等诸多方面进行深入的观摩，然后两人在一起核对并复盘马先生演出的情景，直到学会为止。有时马连良去外地演出，他俩就自费前往，住廉价客栈，吃小饭馆，买便宜戏票。正所谓"不疯魔，不成活"，这种小步小趋、锲而不舍的学习精神，练就了迟金声超凡的记忆力。马派戏的"坑坎麻杂"（京剧术语，指表演中细致入微的地方），没有他不知道的。

闲来置，忙来用

马连良平时的日常爱好很多，都和戏剧有关，比较注重艺术积累，讲究做到"功夫在诗外"，他常告诉学生们："闲来置，忙来用。"迟金声也是有样学样，用以提高自己的艺术修养。他发现马先生爱拍剧装照,他也按照老师的扮相拍照留念。即便是在舞台上不演这个角色,有些扮戏方面的心得以及对人物的理解,也可以从中体会了。迟金声在这方面非常下心,自己在照相馆拍过《一捧雪》《火牛阵》《十道本》等多出马派名剧的剧装照,至今保存完好,扮相与表情和马连良极其相似。

马连良有一次演出《楚宫恨史》,后边带演《战樊城》。一般人唱《战樊城》,伍员和伍尚都是一个穿白开氅,一个穿绿开氅。马连良根据剧情的需要,改为伍员穿白蟒,伍尚穿绿蟒,盔头也不同。迟金声认为这个扮相既好看又符合人物,于是就和马崇仁一起跑到照相馆合拍了一张这个特别扮相的剧照,马的伍员,他的伍尚。马先生这出戏后来很少唱了,现在回想起来照相这事,等于记录了一段马派艺术资料。用他自己的话说:"也算我们当年学习马派艺术的一个佐证吧。"

马派艺术要求面面俱到,所以学习它不仅要重视表演上的一腔一调、一站一坐,而且对表演以外的东西也要全面关注。马先生在生活中总是时时留意与舞台有关的东西,迟金声也是如此,完全按照老师的艺术思维自觉地训练自己。

他见到马先生常常从旧货商店购买清代官员的朝服,就问老师为什么。马先生告诉他,朝服的绣工比行头的绣工还

《十道本》迟金声饰褚遂良

精美，金线的质量很高级，可以把上边的"绣活"剪下来，贴在一件素身行头上。不但好看、有立体感，而且大大地降低了行头的制作成本。于是，迟金声立即学以致用，也没事经常流连于前门大街的"挂货屋子"，那里专门出售清代服装。不久，他和言少朋各自买了清代的朝服，改良之后，一人做了一身箭衣马褂。

马连良平时热爱美术，发现了美好的图案就和舞台联系到一起。他经常去看画展，有闲情逸致时，自己也勾画几笔。他喜欢金石影拓，对古币、汉瓦等图案特别感兴趣，觉得非常古朴典雅。马派艺术的车马人标志，就是他请金石影拓专家张海若用汉武梁祠中的画像石图案为扶风社专门设计的。

迟金声也喜欢书画，为了增加这方面的学养，他加入了"雪庐画社"，在专业书画老师的指导下研习中国画，且学有所成。由于马先生喜欢金石影拓，迟金声也对张海若崇拜有加，而且自己还能够影拓造像。为了收藏一张张海若的影拓作品，他和一个画店店主周旋了十年。店主就是不降价，最后他们还是原价成交了。但店主说："还是你赢了。虽然我没降价，可钱早就毛了。"有时马连良去外地演出，戏迷索要他的手迹，自己又画不过来，就请迟金声为他代笔画一些汉瓦，其手笔足以乱真。

马连良在教学方面一向是主张"多学，多看，多记，多问"，总是对学生们强调，不要总想着学的东西是不是一定在舞台上用得上，即便是你们在舞台上不演，也要把教的东西学会了，将来就是给人说戏、排戏，这些都用得上。

迟金声收藏的张海若影拓

在这一点上，迟金声果然是受益匪浅，而且做到了举一反三，活学活用。他不但在马派艺术方面如此学习，就是在其他京剧流派或者地方戏、电影、话剧等其他艺术门类方面也是敏而好学、不耻下问，为他日后成为一名优秀的京剧导演打下了深厚的基础。由于他看得多、学得多、会得多，他在青年时代就成了剧团的"座钟"，相当于今天的舞台监督，负责给演员指导排戏，非常有组织能力。

在二十世纪五十年代初期，京剧界流行一种业态叫"跑小组"，就是由几个主要演员组成一个演出小组，到外地去与当地的剧团联合演出。外地一些比较有规模的剧团，都是剧场组织的坐班班底性质。这样，小组与剧团直接谈演出票价分成，场租已经含在剧团的分成里了。于是，他和言少朋搞了一个小组，言任正团长，他任副团长，邀请了旦角张蓉华，花脸周和桐，武生黄元庆，丑角钮荣亮等，阵容十分硬整，在各地巡回演出，很受欢迎。

到了青岛之后，当地有名的京剧剧场早被别的剧团占了，进不去，只好找了一家叫"华乐"的冷场子进行演出。不到一个月的时间，愣把这个没人去的剧场给唱"热"了。青岛观众不但欢迎言少朋的马派戏，其他流派风格的剧目也很有受众，几位主演都得到了发挥的机会，所有演出的剧目安排、演出排戏工作都是迟金声一人完成。这一期在青岛的演出大受追捧，足足唱了四个月。后来言少朋留在青岛京剧团任团长，和这次"热演"有极大的关系。

迟金声还有一个最大的本事就是能"钻锅"（京剧术语，指临时救场，替代他人演出）。有一次他们小组与南京一个剧团合作，当地合作剧团的团长是个小花脸出身。小花脸一般都聪明，会得多，才能当团长。旦角张蓉华希望上演一出尚派名剧《汉明妃》，按规矩都是演出前一天下午排戏。小组这边的丑角是阎世喜，加上那个团长，正好一个人来马童，一个人来王龙。让团长来王龙，他摇头；让他来马童，不言语，原来这些活儿他全不会。一问怎么当的团长，才知道他是唱南派彩头班（戏班术语，指演出带有机关布景的班社）的《济公》红的，传统戏中的一些丑角的活儿就不能提了。

这下把角儿张蓉华急坏了，这团长之前也不说，临时掉链子。戏票都卖了，明天就要上演，排不出来就麻烦大了。另外，业内人士都明白，这出尚派名剧，一般人不敢动，有"唱死昭君，翻死马童，累死王龙"之说。角儿唱一出《汉明妃》，仨人在台上载歌载舞，身段极多而且特别繁琐，要求的技术性非常强。一般的剧团不敢动这出戏，不但主角辛苦，马童、王龙两个配角也是活活累死，所以既没人会，也没人爱来这个活儿。

这时迟金声负责排戏，俗话说"救场如救火"，他当机立断地说："这样吧，阎世喜来马童，我来王龙试试看。你们要觉得我不行，咱们再想办法。"跟着张蓉华的一位老师说："你这时候敢接这活儿，肯定行！"第二天，他把一个小花脸应工的王龙不但唱下来了，还得了不少好。谁也想不到，这个小花脸是马派老生出身。迟金声自己说："我就是看得多，另外我个人比较喜欢王龙这种舞蹈多身段多的角色，平常我应该看会了六成，再一赶排加工，就唱下来了。"这都是他平时好学用功，见得多，会得多，点点滴滴积累的结果。

舞台监督

一九五四年马连良剧团从朝鲜慰问回来，又要参加慰问解放军的演出，都是以马连良为主的马派戏。这时李慕良、黄元庆、迟金声和马崇仁负责这十八场演出的排戏工作。除了迟金声，另外三人都是马剧团骨干，都得上台，实际负责排戏的工作就落在迟金声身上。他一个人指挥若定，统筹全局，每出戏都排得十分顺利，马先生把这一切都默默地看在眼里。

一九五六年合团后不久，负责北京京剧团执排马派戏的是马连良的堂弟马四立，他在武汉突然去世了。团里许多同事都是谭裘"二团"那边过来的，对马派戏还不熟悉。马连良就让马崇仁把迟金声找到家里，对他说："金声，你过来帮帮我吧。"从此，迟金声加入北京京剧团工作，给他定了个一百元的临时工资。

他进入北京京剧团不久，就开始负责执排马派名剧。不但要给配角龙套指导，同时在排戏时还要当老师马连良的替身。团里有些人对他的背景不了解，认为他年纪轻轻就执排团长的戏，能行吗？因此不大服气，于是有人就故意找机会要抻练抻练他。

一天，马盛龙白天主演一场《串龙珠》，派了高宝贤演侯伯清。演出之前，高宝贤的太太突然赶到剧场，告知高临时患病，不能参加演出了。这时有些对工的演员就不抻这个茬儿，不怀好意的人就把目光对准了迟金声，意思是你负责排马派戏，你就应该会演这个活儿。迟金声二话没说，立刻就奔向化妆间扮戏，并把侯伯清这个角色圆满完成，这一下团里的演员个个竖大拇指称赞，都说后台必须有这样的人，演员才踏实。

除了排戏以外，最紧张的时刻是每晚的舞台演出。作为

马连良与弟子迟金声

舞台监督，得时时刻刻留意台上和后台演职员的一举一动，以保证整场演出的圆满完成。李世济刚刚加入北京京剧团时，马先生为了提携她，让她给自己配演《法门寺》中的宋巧姣。给马连良这么大的艺术家配戏，李世济不免心里发怵。本来应该剧中宋国士出场时，李由于紧张，当成自己要出场了，刚要往台上走，迟金声了解李的心理，因此早有预感，一把拽住了李世济，避免了一次舞台事故。

迟金声说："老师对待艺术是非常严谨的，您这样艺术家的演出，每一场都必是精品，全部演出过程就不能允许出任何错。和您同台、水平相当的艺术家就更不能出错，都名气太大，出现任何舞台事故都承受不起。"一次在中山公园音乐堂演出，为抢救失传老戏，马连良、叶盛兰、袁世海合演《借赵云》。此剧多年未曾见诸舞台，又是北京京剧团和中国京剧院的大合作戏，几位大角儿都十分重视。迟金声在侧幕边上盯着，生怕出现一点问题。他发现叶盛兰先生这天心情过于兴奋，表演特别"铆上"，和平时演出的表现不太一样，迟就心里留意上叶了，俩眼睛就一直"贼"着他。

叶盛兰在后台时就一直沉浸在角色里，所谓身上一直"带着戏"。一听乐队打出"急急风"，他急忙就往台上冲。这个戏中有两次"急急风"上场，头一次应该是袁世海扮演的张飞上,第二次才是叶盛兰的赵云上。叶太入戏了,以为该自己了,就往上冲。迟金声一看不好,一个箭步蹿到叶盛兰面前,双手展开一拦,急忙把叶挡在侧幕条内。叶盛兰当时就急了,两眼一瞪质问迟金声:"怎么回事?"迟轻描淡写地回复:"上张飞。"叶盛兰顿时恍然大悟,立即拉着迟金声的手,感激地说:"哎哟,金声,今儿要不是你,我可就留下小辫儿了!"事后同事们称赞迟金声对工作认真负责敢担当,都说:"也就是你敢,就叶四爷这脾气,谁敢拦您呢?"

因势利导的教学

一九五七年,北京京剧团在上海的大剧场天蟾舞台演出,当时浙江的昆曲剧团也正在上海永安百货公司六楼的一个小剧场演出《十五贯》,没什么人留意,马连良却已经发现这出《十五贯》是一出好戏。一天,他对迟金声说:"我看了《十五贯》,很不错。我给你买了票,你应该去看看。"马先生让他多多观摩其他剧种,从中汲取营养。

马先生觉得迟金声今后的工作将以说戏、排戏、导戏为主,所以对他的教学手段也不同于他人。当时团里上演的传统戏剧本都进行过修改,将一些被认定为不合时宜的内容自觉摒弃。一次,马连良让迟金声执排《宝莲灯》之前,对他的学生说:"我想把刘彦昌上场的那个'对儿'改一下,我想了好久,再演这戏就用'秋风雁塔题名早,春日琴堂得意新'吧?"以前的老词是"乌鸦喜鹊同噪,吉凶事全然不晓",马连良认为,首先传统的老词有迷信色彩,不符合时代的需要。另外剧情尚未展开,这词句等于有些剧透了,而新改动的台词,反而更能体现刘彦昌当时的心境,所以应该改动一下。

在一九六二年编辑出版《马连良演出剧本选集》后,内外行公认非常好,于是决定续编第二集。马先生知道迟金声喜欢《清风亭》这出戏,他每次演出这个学生必看,而且迟自己也演出过,就让迟金声负责整理《清风亭》的剧本。初稿完成后,迟金声念全剧给老师听,马连良听得很仔细,并让迟把身段走出来给他看,有不对的地方他就给学生示范,迟金声等于从头又学了一遍戏。

当念到周桂英认子后,张元秀有一段对张继保的哭诉时,马连良对迟金声说:"这段在出版的时候不要按照我们现在演出的台词,要按照最早演出的台词。"早期的念白如下:

张元秀:【叫头】张继保啊！小娇儿啊。你如今在清风亭认了你的亲娘，去到京中寻找你那亲爹。儿此番前去，你一家相逢，骨肉团圆；可怜你那义母还在家中倚门悬望。哎呀，儿啊！你此去倘若长大成名，必须前来望望我二老。倘若我二老亡故，你可问问邻居，张老夫妻坟墓葬在何处，你可拿碗水饭，一把纸钱，去到坟墓前叫我二老一声："张元秀啊，义父，孩儿今日荣耀归来，拿得一碗水饭，一把纸钱，你二老可以用些。"哎呀，我的亲儿啊！也不枉我二老抚养儿一场。张继保！小娇儿。儿啊！（哭）

从第一个"哎呀，儿啊"到"也不枉我二老"之前的台词内容，在现在的演出版本中全不见了，而是用了新词代替。马连良的意思是现在的演出是因为某些特殊的原因，要求用修改过的新台词，只是一时之事，但是这新词没有老词符合张元秀的身份和他此时此刻的心境，在舞台上表演不能打动观众，所以在今后的表演中还是不能使用，只有老词才更能体现张元秀的思想境界和他当时的悲苦心情，所以在编印白纸黑字的出版物时，还是要用老词，让感人至深、千锤百炼的词句传承下去。

通过上面两件修改和保留老台词的事，马连良告诉迟金声，在新的时代背景下，什么东西是可以顺应时代要求及时调整的，什么东西是要持之以恒一以贯之的。什么对刻画人物有利，就采用什么内容。这些因势利导、循循善诱的教学内容，为迟金声日后成为一名优秀的导演奠定了基础。

拜师

从二十世纪三十年代末到六十年代初，迟金声追随马连良二十多年，对马先生一直以师礼侍之，业内都知道他是学马派出身，好多人以为他是马连良的徒弟，但其实迟金声却一直没有履行过拜师仪式。对于这一点，迟先生坦诚地对笔者说："举办拜师仪式，行内的规矩都是弟子出面操办，拜您这样的大艺术家，仪式规格必须得最高标准，以我的经济能力，当时真没有这个实力。"

马连良心里也一直惦记这个事，一天他对弟子王金璐说："都说金声是我徒弟，可是没拜过。"王金璐顿悟，为此专门找到迟金声，了解情况后告诉师父，迟金声经济能力有限，马连良听后连忙说："嗐，我没这么些事儿，哪天让他来家行个礼就成了。"于是，王金璐高兴地对迟金声说："这事得办了，你哪天跟我一起到先生家，千万别空手来，就行了。"

于是，在一九六二年深秋的一天，迟金声来到马连良先生家，在王金璐、马崇恩等人的见证下，郑重其事地给先生行了拜师大礼，迟金声对马连良说："先生，我有个请求，想跟您拍一张合影。"马连良高兴地说："现在就走！"于是，师徒二人出了西单马宅大门向西再往南一转，有一家不出名的小照相馆。经理喜出望外地说："哎哟，马老板，您怎么来了？"赶忙请出一位有经验的老照相师傅，为他们二人拍了拜师照，完成了他们师生二人的共同心愿。迟金声对老师说："先生，您给我留句师训吧？"马连良根据弟子的工作需要，郑重其事地想了想，然后对迟金声说："要尊重各流派。"

导演就是会挑刺儿的观众

一九六三年，马连良兼任北京戏校校长。为了给学生们说戏，就先让迟金声去给他们说排，给学生们说了《审头刺汤》《赵氏孤儿》《借东风》等剧目，马连良来了再进一步点拨，迟等于是给校长代课。这时剧团方面迟金声负责的排戏工作基本捋顺了，他和马先生说，团里也没什么事，我调戏校得了。马连良有了他在戏校当左膀右臂，当然高兴，就说："我和梦庚说说。"

马连良、迟金声、李慕良等与北京戏校的学生们

文化局副局长张梦庚没意见，可没想到团里的书记薛恩厚不同意。虽然张梦庚的职位高，但薛恩厚在党内的资历更高，张对薛一直礼让三分。原来老薛对他的工作已有了下一步的安排计划，让迟金声去中央戏剧学院学导演专业，京剧这行以前没有这个职位。因为老薛知道，京剧现代戏要来了，只有内行的导演，才能把工作真正开展起来。现在许多话剧导演来导京剧，他连京剧锣鼓是什么还没明白，就敢接这个

工作，真是太轻视艺术了。

"文革"期间，马连良先生遭迫害致死，但他传承给北京京剧团严谨治艺的艺术态度没有改变，这一点也特别体现在迟金声身上。当时让他负责执导样板戏《沙家浜》，有个群众演员的过场戏，几个"老百姓"从上场门跑上，嘴里喊着"鬼子来了"，然后奔下场门跑下。这么一个十几秒钟的戏，大家都认为没什么，不太重视。迟金声却让演员们反复练了七次，他给大家分析，鬼子来了你们家，你什么心情？你得紧张呀！你得害怕呀！你得惊慌失措呀！你们表演上有吗？

改革开放以后，北京京剧院要上新戏，手里有四五个剧本，大家都拿不定主意。迟金声建议说："头些年一直搞样板戏，舞台上下都太严肃了，现在观众需要开心，需要笑，所以我们要搞喜剧。"于是，决定由他任导演，上吴祖光的新编喜剧《三打陶三春》。

这个戏的根基好，是在传统喜剧《打瓜园》的基础上展开故事的。但是在"一打"之前有一个多小时的情节，他觉得应该有个小高潮，才能"拿得住"观众。原剧本设计的是陶三春骑驴进京，只有四句唱腔，一带而过，迟金声认为不行。

作为导演，对戏要有总体的设计，对一出戏要在线索中挖掘重点，详略得当展开矛盾，也就是设计了戏的布局。迟金声觉得这里应该让陶三春有个亮点,不能就一个"素"上驴,这样的表演太简单,加个"趟马"身段,又太一般了。于是他和作曲陆松龄商量,是不是在这里用老的"十三嗨"给陶三春加工整理一段新唱腔。再和技导徐玉川斟酌,结合唱腔给陶三春设计一段跑驴的舞蹈。结果,"骑驴直奔汴梁城"这段的艺术效果非常好,全新的设计适合人物,青年演员王玉珍也因此一炮而红。这就是导演知道观众需要什么,才能有响堂的"包袱"。他自己有句话,说得特别好,就是:"导演就是会挑刺儿的观众!"

迟金声参与执导了现代戏《红岩》《沙家浜》,以及《三打陶三春》《闯王夫人》等一系列新编历史剧,在编导方面经验丰富,又有理论基础。在二十世纪九十年代搞"音配像"时,马崇仁就推荐他参加进来。

"音配像"中大多数马派剧目,都是由张学津配像,这也是当年李瑞环同志的指导意见,让年轻的传人为大师配像,是为了达到更好的艺术效果。但是有些剧目现在已经绝迹于舞台多年了,比如马连良先生早年有一出以念白为主的剧目叫《三字经》,很多演员都没有听说过,脑子里一片空白,不知如何下手,只有马崇仁和迟金声见过这出戏,于是迟金声先给剧组人员普及马派知识。原来这出戏是马连良先生第二次在富连成入科深造期间学习的剧目,在那个时间段马先生嗓音处在变声期,于是尽量多学习上演以念白为主的剧目,因此在一九二〇年前后推出了《骂王朗》《三字经》等剧目。当年一个张胜奎派的票友见马连良学演张(胜奎)派剧目很有心得,于是把这个张胜奎的剧本送给富连成的先生,希望马连良能够搬演此剧。

马先生成功上演以后,富连成也没有将此剧延续教授下去,到了"世"字辈后就没往下传。解放以后,马先生才唱过一次。某种程度上说,马连良留下的这出戏的录音成了孤本。若不是迟金声当年认真观摩马先生的演出,这出戏就算失传了。因此,这出"音配像"只能由迟金声来配像,才能保留下来这样一出马派生僻剧目。另外,即便是找一个年轻的演员配像,但他们从小就没学过《三字经》,对内容不熟悉,其中的机趣表现不出来,就失去了喜剧的效果,配出像来也好看不了。

这出戏的"音配像"过程,也正是年轻演员的一个学习过程。开始录像之前,像张学津这样的马派名家也认真地坐在台下观摩学习。这天迟金声就像他的老师马连良一样,演出前小睡了一会儿,保障了体力,然后洗脸剃须。到剧场后,他认真地检查一遍演出的服装道具,并叮嘱配角郎石林,想

《三字经》迟金声饰罗英

演好这个小花脸的身份，要有花脸和丑行"两门抱"的意思，可以借鉴《红鬃烈马》中魏虎的表演特点；又告诉另一位小花脸演员马增寿，要特别注意两人的"转磨"身段等。然后，他把自己完全置身于舞台上一名演员的位置，一切听从导演马崇仁的指挥，认认真真地投入到演出当中。"音配像"中马派戏有五十多部，在老艺术家中占的比重最多，迟金声在这项传承工作中功不可没。

如今，他已经是期颐之年，虽然已经百岁高龄，却身体健康精神矍铄。无论是京剧院，还是年轻的演员，都经常向他请教马派艺术和京剧知识，称他为"京剧活字典"。由迟金声给年轻的一代传承把关，就会使他们少走弯路，更快地成长。他常常感慨地说："马老师给我说的东西，现在全给你们了。"马派第三代演员朱强有一句话讲得非常好，他说："能够守着这样一位先生，对于一名演员来说，是件多么幸福的事！"

扇子就是你的命

二〇二〇年，为了筹备"龙马精神海鹤姿——马连良先生诞辰一百二十周年纪念展"，首都博物馆和马连良艺术研究会四处收集相关展品。其中有一部分展品是从一些热爱马派艺术的收藏者手中商借来的，许多马连良先生的遗物至今能够保存完好地展示在观众面前，也反映了藏家多年来珍爱这些文物的一番心血。

笔者知道迟金声先生手中有一把扇子，是二十世纪三十年代迟先生请我祖父马连良为他书写的扇面，扇面的文字是用朱砂所写，字体为金文，也称钟鼎铭文。内容取自西周早期后段之《中甗》铭文，其大意为周王派"中"巡省南国，筑城殖民，派兵镇戍事。扇面上每行两个字，一共十四行，二十八个字，落款为"金声仁弟正之，马连良"。

我知道迟先生十分珍视这把折扇，几十年来一直保存在身边，我尝试着用试探的口吻问先生，是否可以借出这把马连良亲笔的扇面供展览使用。迟先生犹豫了片刻，十分为难地说："你要用这个，是不是可以在这儿拍一下照片，东西就别拿走了。"我看得出来，迟先生此时的心情十分复杂。别看他已经一百周岁了，但是身体健康，头脑一直非常清晰，特别是对马派艺术的历史脉络十分清楚。他知道我借扇子是为了正事，但是难以割舍的心情也使他十分纠结。

于是，迟金声先生给我讲述了有关这把扇子的陈年往事："当年求先生（马连良）写扇面的人太多了，可是您太忙了，哪有时间弄这些呀？说实话，有些扇面就是别人代笔，再压上您的图章，我还帮您代过笔呢！哈哈哈哈……我一直希望请您给我亲笔写一个扇面，也是留您一幅真迹，给自己留一个念想。扇子我早买好了，就是等机会，等什么时候您心情好，又没什么事的时候再提这个事。后来这事终于办成了，你看看您怎么给我落的款，金声仁弟！"说到这里，迟先生非常兴奋，激动之情溢于言表，仿佛又回到他们师徒二人聚首的时刻。

除了扇面内容，迟先生又说了一段和它有关的故事。他说："照规矩说，扇面应该是一面书法，一面绘画。你看这把扇子只有一面有先生的字，另一面是空白的，为什么呢？我一直就没有找好画另一面的那个人。这个人太难选择了，我想了很久，这个人的名望必须得和先生齐名才合适，收藏这样的扇子才有意义，倒不在乎绘画的技法是否高级。李万春倒是画得好，他名望也高，但是李先生毕竟是我们大师哥呀，和先生不是一辈人，所以我没请。我认为只有两个人合适，一个是王瑶卿，一个是梅兰芳。这二位画得好，又是旦角领袖，先生是生行领袖，位置也合适。为什么没画成呢？王先生家里太乱，整天客人太多了，我怕扇子丢了。梅先生太忙，我一直没得着机会和您开口，就这么着，另一面就一直空着，到了今天。虽然有些遗憾，但我宁可让它空着。几十年了，我一直守着它，我太爱这把扇子了！"

我听着迟先生生动的讲述，看着他的面目表情，对这位期颐之年的马门弟子十分敬仰，他双手握着扇柄的样子，让人感受到了他与马先生之间的师生情义。我不禁问了一句："迟大爷，这么多年您是怎么保存它的？特别是十年动乱期间，您把它藏哪儿了？"迟先生一边回想往事，一边苦涩地笑着，表示那些过去的事情一言难尽。这时迟家二姐对迟先生说了一句话，真是画龙点睛，她说："我妈说过，扇子就是你的命！"

马连良书赠弟子迟金声扇面

因材施教的童祥苓

在马连良众多的弟子当中,童祥苓因主演现代戏《智取威虎山》中的杨子荣而为广大观众所熟知,但许多观众并不知道他是马连良的弟子。一来是他所涉猎的各种流派剧目比较多,二来是他从不标榜自己是某一流派传人。

童祥苓,一九三五年出生在天津。父母都是文化人,一心希望将他培养成工程师之类的人物。因为他的哥哥、姐姐相继从事京剧艺术，每天练功吊嗓子，童祥苓自幼就在旁边听得入神，觉得自己也是戏中的人物了。于是在脸上胡乱勾画一气，用报纸糊个帽子当盔头，在家中开始了他的"表演生涯"。

一天家人带他看了一出李万春的《武松》，他回来之后一宿都兴奋得睡不踏实，满脑子都是武松斗杀西门庆的场面。早上起来之后，依然沉浸在戏中。于是拿起家中一把小刀冲到院中，一通"砍杀"。家里有两辆自行车摆在那里，四条车胎成了他"刺杀"的对象。后来他的父亲为他们兄妹的班社起了个"苓社"的名字，俗称"童家班"。他加入后，与哥哥侠苓、寿苓，姐姐芷苓、葆苓一起被称为"童家五虎"。

童祥苓第一次看马连良的戏是五岁的时候，当时想买马先生的戏票根本办不到。他哥哥认识一个戏院的人，把他们哥儿俩带到放映间，在那里看了一出马连良的《苏武牧羊》。他看见马先生跟看见神仙似的，心想将来长大了要是跟他一样多好啊。童祥苓八岁正式学戏，长大一些后再想有意识地看马先生的戏就困难了，因为马先生去香港了。

好不容易等到马先生回来，他在北京长安大戏院打炮《四进士》，童祥苓这时已经对京剧有了些基本的认知，被舞台上马连良塑造的角色深深地吸引住了，从此看马连良的戏一发而不可收。开始就是觉得马先生漂亮、潇洒，但是为什么潇洒，不理解，童祥苓一门心思想弄明白马先生的想法。于是，童祥苓产生了非拜师马连良不可的心思。

他的父亲和马连良的编剧吴幻荪是朋友，于是请吴先生征求马先生意见。马连良对收徒很认真，对童祥苓也不了解，提出要看一出他的戏，就在圆恩寺剧场看了他的《四郎探母》。不久，吴幻荪先生带童祥苓来到西单报子街马家，马先生了解到童祥苓向雷喜福、刘盛通、张伯驹、陈大濩等学过戏，目前常听余叔岩的唱片，唱腔多为余派的路子。马先生向吴幻荪点点头，吴先生兴奋地对童祥苓说："马先生同意收你了，快给先生磕头吧！"一九五五年八月，童祥苓正式拜入马门。

从此，童祥苓每天跟着马连良，在不同场合，学习马派的不同方面。在后台化妆间，学习马先生扮戏。当时老生化妆基本上就是抹粉，用锅烟子等，童祥苓发现马先生的化妆桌上有各种油彩，牌子叫什么"蜜丝佛陀"，他也不知道这是什么东西。原来马先生这些油彩化妆用品都是他在香港拍电影时用的东西，他把这些西方的化妆用品拿来为我们传统的京剧艺术服务，那时候京剧界还没有人思考过用油彩化妆，马先生是头一个。

童祥苓到了台下一看，传统扮相的老生在灯光的照射之下显得又白又红很难看，而先生的扮相与众不同，让人看了脸上显得柔和,十分滋润,美不胜收。童祥苓恍然大悟,明白了为什么马先生的服装颜色那么好看,因为没有正色,都是中间色,在舞台上白光打上之后就柔和,正色就刺眼,反差大。马先生的化妆、服装和舞美都考虑到了色彩的光学作用,老师的意识太超前了。

看戏是学戏的最好方法,童祥苓每次看完马连良的演出之后,马上回家把看到的东西全部写下来,就是记录"总讲",总结表演心得。然后对着家里的穿衣镜找感觉,练身段,模仿马先生台上的一举一动。有什么不明白的地方,第二天再向先生问艺。童祥苓悟性很强,马连良非常喜欢这个徒弟。

一天,童祥苓在先生家里学戏,来了一个卖估衣的人,就是贩卖旧衣服的,拿来了不少前清时期的旧官服,马先生最终选了两件清朝官员在补服里面穿的纱制箭衣。童祥苓不解地问道:"先生,您买这些干什么呀?您又不唱大清朝的戏。"马连良拍拍徒弟的肩膀说道:"过两天你就知道了。"几天之后,马连良新制了一件藕荷色的蟒袍,上面的团龙是从纱质箭衣上剪下来再绷在蟒袍上的,马先生对徒弟说道:"你看看,有没有立体感?"童祥苓恍然大悟,心想先生的想法太超前了,他怎么会有立体感的想法?

到了一九五五年底,成立北京京剧团,就把童祥苓也带进团里。当时青年老生演员中有三位培养对象,马连良负责带童祥苓,谭富英带谭元寿,裘盛戎带马长礼。

每次到先生家里学戏,马连良就让童祥苓唱一段,李慕良给他伴奏,童问:"您看我唱什么?"马先生总是让他唱"十八张半"(余叔岩老唱片里的唱段)。童祥苓不解,心里纳闷儿:为什么先生总让我唱余派,怎么不让我唱马派戏呀?我可是您徒弟呀?

跟着马连良学习了一年多,童祥苓不得不离开老师。因为他和未婚妻张南云分居两地,此次去鞍山完婚,等于就不回来了。马连良为此心中有些不解,和老徒弟李慕良、马盛龙开了好几次会,还问是不是童祥苓觉得工资少呀?李慕良解劝老师:"您就让他飞吧,也不能总让他在您翅膀底下呀?"马先生语重心长地说:"还早,早了点儿。"童祥苓后来对笔者说:"我那时候太年轻,不懂事,后来想想是早了点,学的太少了。"

临走之前,童祥苓陪着马先生遛弯儿,马连良语重心长地对徒弟说:"你呀,离开了我,你演出写上'马连良弟子''马连良亲授'什么的,我不能说什么,因为你给我磕了头,有那么多老艺术家给你作证,但是你最好不这样。"童祥

马连良与弟子童祥苓

苓一听老师这样说，心里很不是滋味，认为自己未经马先生同意，过早地离开老师，老师肯定心里不高兴，所以不让我打他的旗号，这事肯定把马先生得罪苦了，否则没有老师不认徒弟的现象。马连良也没再多说，爷儿俩只好默默地分手。

童祥苓和妻子后来一起加入了上海京剧院，是个难得的青年人才，被院长周信芳看中，要求童祥苓和沈金波拜他为师。时间到了一九六一年底，周信芳来北京举办舞台生活六十年的演出，让童祥苓给他配戏。演出《海瑞上疏》谢幕时，童祥苓发现老师马连良上台来祝贺周信芳，顿时觉得有些尴尬，甚至无地自容。生怕马先生问自己：你是我徒弟，为什么拜周信芳了？让童祥苓没想到的是，马连良不但没有这样做，反而对他说："你最近哪天没事，来家里我给你说说戏。"

童祥苓来到马连良家后，马连良给他说了《问樵闹府》和《盗宗卷》。童祥苓当时年轻，十分不解，心想：先生，为什么您给我说《问樵闹府》呀？您说这戏现在谁看呀？我上哪儿唱去呀？您那个《春秋笔》《十老安刘》给我说说多好？我学了这些就齐了，准叫座呀，马连良亲授啊！但又不敢问师父，只好默默地学。马连良看出了弟子的心思，对童解释说："我这出《问樵闹府》学的是老谭先生的路子，当年王长林老先生傍着老谭先生，您这出戏只给余叔岩、言菊朋和我说过，余先生演这出我必看。这种戏是做工基础戏，学好了你身上就顺了。我有些戏你可以先在台下看，有不明白的、不会的地方问我就行了。"

等到童祥苓创作《智取威虎山》里杨子荣时，他终于明白了马先生当年对他说的那番话的用意。马先生之所以支持他唱余派，没有让他非得唱马派，是对他个人的艺术非常了解，认为他以余派为主更适合发展，因此没有拘束住他的手脚，用的是因材施教扬其所长的教学方法，否则他的戏路就窄了。这样在演出现代戏时，他才能放开来创作一个新的人物。在《智取威虎山》的创作过程中，他以余派为主轴，融汇了马派的流水板演唱技巧和《盗宗卷》的马派身段表演，吸纳了麒派中运用【冷锤】表现力度的方法和《义责王魁》的做工特色，才塑造出个性鲜明的杨子荣形象。如果局限于一个流派，恐怕没有可能成功地塑造杨子荣。童祥苓一直记得马先生的一句话："你是哪块料，我就推你哪块料。"

改革开放以后，童祥苓恢复上演了不少马派剧目，像《龙凤呈祥》的乔玄，《四进士》的宋士杰，《十老安刘》的蒯彻和张谷，《春秋笔·杀驿》的张恩等。演出《杀驿》时，童祥苓做了一些调整。他认为马先生演出时穿青素官衣，对于他个人的表演有妨碍。因为马先生在《杀驿》里有很多用髯口辅助表演的地方，如果穿黑色的青素官衣，和髯口的颜色一样，这种有特色的马派表演手段就看不出来，于是就设计了一件灰色的素官衣，用淡颜色的面料衬着黑二涛髯口，这样就能让观众看出来髯口在表演中的作用。

另外，马先生的扮相是头上用发鬏儿，童祥苓觉得可以发挥一下，改用甩发，增加一些表演的幅度。特别是在最后"斩杀"张恩的时候，他加强了表演技巧和力度，设计了一个非常有难度的"抢背过桌子"的身段，让张恩这个最后的表演更加精彩突出。他认为马先生后来年纪大了，不能要求他做难度高的技巧。可是自己演出《杀驿》时才四十来岁，他觉得应该按照马先生三四十岁那时候的条件演出，不能按他晚年时候的路子表演。这也是马先生为什么在当年教学时，常常让弟子们多听多学他的民国十八年（一九二九年）唱片的原因。马先生认为，年轻时候表演的冲劲不能丢。

现在很多青年演员去向童祥苓讨教马派艺术，他常常说："马派不只是就弄个唱腔，应该是唱、念、做、打以及服装舞美等等的综合体现，各方面都很美，这才是马派的风格，但这些是比较表面化的。马先生对京剧艺术的最大贡献是他把很多老戏，包括他自己的名剧，一直都在做着翻新调整、推陈出新的工作，这是最了不起的，要学这点。弄一出戏，他

《盗宗卷》童祥苓饰张苍

就成就了一出,给了京剧新的生命,让京剧又进一步延续了。比如《搜孤救孤》,让他延续到了《赵氏孤儿》。现在大家还在唱《赵氏孤儿》吧,到今天还在延续,所以说,推陈出新才是马连良先生最了不起的地方。"

青年旦角：罗蕙兰、李世济、李毓芳

一九五三年年初，马连良剧团从外地演出回京之后，马先生整天为了找一个合适的旦角着急。之前团里的二牌旦角是杨荣环，他在演出期间被别的班社高薪挖走了，马连良不得不亲力亲为地到处寻访。

一天，马连良遛弯儿的时候，无意走到小六部口孟广恒家附近，听到孟正在给一个旦角吊嗓子，听嗓音觉得非常不错，便径直走到孟家，原来是孟的学生罗蕙兰正在吊嗓子。马连良听了几句果然不错，心想孟广恒有"电台梅兰芳"的绰号，教出的学生一定靠谱儿，但不知她的表演如何，于是也未作任何表示就走了，回家后立即吩咐儿子崇仁不要声张地去看一出罗蕙兰的戏。回来之后，马连良问崇仁觉得怎么样，马崇仁认为没问题，这样就邀请罗蕙兰加入了马连良剧团。

马连良见了罗蕙兰也十分满意，嗓音、个儿头、扮相都好，认为她是个可以培养的好苗子。为了能够让罗蕙兰提高知名度，甚至连她的名字都是马连良给起的。她本人叫秦兰英，对外演出时用艺名玉芙蓉。马连良觉得这个名字太老气，既没有时代气息，又不容易叫响，还会让观众以为是个"老先生"。马先生知道她母亲家姓罗后，又考虑到北京和上海两大演出市场的关系，必须让这个名字好听又好记，于是按照北京话和上海话的发音给她起名字，最后觉得"罗蕙兰"三个字比较上口，说着也好听，容易被观众记住，于是就决定用了这个名字。

上海市场注重宣传，否则罗蕙兰一个初来乍到的新人很难叫得响。马连良在上海印刷出版了一期《马连良京剧团演出特刊》，在上面为罗蕙兰加强了宣传力度，特别多写了几句："罗蕙兰，女，19岁。北京人，寄居南京，学梅派。扮相秀丽,嗓音甜润而宽亮。善体会剧情,擅内心表演,为新进特出人才。"罗的艺术基础不错,随着马剧团到达上海后,果然不负众望,受到观众喜爱。

《打渔杀家》是马连良和罗蕙兰准备在上海上演的剧目之一,这出戏马连良演了几十年,可以说是烂熟于心,但是他对此剧一直有个未了的心结,就是他对真正的渔民劳动作业并不了解,总想看看生活中渔民是什么样子,希望对自己的表演能够有所帮助。为了能让这出经典剧目尽善尽美,马连良问生活在上海的侄子马松山,上海周边有没有划小舢板的渔民。于是由马松山带路,起了个大早,爷儿俩直奔上海外滩边上的十六铺码头。在这个地方附近,有一块类似湿地的地方,有不少渔民在那里驾着小舢板作业。马连良喜出望外,于是驻足观察渔民在船上如何举手投足,如何撒网拉网,如何摇橹划船,等等,十分满意地把他们的这些生活中的场景都仔细地默记在心里,回家后再琢磨如何把这些生活中的体验进行舞台艺术化的表演。

马连良对罗蕙兰很器重,当他把《打渔杀家》里的舞台上的表演程式研究透了之后,再抓紧时间给罗加工说戏。他让罗蕙兰早上陪他一起遛弯儿,一边走路一边说戏。当他们走到一个小公园的时候,马连良就给她指导《打渔杀家》里萧恩父女二人上下船的身段配合以及在船上的动作表演,把他的心得体会告诉罗蕙兰,以求在表演上达到和谐一致并有新的突破。爷俩排起戏来十分投入,说着说着就忘了时间,一会儿抬眼皮一看,许多游人已经认出了马连良,周围已经围了一大圈人驻足观看,马连良打趣地说:"闺女,咱赶紧走吧,不然一会儿警察该来了。"

《苏武牧羊》马连良饰苏武,罗蕙兰饰胡阿云

在马剧团里，罗蕙兰除了陪马先生唱马派戏《苏武牧羊》《法门寺》《清风亭》《十老安刘》等剧目外，有时马先生不唱戏，就让她和黄元庆挑着唱（京剧行话，即做主演的意思），她可以领衔不少梅派剧目，如《玉堂春》《凤还巢》《生死恨》等。为了进一步培养罗蕙兰，马先生回京后把她介绍给梅兰芳做了徒弟。

北京京剧团成立后，开始还是罗蕙兰给马连良唱一牌旦角。后来新疆建设兵团的张仲瀚政委要扩充他们的京剧团，派人进京高薪挖角儿，罗蕙兰和其他一些青年演员就去了新疆。马先生好不容易培养了一个旦角，又得再想办法。别的旦角不会马派戏，有时候只能让唱二旦的赵丽秋顶上。赵年轻聪明记忆力好，许多马派戏愣让她给唱下来了，马先生直夸她不易、能干。

经过马连良的老朋友冯耿光的推荐，李世济加入了北京京剧团，安排她给马先生唱二牌旦角。马派戏《四进士》《三娘教子》《审头刺汤》等剧目，李世济以前都没唱过，所以对许多马派戏中舞台上的东西不熟悉。另外，她从来没有与马连良这样的大家同过台，心情总是紧张。有一次她紧张得突然嗓子哑了，晚上就要演出了，她竟然一字不出了。她急忙跑到马先生家请假，马连良问明情由后很淡定，马上请来一位与马家常有往来的老中医。老先生拿出一根半尺长的银针，把李世济差点儿吓晕过去，对准李的喉咙部位进行了一阵针灸。过了一会儿，李世济嗓音完全复原。戏虽然能演了，但是她自己一点儿都不满意，甚至对自己的票友出身有几分怨气。

马连良知道她不是科班出身，却对李世济十分鼓励，对她说道："程派很有特色，观众很喜欢！当年我和你老师程先生演出，他十分认真，你也有这个优点。玉不琢不成器，台上不可能一口气吹出个胖子来。天下无难事，只怕有心人。"

马连良鼓励李世济虚心向前辈艺术家学习，用自己年轻时学戏难的故事教育李世济，他说："现在条件多好，老师们对你们都是倾囊相授，我们年轻的时候想学点东西太难了。为了向前辈学习，我晚上没事就穿上件体面的衣服，再穿上我妈给我新做的鞋，怀里揣上俩馒头，带上我平时穿的旧鞋，奔戏园子。那边人一看是穿戴整齐的行里人，跟个小角儿似的，就让我进去。到了园子里赶紧找个柱子后面站着，怕一会儿被角儿看见。再把新鞋脱了换上旧鞋，靠着柱子从晚上六七点站到十一二点等角儿上场，才能学点东西。"李世济不解地问："您干吗还换上旧鞋呀？多麻烦呀！"马连良说："我妈晚上在油灯底下一针一线地给我做鞋，老这么干，我这心里不落忍啊。"

马连良是特别爱才的，但要求年轻人必须努力，不努力，他就不喜欢。他看得出来，李世济对艺术有一颗执着与敬业的心，再加上她受过高等教育，有非常好的领悟力，学起东西来非常认真，相信她的能力，于是要求李世济从基本功练起。

在看过几场李世济的程派戏后，马连良了解到一些老观众对她的评价——"有味没字"，于是开始琢磨她的毛病。"没字"的意思是指李的唱腔里没有京韵、话白中没有京白，这是因为李世济是上海人，南方口音偏重，唱京剧必然如此。

李世济每次到报子街家里做客，总是喜欢和马夫人陈慧琏一起聊天，因为她们可以同操上海话，觉得十分亲近。一天，马连良见她们几位正用"南边话"聊得起劲，自己反而觉得更加烦心，自言自语地念叨："说多了不是，知道了不说更不是。"他怕李世济接受不了他的意见，所以犹豫再三。最后，他还是来到李世济面前温和地说："世济，您现在得做做北京话这门学问了。听听北京人的京腔京调，与人交往时多练着说北京话，时间长了对你台上有好处！"还是夫人陈慧琏反应快，马上对李世济说："为了你台上露脸，咱娘儿俩今后尽量不说南边话。"李世济知道马先生用心良苦，从此"南边话"彻底打住了，不断练习京字京韵，"有味没字"的毛病也逐渐得以纠正了。

为了加强武功训练，李世济基本上每天四五点钟就起床，到"长安"和李金鸿练把子，李金鸿早上7点一刻就去中国京剧院上班，李世济再回家。马连良为了考察她是不是练功坚持不懈，有时大清早跑到"长安"去观察。李世济打着半截儿把子，忽然看见楼上"佛爷龛"（楼上靠墙的最后一排）的位置有个人在看她，把她着实吓了一大跳，仔细一看原来是马先生在那里，这让她很感动，练功也自然勤快了不少。

马连良看她这个人有恒心，心里喜欢，给她耐心讲解了许多台上基础的东西，给李世济补课。比如说旦角的坐姿，不能满屁股坐下去，以及怎么坐才能好看。因为旦角不像老生、花脸，穿有后摆的官衣、开氅、蟒袍等，而是主要穿褶子和帔，如果满屁股坐下去，起来时非常容易把椅垫带到地上，而且所有的衣服都裂着，形象不好看。因此旦角必须只坐椅子的一个角，才能好看。马先生把后台花脸演员常用的一个盒子给李世济，这里面能装五个椅垫，他让李世济用这个。这样再坐下去以后，人被垫高了，衣服的下摆、腰包都自然下垂了，旦角的坐姿、形象就好看顺眼了。

李世济以前没有受过系统的京剧训练，对"锣经"等打击乐的运用不太熟悉。马连良就通过戏里的"锣经"不厌其烦地手把手教她，给她说身上和脚步，并亲自示范给她看。

像《审头刺汤》的【乱锤】,《文姬归汉》的【扫头】等,每一步怎么走,每一下到哪里,怎么踩"锣经",身段是什么样的,都给李世济说了。青衣戏以文戏为主,不太讲究这些节奏与身段结合的地方。马连良把自己多年演戏的经验,结合"锣经"运用在青衣戏里,让李世济受益匪浅。

《三娘教子》马连良饰薛保,李世济饰王春娥

马先生觉得李世济的上下场不够吸引人。以前老派的青衣戏不管剧情人物如何,上下场都是慢吞吞的,好像那个角儿总是走不出来似的,不讲究节奏。他让李世济结合具体的剧情和人物,做出适当的调整。要求她出场时一定要有"台

风",一出来要有一个漂亮的亮相,眼睛要亮起来,腰要挺起来,人要精神起来。要把台下两千多只眼睛用"一根线"似的拉到自己的身上,这样的出场就不同凡响了。下场时也不许直着走下去,要走出一个"S"形,这样的旦角下场就美了。

李世济以前是演程派戏的主演,没有演配角的经验,在台上的表演就是按部就班,四平八稳,因此就会出现台上不分主次、不分缓急的现象。马连良特别注意舞台节奏,有时就在台上"快!快!"地催她,李世济不明就里,依然稳如泰山,演唱喧宾夺主。她还觉得这才是"有火候"的表现。

像《审头刺汤》这样的戏,前面老生为主,后面丑角吃重。在"审头"里,雪艳这个人物的心情应该是心急如焚,在堂上既要观察陆炳断案,又要提防汤勤的诡计,神情自然是内紧外松,演剧的节奏就应是紧多弛少。如一味地四平八稳,戏就没了起伏,抓不住观众的心。下台以后,马先生告诉她"好钢要使在刀刃上",要劲儿的时候给足,不需要给劲的地方要加快节奏,要懂得烘托的作用,避免你拉我扯,把戏弄松散了。

一天,李世济陪马先生唱《桑园会》。这出喜剧被大家演得很热闹,剧场里时时爆发出笑声,台上台下情绪热烈。接近尾声时,有一段戏完全用哑剧表演,两个人的戏全靠手势。马先生扮演的秋胡跪在李世济饰演的罗敷面前,请求原谅,罗敷仰起头来根本不理睬秋胡。这时，秋胡扯了扯罗敷的衣角，用手叩地三下，表示向她赔礼；罗敷甩袖子，不理他。秋胡又扯罗敷的衣袖，要罗敷把他搀起来；罗敷用手势表示，要秋胡向她磕三个头，才能搀他起来。

李世济用手势比画完后，马先生不但没按剧情表演，却冒出一句现编的词："我不懂啊！"李世济心想：这位老先生可真会开玩笑，怎么临时加上这么一句呀？她只好用手势又比画了一次。没想到马先生又来了一句："我还是不懂呀！"这一下李世济可蒙住了，心想：戏里没有这句词啊？他要总是说不懂，这出戏还怎么唱，什么时候才能唱完？李世济急得汗也出来了，于是撩起水袖，露出胳膊，加大幅度，又比画了一次手势。观众看了她夸张的表演，顿时乐得前仰后合，李世济反而心情更加紧张，这时候马连良扮演的秋胡才说了声："喔，这次我看明白了！"之后，戏接下去顺利演完。

散戏以后，李世济对马先生说："您可把我吓坏了！"马连良说："你想想看，这段戏全靠手势。你用水袖挡住手指，谁知道你比画什么呢？戏演给谁看哪？演给观众看，所以要让观众看明白。光自己心里知道不行。这出戏是戏妻，可以加点词，观众不会感到意外，表示在戏妻嘛。我这么做，为的是让你记住。"李世济说："要是我不撩起水袖，这戏演到天亮也完不了啊！"马先生说："我能叫你下不了台，也能叫你下得了台，否则算什么老资格呢！记住，要让观众看明白，光自己心里知道不行！"

马连良教给李世济舞台美学，曾经为她设计《文姬归汉》里蔡文姬的行头，蓝色女官衣，配黄色腰包，绣八宝花纹，非常新颖别致。通过这些告诉她，主要人物用了这个色调后，怎么选择桌围椅帔，舞台上的灯光、大幕等一切颜色都要与之相协调，甚至包括乐队用的场面围子。

马先生知道李世济是个人才，就把自己许多管理剧团的经验传授给她，后来李世济调到中国京剧院，领导了一个团队。每次演出之前，她也按照马派的路子，先扒台帘看看观众，再看龙套，看行头，看道具，看布景，看舞台，等等，完全继承了马先生管理的一套。等到她退休了，她又把这些宝贵的经验传给了"国京"的接班人。

李世济对笔者说过："我的老师当中，对我要求最严的是马家爸爸，对我影响最深的是他，我最尊重的也是他。我现在艺术上的许多习惯，都是受马派艺术影响。所以说，我是程派青衣、马门弟子！"

一九五六年前后，和李世济一起进团的青年旦角演员还有一个李毓芳。她是从东北那边的京剧团转过来的，很有一些演出经验。团里安排她和李世济在"小团"（青年团）唱主演，平时陪马连良和谭富英唱二牌旦角。李毓芳第一次陪马团长演出《法门寺》时，她正在侧幕边上候场，台上的贾桂念完："老佛爷有旨，摆驾法门寺啊！"这时台上的太监、宫女、校尉等要齐唱群曲【一江风】并走圆场。这时她突然听到身后有人和台上的演员一起在唱："一官迁，白下孤云断，古道长亭短……"回头一看，竟然是马连良团长。她怎么也想象不到，这么大一个艺术家，对待一支群曲都是这么严肃认真。在团长的带动下，后台暂时没事的演员都在认真演唱，北京京剧团对待艺术的端正风气，让李毓芳肃然起敬，这件事也影响了她往后的艺术之路。

马先生经常观摩其他艺术门类，借以提高自己的艺术修养和鉴赏水平。他把山西梆子《灯棚换子》改编成京剧《春秋笔》的同时，也随之融入了自己潇洒的做工。李毓芳为他配演王夫人，怕演不好，就主动去西单报子街马宅，请马先生给她说说戏。马连良根据李毓芳的情况，从节奏、身段、念白等方面，对她有所侧重地加强培养，使李的表演越来越进步。

马先生对她个人的表演没有太多要求，但他却特别强调王夫人义释张恩时的表演。马先生在听到王夫人念"张恩转来"时，有一个原地拧身旋转三百六十度的身段，同时右手的水袖在头上也有一个三百六十度的旋转,然后给王夫人下跪,这个身段被观众戏称为"直升飞机"。每演到此,台下必报以热烈的彩声。马先生说,这个地方有没有"好",不完全在他个人的表演,需要李毓芳准确地配合。李念"张恩转来"时,必须要在马先生抬腿的同时,不能早,也不能晚。马转身过来下跪时,正好要落在"八仓"的锣经上,否则效果就出不来。马先生当年为了练好这个原地下跪的身段,在大腿两侧放两张凳子,转身下跪时要求自己必须跪在两张凳子之间。为了达到满意的效果,他在家中反复练习这个动作,两腿经常被凳子磕青,李毓芳晚年时常用这个故事教育年轻的一代京剧人。

马先生的内心戏比较多,这体现在他表演的各个方面。特别是他的念白,非常独特。青年演员有时不敢快念,怕观众听不清。他却快而清晰,又有韵味,且合乎人物的思想感情。

李毓芳在第一次陪马连良演出《清风亭》时,马亲自嘱咐李,要特别注意周桂英与张元秀的一段对白。周桂英怀疑张继保不是张元秀的亲生子,张元秀因而与之有一番争吵。李毓芳以为念白时情绪激动些就能出效果,马先生却说:"不行。既要让观众觉得咱们是在吵架,又不能在舞台上骂大街。

《清风亭》马连良饰张元秀，李毓芳（中）饰周桂英

要有这样的效果，怎么办？你必须在我念白还没完的时候就抢着念，一句顶着一句地念，才能有这样的效果。"李从未这样演过戏，怕观众觉得乱。马先生却信心十足，后来果然观众反应十分热烈，李毓芳由此领略到马先生的艺术功力。

在演出《四进士》时，马先生在表演上又给她上了一课。李毓芳演的杨素贞与马连良演的宋士杰有一段对手戏，马先生让李懂得了演员之间的交流。戏中，宋士杰问杨素贞："儿啊，你胆大呀是胆小？"杨回答："女儿若是胆小，也到不了此地！"马先生说，念到"此地"的时候，不能用普通的念法，要放大胆子，尽量地"嚷嚷"。这样表示杨素贞死也要死在信阳州的决心，就把观众的情绪调动起来了。气氛一起来，宋士杰的情绪也就被调动上来了，他也下定了决心，高声断喝："好哇！妈妈在家好好看守门户。儿呀，你要随我来呀！"在【水底鱼】的伴奏下，演员走圆场下。这种两人互相刺激的演法，使戏有了上下起伏，把观众的神都提起来了，每次下场时都伴随着雷鸣般的掌声。

李毓芳的先生是在高教部工作的领导干部，平时说话三句话不离本行。他看到李毓芳艺术上的进步后，对她说道："你跟着马先生好好当学生吧，你现在已经进大学门了。再学两年，你还能进步！"

最后梯队：冯志孝、朱秉谦、张学津、张克让

一九五九年正逢新中国成立十周年，全国上下都沉浸在为建国十周年献礼的热烈气氛中。对于马连良的艺术人生来说，也是特别值得记录的一个年头。在政治生活方面，他作为文化艺术界的代表，正式当选为北京市政协第二届委员会委员；在他从事的京剧艺术领域，他创演了马派艺术的扛鼎之作《赵氏孤儿》；在戏曲艺术的传承方面，他更是不遗余

力，开始了他集中收徒传艺的工作。

替祖师爷传道，他也是拼了

马连良毕生对京剧的传承工作十分重视，对于从事京剧的人才非常珍爱，业内人士称之为有"爱将"之癖，经他提携终成一代名家的就有张君秋、叶盛兰、袁世海、王吟秋、李玉茹、黄元庆、周和桐、罗蕙兰、李世济、李毓芳等人。他从二十世纪二十年代就开始课徒传艺，他早期的弟子名字当中都有一个"良"字，如关继良、朱耀良、李慕良等。到二十世纪五十年代中期，在全国各地陆陆续续收徒有三十余人。

一九五九年的时候，为了将我们的国粹艺术发扬光大，政府方面对于京剧的传承工作明显地加大了力度，号召青年演员向前辈艺术家虚心求教，请老先生们传道受业解惑。当年三月，组织老艺术家集中写书，向青年人传授表演艺术经验。参加这个项目的有马连良、梅兰芳、盖叫天、尚小云、荀慧生、毛世来、张君秋等艺术大师，后由北京出版社结集出版了《和青年演员谈学艺》一书。五月，北京市戏曲编导委员会举办"戏曲艺术讲座"，由马连良、荀慧生、姜妙香等著名艺术家主讲，针对本市的戏曲艺术团体的青年演员和戏曲爱好者。七月，为了抢救濒于失传的老戏，在中山公园音乐堂举办"单折剧目展演"，马连良、叶盛兰、袁世海上演《借赵云》，小翠花上演《红梅阁》等。

上述几项有意义的传承工作，都离不开马连良的参与。这一年，他年届六十，他考虑到自己已是年近花甲之人，为了他所热爱的京剧事业，为了几代京剧人口耳相传的一句话——替祖师爷传道，他也是拼了，于是开始了他晚年的一项重要工作——收徒传艺。据不完全统计，从一九五九年开始到一九六三年，在这三四年间，在专业青年戏曲演员方面，马先生共计收徒十余人：

一九五九年四月，收河北梆子青年跃进剧团演员王书琪为徒；

一九五九年六月，收鸣华京剧团演员梁益鸣为徒；

一九五九年七月，收青海京剧团演员徐明策、刘成高为徒；

一九五九年十月，收石家庄市京剧团演员杨淑芬为徒；

一九五九年十一月，收云南京剧团演员高一帆为徒；

一九六〇年六月，收宁夏京剧团演员方继元为徒；

一九六〇年七月，收沈阳京剧院演员尹月樵为徒；

一九六一年十一月，收北京戏校实验京剧团演员张学津、中国京剧院演员冯志孝为徒；

一九六二年三月，收鞍山京剧团演员李博华为徒；

一九六二年九月，收中国戏校实验剧团演员朱秉谦、北京京剧团演员迟金声、北京京剧团学员班学员张克让为徒；

一九六三年四月，收河南商丘专区越调剧团演员申凤梅为徒。

除了上述拜师的弟子之外，马先生的义子马长礼、义女梅葆玥等，也是他在这一时期的主要传承对象。另外，在此期间，外地的弟子童祥苓、李玉书、徐敏初等也时常来京问艺。

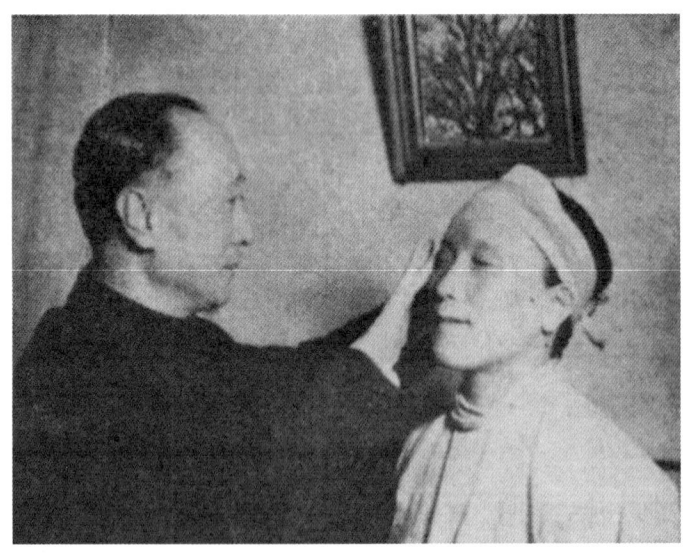

马连良为弟子申凤梅化妆

有的放矢，扬长避短

传承工作接二连三，此伏彼起。每个弟子的个人条件不同，所在剧团、所在的区域不同，剧团的受众群体不同，因此马连良的教学方法也是有的放矢，扬长避短。正像他自己所说的那样："像近年来这么着意培养，倒是过去没有的事情。"

坤生多以唱为主，马连良就为河北的杨淑芬加工了《借东风》和《大保国》。梅葆玥以前偏重演唱工戏，马先生为了使她在身段、表情方面多锻炼，就给她说《打严嵩》，并请自己的师兄弟刘连荣陪她演出。沈阳京剧院的弟子尹月樵也是以唱见长，于是马连良传授她偏重念白、身段的《问樵闹府》。

马连良常对弟子们说，学习流派艺术不能只注重学习近期的舞台表演，同时也要学习它各个时期的艺术精华，才能全面掌握流派的特点。不但要掌握晚期艺术的"深"，更要掌握早期艺术的"足"，这才是真才实学。

《秦琼发配·夜打登州》是他非常喜欢的一出经典唱工剧目，其中有比较吃重的二黄三眼、原板、导板及难唱的回龙。他早年在演唱这出戏时，声调高亢，迂回婉转，丝丝入扣，

马连良为梅葆玥、马长礼、张克让等说戏

极为动听。考虑到马长礼有一条很会用的好嗓子，就把这出戏传给了他。

马长礼学戏很有心，自己总结马派唱腔的特点如"三环套月"，似金石坠地。讲究悦耳动听，字字句句清楚地送入观众的耳中。他越琢磨，学问越深，体会和感悟也越来越多，表演自然大有进步，《秦》剧上演后收到了令人满意的效果。此后，马先生又传授给他《甘露寺》和《白蟒台》等剧目，为马长礼成为北京京剧团第二代马派艺术接班人打下了基础。

金凤凰般的冯志孝

冯志孝是中国戏校毕业的高才生，有着良好的艺术基础，被分配到中国京剧院作为青年主演。为了更好地继承马派艺术，每当马连良有演出的时候，冯志孝总是抱着录音机到剧场，把老师的演出实况记录下来，回家之后反复聆听，反复练习。有一次他在公交车上背诵台词，不知不觉就坐过了站。

冯志孝演出了马派名剧《甘露寺》后，接到许多观众的来信，认为他的唱、念、做很有马派的味儿，鼓励他努力继承马先生的流派风格。马连良不仅对唱腔念白要求严格,更强调从人物感情出发,注重身段的表演。如排《甘露寺》的"相亲"一场,吴国太宴请刘备,乔玄把盏时的身段,从乔玄整冠起,走到上场门,乔玄从小太监手中拿到酒樽,转身对刘备表示"请",然后两人走半个圆场(术语称"双推磨"),乔玄走到下场门的堂桌前,放下酒樽,替刘备掸掉椅上的灰尘,表示对刘备敬慕的心情;乔玄又走过来从小太监处拿起一杯酒敬国太,退步,抖水袖,施一礼。这段无言戏,完全靠内心活动,而不是单纯走程式,在台步、水袖和风格上都要表现出马派潇洒飘逸的特点。马先生为了培养冯志孝,一遍一遍地做示范,从内心到形体交代得细致入微,层次分明。

马派的念白最见功夫,正所谓"千斤念白四两唱"。通过《淮河营》这出戏,马连良传授了念白的诀窍。蒯彻顺说刘长时有一大段白口,他一再指点冯志孝,要注意发音的轻重、快慢,要有节奏感,同时在疾徐顿挫之间,要和身段、手势、眼神结合起来,人物就会生动了。譬如,当蒯彻念到"……其罪一也"时,他很认真地对冯志孝说:"不能把'其罪一也'四个字一起念出来,那样就不突出。应当在中间有个停顿。念到'其罪'二字时,略一摇头,长髯飘动,接着竖起手指,

马连良与袁世海及弟子冯志孝一起研究《淮河营》

然后再念'一也'。"他说，这叫作词断意不断，这种白口与动作的表演方法，最能集中观众的注意力。

马先生对冯志孝说："走台步也是一门学问，要细心研究才能领悟。走台步时心里要有锣经，可是又不要步步都踩锣鼓点，如果这样，在台上就成了机械人。最好是似踩不踩，一方面要有锣鼓的约束，一方面又要照顾身子的活动自由，和人物的身份、性格、年岁的特点，这样走起来才能贴切剧情，给人以美感。"

《淮河营》广告登报之后，广大观众立马眼前一亮，冯志孝的名字排在了袁世海之前，并且特别注明"马连良先生亲授"字样，戏票顿时一抢而空。公演那天，广和剧场里人满为患。马连良亲自到后台给冯志孝把场，并耐心地安慰他，让他不要紧张，按照平时排演时候的水平即可，并且肯定地告诉冯志孝："好好唱，今儿咱们一定能飞出一金凤凰！"袁世海打趣地说："今儿你可别飞出一蝲蝲蛄（北方的一种草虫俗名）啊！"

通过《淮河营》的成功演出，冯志孝受到了广大观众的认可，在学习马派艺术上自信心也越来越足了。于是马连良再接再厉，又给他说了《失印救火》《群英会·借东风》《甘露寺》《青梅煮酒论英雄》，一颗马派新星冉冉升起。

十年有缘的朱秉谦

朱秉谦的拜师学艺经历相对比较曲折。在一九五二年马连良自香港回到北京后不久，王瑶卿老先生对他说："连良，哪天你有空儿上我们学校去，我那儿有个学生特像你。你去瞧瞧，合适就收了吧！"马连良心想，王大爷是行内有名的"通天教主"，自己年轻时就受其指点，现在又担任中国戏校校长，他的推荐一定错不了。另外，马连良在外漂泊了四五年，一直没有发现能够继承自己衣钵的传人，如有基础特别好的学生，他自然也十分高兴，希望尽快能够与之相见。

王瑶卿推荐的这个学生就是朱秉谦，他在戏校里师从雷喜福等多位名师，具有深厚的艺术基础。当时戏校的学生主演以旦角戏为主，老生担纲的戏极少，朱秉谦十七岁即以一出《四进士》脱颖而出，内外行皆称"活脱儿马连良"。

正当马连良与王瑶卿先生兴高采烈地在戏校里寻找朱秉谦时，朱秉谦却接到了手握实权的教务主任李紫贵的"命令"，让他火速躲到女生宿舍，没有通知不能出来。马连良和王瑶卿都被蒙在鼓里，朱秉谦更是不明就里，一次难得的师生会面就被戴着有色眼镜的干部武断地取消了。

此后的一个周末,朱秉谦正在宿舍休息,突然接到这位李主任的电话,让他火速前往文化部的一个交际处。当年电话通知是件大事,朱不敢怠慢,赶紧跑步前去报到。到了之后才知道没什么大事,就是上海的周信芳先生来京了,正在那里吊嗓子,领导让他旁听学习。某些当权者竟置朱秉谦的个人意愿与其艺术发展轨迹于不顾,执意要求朱去学周信芳,不要学马连良。

一晃十年过去了,朱秉谦的拜师问题始终没有解决。最后,刘仲秋等领导坚持认为,朱秉谦不适合学周,今后的艺术发展方向还是拜马最合适。在他们的鼎力支持下,朱秉谦终于在一九六二年立雪马门,可一个优秀青年演员的艺术青春就这样被耽误了十年。马连良感慨地对朱秉谦说:"十年了,咱们爷儿俩还是有缘,有缘啊!"

由于朱秉谦有多年的舞台经验,对马派艺术有了一定的了解和认知。马连良给他说戏的起点就比较高,从《赵氏孤儿》的八个上下场开始。让朱秉谦体会到马派戏身段的重要,讲究美而不拙,边式利落。为了加强"老头儿戏"中的做工表演,又给他说了一出《淮河营》。朱秉谦由衷地感觉到马派演老人考究的"三弯"功夫,即"弯肩、弯腰、弯腿"。为了

马连良夫妇与弟子朱秉谦

能够生动逼真地演好年迈苍苍的老者,马先生叮嘱朱秉谦要自始至终、从头到尾地不松神,保持"三弯"的状态。尽管有时不上场,但这种心气也不能散了,一直要全神贯注在戏中。

严谨治艺的张学津

张学津的领悟能力比较强,马连良对他采取熏陶式的教学方法,让他没事就长在马家。一九六一年,在张学津拜师前后,马先生就经常带着张学津一起散步、参观、洗澡、吃饭,让他领会"功夫在戏外"的道理。马先生先给他传授了一出马派的基础戏《清官册》,其中,"馆驿"一场有大段的二黄慢板"叹五更","南清宫"一场有繁重的做工表演,"审潘"一场有铿锵有力抑扬顿挫的大段念白,是典型的马派唱、念、做三结合剧目。虽然全剧时长只有一个多小时,但这出戏的主演非常辛苦,"寇准"基本上没有机会在后台休息,又要求演员情绪饱满一气呵成,十分考验演员的功力。在庆祝"北戏"建校十周年的晚会上,张学津的《清官册》取得了成功,报界赞誉有加,称之为"雏凤凌空"。

北京京剧团马、谭、张、裘主演的《赵氏孤儿》轰动京城之后，为了培养新一代的京剧接班人，在彭真市长的支持下，这四位大师亲自对北京戏校实验京剧团的张学津等人进行艺术辅导，通过给"实验团"排练，相当于又克隆了一版集四大流派之长的《赵氏孤儿》。演出自然十分火爆，一票难求。

张学津并不满足于这一小小成绩，马先生告诉他要多观摩自己的舞台表现，从中体会表演的要领。于是张学津在后台看老师赶装，在乐池看近距离的表演，在二楼看整体舞台的调度，等等。一出《赵氏孤儿》，让他参悟了马派艺术的真谛。

马先生到后台扮戏，张学津也跟着上后台。在后台，马先生单有一个化妆间，具体怎么化妆，张学津都仔细观察到位，并记在了心里。马先生对演出要求非常认真，演出前各个部门都要看看。道具干净不干净，演员扮得干净不干净，穿的服装干净不干净，服化道等对不对，都要过过目。"你这怎么没刮鬓角啊，找理发师刮鬓角去！"马先生不允许演员带着大黑鬓角上台。

穿着服装上楼下楼也得有规矩，"上撩下提"，上楼得撩着，别踩上，下楼得提起来，后面别扫楼梯，穿上服装更不能躺着，如此等等。马连良怎样要求剧团，怎样要求自己，这些细节张学津全都注意到，都学到了。改革开放后，北京京剧院为他成立了一个剧团，在他的剧团演出之前，他也学

《赵氏孤儿》张学津饰程婴

着马先生这套作风。再后来他也收了徒弟,又一次把马连良的严谨治艺的精神传承在马派第三代人身上。

"文革"中,有些人与马家划清界限,避之唯恐不及,也有些人对马先生批判、批斗。可是,张学津不但没有这样做,而且在马先生病重之际,明知道前来马家探望的梅葆玥因此被批判,依然不顾自己的"政治前途",毅然走进了马家大门,这正是他品格的高洁之处。人们常说,张学津的艺术基础好、起点高。但笔者认为,首先是他的思想境界高,这真正决定了他学习研究马派艺术的起点。

二〇〇六年底,笔者撰写的《我的祖父马连良》问世,出版社举办首发式的前一天,我送了一本给学津大哥,并对他说:"出版社方面希望明天您能作为嘉宾出席首发式。"他欣然应允。第二天早上,他精神饱满地来到现场,对我说:"昨儿晚上我一宿没睡,你这书我一口气读完了,真过瘾!"我惊奇地说:"您干吗呀?怪累得慌的,什么时候看不行呀?"他说:"不行。一来是这书写得及时,对马先生的许多重大事件我也有些不太清楚,你做了客观的描述,这回终于明白了。第二,人家请我当嘉宾,我不了解这书怎么行?"这就是他对一项非常普通的工作的认真而严谨的工作态度,以及他的高度责任感,同时又一次地体现出他对马连良先生的感情。这件事一直深深地感染着我,影响着我以后待人接物的作风和态度。

二〇一二年,我组织了一次赴香港地区纪念马先生的演出活动。学津大哥那时身体明显大不如前,用他自己的话说,治疗可谓"五刑受尽"。见他心情郁闷,我建议他和我们一起出门散散心,和香港观众见个面,如可能的话,在当地做个艺术讲座,再看看他的学生们在舞台上的演出,也可以让他高兴一下。临行前订购机票时我问他:"您这回能去香港吗?"他当时的身体状况很不稳定,但有关他的病情,没有对我说一个字,只是坚定地点了点头。

到香港后,他的身体状况也未见好转。平时基本在酒店里静养休息,为讲座做准备。在香港大会堂和观众见面后,张学津情绪十分饱满,讲话底气十足,没有给人留下一丝身患重病的印象,没有让想念他的香港观众失望,顺利地完成了他人生中最后一次马派艺术的宣传活动。这时他已经步入了人生的倒计时阶段,我们在一起时,大家都尽量避免谈论他的病况,他却豁达淡定且不无遗憾地说了一句:"我应该死在台上。"我想,这应该是一个艺术家的真正心愿和豁达作风。

张学津的一生中有许多地方与马连良先生有着惊人的相似之处。马先生十岁时第一次与他的偶像贾洪林先生同台演出《朱砂痣》,张学津十岁时第一次与他的偶像马连良同台演出《三娘教子》；马先生二十三岁创作《甘露寺》的名段"劝千岁"，令他一举成名；张学津二十三岁创作《箭杆河边》中名段"劝癞子"，让他红遍全国；马先生一生的理想事业就是京剧，张学津毕生的追求也是京剧……仿佛冥冥之中有一种力量，把张学津和马连良以及他们所钟爱传承的京剧马派艺术深深地联系在了一起。

先学做人的张克让

一九六○年，北京京剧团组建学员班，张克让在考入学员班的时候只有十三岁。入行不久，他得知他的主教老师是团长马连良。让一名艺术大师教一个刚刚入门的"生坯子"，是团里任何人都无法想象的事情。但是马连良认为张克让是个好苗子，于是给这个最小的徒弟开了小灶。马先生每场演出都带着他，让他一边看一边揣摩，回去就练习，这些都为张克让学习掌握马派精髓打下了良好的基础。他对张克让说："我不单教你，也要带你，就是熏也要把你熏出来！"

《清官册》是马派基础剧目，涵盖了马派的唱、念、做等独具特色的表演手段，马连良先从这出戏下手。为了进一步做好"传帮带"和提高张克让的舞台实践经验，马连良每次都带着张克让一起演出此剧，一九六二年四月十七日《北京日报》记者于文涛专门撰文《马连良和他的小徒弟》，对传承《清官册》做了特别报道："让张克让演前半部寇准，他演后半部寇准；张克让演的时候，马连良在一边细心看，见有不足之处，就记下来告诉他。到马连良演的时候张克让连妆也顾不得卸，靴子也不脱，就在边幕旁细心学习观摩……马连良还经常给他化妆，设计服装。有一天张克让要在一个晚会上演出《清官册》，当时马连良正在病中，但当天下午，马连良还请人让张克让把道具、服装带上到他家里去。马连良半躺半卧，支持着身子看看张克让的髯口的大小厚薄，告诉他怎么戴，衣服怎么穿，道具怎么使，并且把几处难的唱腔又给他教了几遍，再三鼓励张克让。"

《奇冤报》这出戏马连良多年不唱了，马派的这出戏唱做结合，很有特点，他决定把这出戏传授给张克让。那段时间，张克让天天长在马家里，马先生逐字逐句地教授他。碰巧有一次马连良要外出演出几天，为了不间断学习，他就想了一个办法。一天早上9点来钟，琴师李慕良先生提着琴盒来了，马连良打开录音机，李慕良操琴，马先生演唱，把完整的一出戏录了下来。张克让在旁边听着，心里暗暗称奇，马先生六十多岁的人了，整出戏唱得轻松自如，每个高腔都是满宫满调，一出多年不唱的戏，就这么一气呵成地录下来，这得需要多么深的功力呀！录音完成后，马连良又告诉张克让录音机怎么使，告诉他怎么练。就这样，在恩师外出的日子里，张克让天天来家，听着录音学习。

张克让跟马先生学习《借东风》后的首场演出，就在长安大戏院。那天，马先生很早就来到后台，为张克让化妆，并嘱咐他，沉住气，不要慌……当晚，由李慕良操琴，马连良亲自为这个最小的徒弟把场，开始了演出。这样的大艺术家对一个后生晚辈如此厚待，确实也激发了张克让的超常发挥，观众反响强烈，演出非常成功。从此，张就获得了"小马连良"的美誉！

还有一次，张克让跟着马先生去中央广播电视台，录《借东风》和《奇冤报》的唱段。录音过程中，马连良一直站在张克让身边，手里端着茶杯，不时地递到他手中让他润嗓子。录完音，梅葆玥悄悄对张说："克让，老爷子对你真是没说的了！"录音师把这一切看在眼里，也说："这么大的艺术家，这样对徒弟，真太少见了。马先生太了不起了！"

马连良不但在业务上悉心教诲，在日常生活中也时时对张克让加以引导。有一次演出后，他对张克让说："今天你妈

《清官册》马连良、张克让分饰寇准

妈到我家来了,还给我拿了些土特产。你妈说你很孝顺,演出时发的东西自己舍不得吃,给父母拿回去。这样多好,到什么时候也不能忘了孝敬自己的父母!"

原来,二十世纪六十年代,正是国家经济困难时期,马连良带着张克让参加各种演出活动,差不多每次临走,主办单位或服务员看张是小孩,都给他包一包糕点、糖果什么的让他带走。他舍不得吃,带回家给爸妈。马连良教导他,鼓励他孝顺父母。作为良师长辈,既教他演戏,做个好演员;又教他做人,做个好人、孝顺的人!张克让每每回忆此事依然慨叹:"学艺先学做人,您真是我难得的人生导师啊!"

六十年光阴荏苒,一个甲子匆匆而过。一九五九年只有十七岁就进京拜师马连良的河北梆子青年演员王书琪,如今已是年过古稀的河北梆子一代名家。二〇一九年他受北京市河北梆子剧团之邀,为新一代的青年演员执排他的拿手好戏《卧虎令》。当他听到青年演员张颖超的念白时不禁一愣,与河北梆子的"官中"路数不一样,反而和自己有几分相像,于是问道:"你这念白和谁学的?马派呀?"张颖超说:"是,我和张克让老师学的。"王书琪非常兴奋地说:"好!那就对了!"

当年河北省的领导为了王书琪他们这一代青年演员能够更好地提高艺术水准,把他们送进京城。马连良考虑到他们

张克让为国家艺术基金马派班学员传授《清官册》

地方戏的艺术特点和表演手段，决定教授以念白做工为主的《审头刺汤》，为的是让他们体会京剧细腻的表演程式以及剧中人物之间关系和内心的情感交流，从而为他们以后的表演打下良好的基础。

王书琪回到原单位后也遇到了不少阻力，老师认为他的念白路数全变了，我不是这么教的。王书琪没少挨老师的烟袋锅子，但他认为马先生的这种念法好听、有品位，在吐字、归韵、咬字、发音方面，以及尖团字、上口字方面，对他念白的技巧进行了极大的提高。尽管老师反对，他多年来却一直坚持。他看到今天新一代的河北梆子青年演员也能够有机会参加国家艺术基金赞助的京剧马派培训班，学习深造马派艺术，而且得到了团里领导的大力支持，对今天河北梆子的舞台表演大有裨益，由衷地感到高兴。他又看到当年的师兄弟张克让，如今已经成为了京剧马派艺术的主要传承人，不禁感慨万千地说道："先生的艺术太全面了，这么好的艺术必须一代代地传下去。传承，我们责无旁贷啊！"

后记

《温如集——马连良师友记》一书即将付梓刊行,在此之际,回顾一年多来与写作本书有关的往事,的确觉得有必要做一些后续的补充说明。

首先,最应该解释一下的是书名和题签的由来。笔者自二十年前开始逐步接触有关马连良先生的历史资料,除其中一部分素材用于写作《我的祖父马连良》外,积累的其余许多故事终于在本书中得以"释放"出来,也是我的一大快事。写作基本完成之后,由于本人才疏学浅,一直没有为本书构思一个合适的书名。曾想用《古历轩内外》,但大多数读者未必知道"古历轩"是祖父马连良书斋的名字;如用《马连良和他的朋友们》,未免直白流俗;当下出版界多喜用富于诗意的书名,又怕给人以"为赋新词强说愁"的感觉,只好作罢。

一日,我检视《信义为上的沈苇窗》一文,其中提及上世纪五十年代初,祖父马连良和沈苇窗先生在香港有写作马连良艺事"回忆录"的计划,该书被命名为《温如集》。沈曾将马的年表提纲列出,并将写作计划告知他与马连良共同的好友张大千。大千先生对此极力赞成,并欣然命笔为该书题签。可惜祖父在一九五一年十月初秘密回归内地,写作之事只好放弃,张大千以优美隶书题写的这三字此后再无用武之地,我真心为之深感遗憾。

《温如集》这个名字,我是比较熟悉的。该名第一次使用,应该是用来命名一九二九年底在上海出版的"马连良演出特刊"。那时正是祖父最当红之时,"马派"之说甚嚣尘上,"民国十八年"在马连良的演艺史上留下了浓墨重彩的一笔。在这本集子里,沪上名士纷纷撰文,为马派艺术极力宣传,特别是书法大家于右任题签的封面,更为这本集子锦上添花。

这部《温如集》出版后,很快即被抢购一空。这种宣传手法,在京剧界可谓领风气之先。

《温如集》的首次发行成功,一定给祖父留下了深刻的印象。于是,马连良剧团在一九三六年上海演出期间,再度出版以《温如集》命名的"演出特刊",达到了良好的宣传效果。这样算起来,一九五一年时,祖父拟用《温如集》命名"回忆录",已经是第三次重复使用了,可见祖父对这三字的喜爱程度。

既然"回忆录"未能出版,于是我想,不如将张大千先生未能面世的题签用在本书之上,既解决了书名的问题,又可作为马、沈、张三人友谊的一种纪念。另外,本书是一本描写马连良和其师友之间故事的集子,自觉《温如集》作为书名倒也贴切。当然,还有笔者最大的私心,借大千先生威名,为小可拙作加持,希望读者朋友们海涵。

书中涉及祖父马连良的师友约三十位,其中既有文人墨客,又有观众戏迷;既有老师学长,又有弟子学生;既有同行同事,又有业外朋友。虽然涉及甚广,但与祖父生前交际相比,仍然是挂一漏万,许多应该记述的人物都未能纳入,比如,在马连良艺术早期就力挺他的剧评家汪侠公、何卓然;提倡"马派"之说的上海《大晶报》主笔沈睦公;电影界的吴祖光、舒适、韩非、岑范、封顺;港澳政商界的费彝民、何贤、马万祺；回族世交李秋农、伍啸盦；关心爱护他的老领导彭真、张仲瀚；地方戏名家丁果仙、喜彩莲、马师曾、邓永祥（新马师曾）；以及京剧界老前辈杨小楼、王长林、朱素云，同辈名家郝寿臣、尚小云、荀慧生、乔玉泉，同行的好角唐韵笙、陈大濩、李洪春，多年的同事谭富英、裘盛戎、马富禄、李多奎等等，数不胜数。主要是因为笔者孤陋寡闻，掌握资料不足，不能详实描述，只得引为憾事。在此提及这些名字，也是对他们之间友谊的一个纪念。

　　上述人物都是笔者所熟知的马连良好友，但我还希望在此讲一个"闪四爷"的故事，他是一名我完全无法证实的马连良"友人"。多年以前，在革命先烈马骏后人的介绍下，我认识了一位来自河南的闪姓朋友，他是专程来京寻访他的祖父"闪四爷"行踪遗迹的。经闪先生讲述我才知道，原来"闪四爷"是早年留学归来的知识分子，也是上世纪四十年代活跃在北京的中共地下党员，其公开身份是知名的回族商人，是马连良身边的朋友之一，对马家这一时期的重大事件均有参与。闪先生对马连良当年故事的描述，都是其祖父讲给他父亲的，内容基本与事实相符。他此次来京目的之一是希望见见马家后人，希望从马家方面了解一些"闪四爷"的信息。但他特别强调，马先生不知道"闪四爷"是地下党。

"闪四爷"在四十年代末期被派往河南工作，于解放前夕在那里牺牲。由于他是地下工作者，且其上下线相关同志全部牺牲，解放以后，没有任何人能证明闪家后人是烈士子女，于是他们全家就一直默默无闻地在河南一个偏僻的地方生活了几十年，没有享受过国家一分钱的特殊待遇，也从未向党和政府伸过手。我作为一个听者，见闪先生心平气和地讲述着他家的故事时，不由自主地问："你会觉得冤吗？"他波澜不惊地说："小时候也有点儿这想法。不过我想，爷爷参加革命，应该不是为了这个。"

　　这次闪先生来京，最大的收获是在琉璃厂旧书店淘到了他祖父年轻时翻译的马克思主义文章，他指着小册子里译者一栏中其祖父的名字，心情无比激动，这足以证明"闪四爷"作为一位革命先辈的存在。从闪先生的言行举止，我相信他是革命者的后代，我也为祖父有"闪四爷"这样的友人感到骄傲。

　　事后，我询问我的大伯马崇仁"闪四爷"的事情，他说："好像有点儿耳闻，但那时我小，不太认识你爷爷社会上的朋友，特别是'外行'。我说咱们家的事儿像《大宅门》吧？你看！"

　　最后，我要特别感谢著名文化学者赵珩先生为本书作序，顿使拙作有生色增光之感。当然，这也是赵老师对我的关照与抬爱。更要强调的是，我能够完成此书，也是受到赵老师的启发。他送我的第一本书是他在中华书局出版的《逝者如斯——六十年知见学人侧记》，其中涉及三十余位我国知名学人，读来令人爱不释手，难以掩卷。特别是此书的体例和文字让我顿开茅塞，于是我有了撰写"马连良师友记"的想法。本书基本完稿以后，我特别征求赵老师的意见。尽管我的文字水准平平，但他读后仍然给予我极大的鼓励，并将此书介绍给了北京出版社的乔天一编辑，这样也成就了这本书的存在。在此，谨对赵珩先生和编辑此书的所有成员，表示我深深的谢意。

马　龙
二〇二三年五月十一日于京华古历轩